本书是北京市社会科学基金重点项目"基于数据库的汉语古诗英译史研究"（编号：19YYA003）的研究成果

杜甫诗歌英译研究

文军 等著

中国社会科学出版社

图书在版编目（CIP）数据

杜甫诗歌英译研究／文军等著 . —北京：中国社会科学出版社，2019.11
ISBN 978 - 7 - 5203 - 5772 - 2

Ⅰ. ①杜… Ⅱ. ①文… Ⅲ. ①杜诗—英语—文学翻译—研究
Ⅳ. ①I207.227.423②H315.9

中国版本图书馆 CIP 数据核字（2019）第 289200 号

出 版 人 赵剑英
责任编辑 郝玉明
责任校对 张爱华
责任印制 王 超

出　　版 中国社会科学出版社
社　　址 北京鼓楼西大街甲 158 号
邮　　编 100720
网　　址 http://www.csspw.cn
发 行 部 010 - 84083685
门 市 部 010 - 84029450
经　　销 新华书店及其他书店

印　　刷 北京明恒达印务有限公司
装　　订 廊坊市广阳区广增装订厂
版　　次 2019 年 11 月第 1 版
印　　次 2019 年 11 月第 1 次印刷

开　　本 710×1000 1/16
印　　张 17
字　　数 265 千字
定　　价 79.00 元

目　　录

第一章　杜甫诗歌英译研究在中国
（1978—2018 年）

第一节　杜甫诗歌及其英译

杜甫（712—770 年），字子美，自号少陵野老，世称杜工部、杜拾遗，是我国唐代伟大的现实主义诗人，同李白并称为"李杜"。杜甫的诗以古体、律诗见长，风格多样，且以沉郁为主要风格，反映了唐代由盛转衰的历史过程，被称为"诗史"。杜甫被世人尊为"诗圣"，他忧国忧民，其诗歌也流露出对国家、对人民的深深热爱之情。"现在能看到的杜甫的诗有一千四百多首，数量可谓不少；这一千四百多首诗分别作于杜甫一生的各个时期，历时三十余年，时间可谓不短。数量多、历时长，其中思想内容的多样、复杂、矛盾也是可以想见的"（丁启阵，1993）。其中著名的有"三吏"（《新安吏》《石壕吏》《潼关吏》）、"三别"（《新婚别》《垂老别》《无家别》）、《兵车行》、《春望》、《茅屋为秋风所破歌》、《丽人行》、《登高》等。

千百年来，杜甫的诗不仅在国内广泛传颂，也漂洋过海传到了英语世界。1829 年，戴维斯（John Francis Davis）在《汉文诗解》（*The Poetry of the Chinese*）中就收入了杜甫的《春夜喜雨》，并用格律韵体译为英语（吴伏生，2012：11—12）。1898 年，翟理斯（Herbert A. Giles）的译作 *Chinese Poetry in English Verse* 出版，收录杜甫诗十首。1919 年，商务印书馆出版了弗莱彻（W. J. B. Fletcher）的《英译唐诗选》（*Gems of Chinese Verse*），该著作的"介绍"之后有一首作者自己 1917 年作于福州的诗（*To Li Po and Tu Fu*），表达了他对两位诗人的崇敬之情。该书杜甫诗选部分包含杜甫的诗《后出塞》《石壕吏》《兵车行》《绝句》《春夜喜雨》等 45 首，该书以汉英对照形式出版，并且包含简单的注释，便于西方读者阅读、理解，这是第一次大量地以英语译介杜甫的作品。1925 年弗莱彻出版了 *More Gems from Chinese Poetry*，再次选译了杜甫的 30 首诗。之后，有更多的国内外学者和汉学家开始从事杜甫作品英译的工作，例如艾思柯（Florence Ayscough，1921 年），石民（1933 年），王红公（1956、1970 年），路易·艾黎（Rewi Alley，1962 年、2001 年、2006 年），霍克思（David Hawks，1967 年），吕叔湘（1980 年），许渊冲（1984 年、1988 年、1994 年、2000 年、2008 年），王佐良（1989 年），徐忠杰（1990 年），魏博思（1991 年），郭著章等（1994 年、2008 年、2010 年），孙大雨（1997 年、2007 年），王大濂（1997 年），吴钧陶（1997 年），杨宪益和戴乃迭（2001 年），高民（2003 年），唐一鹤（2005 年），龚景浩（2006 年），赵彦春（2007 年），张廷琛和魏博思（2007 年），华兹生（Burton Watson，2009）等。这也反映了国内外越来越多的译者对杜甫作品的英译产生了兴趣。

第二节　杜甫诗歌英译研究现状

20 世纪 70 年代以来，国内学者对杜甫诗歌的英译研究一直保持着浓厚的兴趣，发表和出版了有关杜甫诗歌英译研究的相关论文。

为了尽可能全面地了解杜甫作品英译研究现状，我们以"杜甫"为题名、关键词和主题（并含"翻译"和"英译"）在中国知网（CNKI）上对 1978 至 2018 年的学术论文进行了检索，剔除与杜甫英译研究无关的论文后，共得到论文 174 篇；同时我们也在万方数据知识服务平台以"杜甫翻译"和"杜甫英译"为题名、关键词和主题进行了检索，剔除无关论文后，共得到论文 148 篇，排除重复论文，两者总计 222 篇。此外，我们还在北京航空航天大学外国语学院资料中心查到硕士论文 2 篇，论文集论文 8 篇，总计 232 篇。① 具体统计

---

① 论文检索时间为 2018 年 11 月 10 日；资料收集截止时间为 2018 年 11 月 10 日。2018 年 11 月 10 日之后发表的相关论文未统计在内。

信息见表 1 - 1。

表 1 - 1　　　杜甫诗歌英译研究论文历年发表数量统计表

年份	数量（篇）	百分比（%）
1978	1	0.43
1983	3	1.29
1986	2	0.86
1987	1	0.43
1989	1	0.43
1990	3	1.29
1991	1	0.43
1992	1	0.43
1994	1	0.43
1995	1	0.43
1997	2	0.86
1998	1	0.43
2001	1	0.43
2002	2	0.86
2003	3	1.29
2004	6	2.59
2005	6	2.59
2006	7	3.02
2007	11	4.74
2008	16	6.90
2009	20	8.62
2010	22	9.48
2011	14	6.03
2012	24	10.34
2013	10	4.31
2014	17	7.33
2015	18	7.76
2016	16	6.90
2017	12	5.17
2018	9	3.88
总计	232	100.00

通过表 1-1 可以看出，从 1978 年改革开放以来，几乎每年都有相关的论文问世。21 世纪以来，关注杜甫诗歌英译的学者更多。2008 年达到 16 篇，2009 年 20 篇，2010 年 22 篇，仅 2010 年一年的论文量就超过 20 世纪之和（18 篇）。可以预见，今后会有更多的译者和学者从事杜甫英译的研究工作，将杜甫英译研究推向深入。

第三节　分类研究

笔者研读了相关论文，并将这 232 篇论文分为六大类：中国诗歌翻译研究中涉及的杜甫诗歌英译研究、针对具体诗歌的研究、综合研究、译者研究、影响研究、跨学科研究。具体的分类统计信息详见表 1-2。

表 1-2　　　　　　　　　杜甫诗歌英译研究按角度分类表

角度	数量（篇）	期刊论文数量（篇）	硕士学位论文数量（篇）	博士学位论文数量（篇）	论文集所收录论文数量（篇）
中国诗歌翻译研究中涉及的杜甫诗歌英译研究	25	13	7	0	5
针对具体诗歌的研究	86	74	9	0	3
综合研究	71	48	21	1	1
译者研究	27	20	5	0	2
影响研究	13	12	1	0	0
跨学科研究	10	6	4	0	0

一　中国诗歌翻译研究中涉及的杜甫诗歌英译研究

在研究中国古诗的论文中，特别是关于唐代诗歌的英译研究的论文中，有不少涉及杜甫英译研究的内容，故而将其单分一类。这些研究一共有 25 篇论文，比如魏瑾（2009 年）指出李白和杜甫的诗歌风格不同，各有特色，"两人的诗篇都表现一种傲骨、壮志、忧思、报国的情怀"。两人的诗歌根据创作需要，翻译的句式章法也要灵活多样，并相应地举例提出局部顺译和句式替代的翻译方法，已达到与原诗相同的效果；两人诗作讲究练字，译者译诗也应该抓住诗眼，准确无误地再现诗意，以达到传神达意和生动可读；"李白、杜甫在作诗中尤其注重意象的经营，翻译其诗也必须深入研究诗人的意象构建策略，才能探索诗人的精神世界，窥测诗歌只字片语中流露出的感情，从而再现其诗歌的文化精神"。该文还在"象"示"意"法（意象保留法）、去"象"存"意"法（意象解释法）、意象转换法、直译—增补法、省略法、拆字法等方法的基础上，提出了意象修饰和化隐为显的翻译方法。该文较好地概述了李杜诗篇的人文意蕴与英译策略。

曹山柯、黄霏嫣（2006 年）指出中国古诗词富含隐语，善用象征性和朦胧模糊的语言，词义变化多样、比较灵活，是翻译的障碍。文章以杜甫《丽人行》里的"杨花雪落覆白苹，青鸟飞去衔红巾"为例加以说明。这两句用隐语折射杨国忠兄妹，但是却很难以相应的隐语形式译成英语；作者还以杜甫《春望》中的两句，"感时花溅泪，恨别鸟惊心"为例证，分析了杜甫感情的模糊性，并将其寄托于花和鸟，这种情感较为模糊，也成为译者翻译的障碍。中国诗词受到佛家和道家思想的影响，饱含禅意，这就更造成了其情感的模糊性和翻译的障碍。本书最后分析了存在可译性障碍的三个原因：形式方面存在的可译性障碍、风格方面存在的可译性障碍和文化方面存在的可译性障碍。本书对中国古诗词的模糊性和可译性障碍较全面地进行了举例、研究和分析。

李特夫（2011 年）为追溯 20 世纪杜甫诗歌在英语世界的传播和接受程度研究了 20 世纪主要的汉诗选译本。研究发现，这些译本都未专注于杜甫诗歌的译介，但杜甫诗歌在其中占据了较多篇幅和较为重要的地位。这些译本既促进了杜甫诗歌在英语世界的传播与接受，又为延续至今的杜甫诗歌英译风潮奠定了基础。

二 针对具体诗歌的研究

在这 232 篇论文中针对具体诗歌的研究论文为 86 篇，占据了较大的比例。它们研究的主要内容是杜甫诗歌名篇的英译，例如《登高》《月夜》《春望》等，包含诗歌单个译本的分析评价和多个译本的对比分析。具体诗歌数量统计见表 1 – 3。

表 1 - 3   **具体诗歌英译研究数量统计表**

诗歌名称	数量（篇）
《登高》	26
《月夜》	10
《春望》	7
《望岳》	5
《秋兴》	8
《春夜喜雨》	2
《登楼》	1
《佳人》	1
《江南逢李龟年》	1
《绝句》	1
《旅夜书怀》	2
《漫兴》	1
《梦李白》	1
《蜀相》	2
《闻官军收河南河北》	4
《赠卫八处士》	4
《房兵曹胡马》	2
《石壕吏》	1
《兵车行》	2
《垂老别》	1
《奉赠韦左丞丈二十二韵》	1
《对雪》	1
《登岳阳楼》	1
《八阵图》	1

通过表 1 - 3，我们可以发现《登高》的英译研究论文数量最多，达到 26 篇，《月夜》为 10 篇，《春望》为 7 篇，下面我们选取部分英译研究的相关论文加以概述和分析。

（一）《登高》的英译研究

关于《登高》英译研究的 26 篇论文的研究角度包括：结构主义

翻译观、形式结构与认知意义、主观识解、诗学视角、译文对比、译文评价和"三美论"等，不仅包含分析一种译文的论文，还有对比分析两个或者多个译文的论文。

郑延国（1995 年）对比分析了许渊冲、章学清、弗莱彻、宾纳（Witter Bynner）、杨宪益的五个不同译文，他认为五种译文译法不同，既达意，又存形。他以"万里"为例，认为许译译作"far away from"，言简意赅；章译"apart from home"加上"so far and long"，"远离故里，久居旅途的意味便跃然纸上"；宾纳不拘泥于原诗，"带有几分质朴"；弗莱彻的译文谨慎、流畅练达，具有一定的深度；杨译的"all around"与"万里"异曲同工。他还分析了异彩纷呈的"悲秋"和"百年"句的译法。最后还举出具体例子指出了五个译文未尽人意之处：一是有误；一是过实。

姚俏梅（2010 年）分析了《登高》原文、创作时代背景和结构，而后对比分析了弗莱彻、宾纳和许渊冲的三种译文。她认为"三种译文都没有保留原诗的格律形式，反而是每一种译文都力求各树一格，也因此产生了不同的效果"。她指出在翻译首联之时，弗莱彻的译文保留了原诗的意象；许渊冲的译文类似弗莱彻的译文，"表现为单句内的照应，头句侧重中间押's'韵，旨在达到音律美、形式美"；宾纳的译文以散文的形式翻译节奏和韵律，将两个意象杂糅在一句话之中。在分析颔联时，她认为三位译者可能当时更注意形式，不注重意义，弗莱彻的译文不简洁、臃肿，可能是模仿 19 世纪的拟古风格，使用过时的短语，不符合现代作者口味。该文的可贵之处是给出了自己的译文，这种务实的研究态度值得提倡。

唐秀文、卢丛媚（2012 年）从意美、音美、形美三个角度对比分析了许渊冲和章学清的译文，认为两位译者在意、音、形上都有体现、互有长短。他们以"鸟飞回"中的鸟为例，认为章译为"gull"，"没有多大意义"；而许笼统译为"bird"，"更能体现诗人剪不断理还乱的心情"。音美方面，章译交替使用头韵、尾韵和行内停顿，整首译诗使用了八个韵部，每两行同用一韵，"读起来铿锵有力"；许译也形象生动，诗中多对仗和押韵。形美方面，许译严格遵照原诗的格式，每行十二音节，轻重相间，抑扬顿挫；章译虽略有不同，但也以诗译诗，"较好地传达了原诗的形美"。

何文斐（2014 年）对《登高》中出现的意象进行了分解，并通过对宾纳、杨宪益、戴乃迭及许渊冲三个译本的分析，认为对意象的翻译与重构应从详略度、辖域与背景、视角和突显三个主要维度进行主观性识解。以详略度为例，作者认为对"鸟飞"这个意象，宾纳的"Birds are flying"属于简译，杨、戴的"where birds are wheeling"使内涵与情感都有所弱化，而许译"birds wheel and fly"更好地还原了孤独无依的意境，"对原诗意象的意义与内涵把握得更深入细致"。

（二）《月夜》的英译研究

吴欣（2005 年）对比分析了路易·艾黎和许渊冲的两种《月夜》译文，他认为路易·艾黎的译文有其可取之处，基本做到了忠实于原诗内容，做到了意美，但却未能达到形美和音美，且有凭空添加两句诗，全诗增加的行数过多等不足，"而且原诗固有的由平仄和尾韵构成的很强的音乐感荡然无存"。许渊冲先生的译文相比更加贴近于原诗，"更好地传达了原诗的'意美''音美''形美'"。在意美方面，许译三处优于路易·艾黎的译文，即称谓（合理选择译作第二人称）、情景（用 would 表明是诗人的幻想）、遣词（推敲选择增加 full）。在音美方面，许译"第一、二句的 tonight、bright，第三、四句的 dear、here，第五、六句的 seems、moonbeams，第七、八句的 side、dried 符合英语诗句的韵脚，且大部分节奏为抑扬格，读起来铮铮有韵、朗朗上口，因而产生了译诗讲求的'音美'"。在形美方面，许译更加接近于英诗的格律。同时，还指出了许译的一些问题：译文不够精练、不全是抑扬格和部分诗句不易为外国人所理解。总之，该论文概括较为全面，不仅指出了许译的优点，还指出了其一些翻译的问题，值得学习借鉴，遗憾的是对路易·艾黎译文的优点提及太少。

（三）《春望》的英译研究

有关《春望》的 7 篇论文分别从及物性、"三美观"、目的论、复义研究比较、移情手法英译处理和错误分析等视角进行了研究。

邹湘西（2010 年）利用韩礼德的及物性理论，将原诗划分为 12 个小句，加以标号，并标注了关系过程、存在过程、心理过程、行为过程和物质过程。为了比较在不同的文化背景下译者如何理解和翻译诗歌，作者对比分析了路易·艾黎、许渊冲及杨宪益等的译文的及物性过程。"感时花溅泪"原句包含心理过程（感时）和行为过程（花溅泪），路易·艾黎译文漏译了"感时"这一过程，采取了意译的方式翻译"花溅泪"，并用物质过程将"tears"改译为"a flood of sadness"，"较多地更改了诗人的本意，使读者无法体会诗人悲痛的程度"；许渊冲的译文"使用了行为过程，还原了诗人悲痛难抑，老泪纵横的愁苦"，且与原句相对应，隐去了心理过程"grieved"，较好地译出了原句的意境；杨宪益的译文使用了行为过程，类型与原句保持一致，但是没有很好地理解原句，把"感时"译为"flowers"的环境成分，属于误译。通过对这首诗的及物性分析，她"发现不同译者在翻译同一个小句时，会选择不同的及物性过程来阐释自己对原句的理解，而不同的过程类型又会产生不同的翻译效果"，同时建议"在古诗英译的过程中，如果能考虑到原诗的过程类型并思考采取何种过程类型才能与原诗达到最大程度的契合，将会更好地译出原诗的意境"。该文的研究角度较为新颖，值得尝试使用，并进一步检验其可行性。

胡梅红（2007 年）以新批评派代表人物理查兹（I. A. Richards）的"细读法"和威廉·燕卜荪（William Empson）的复义理论为理论基础，以《春望》为例分析了题目"春望"的三个含义（"望春天""春天从远处眺望"和"春天的景色"）及三个相应的英译文（"Looking Out on Spring""Spring Looking Into The Distance"和"A Spring View"）；并且对全诗的复义和五个英译文①进行了对比分析。她指出"对首联中'草木深'的复义处理，译文 3 和译文 4 较贴近原文。对颔联句法复义的处理，译文 5 较符合萧涤非等人的第一种解释，但忽略了原文中的'感时'之意；译文 1 和译文 3 较贴近萧涤非等的第二

---

① 译文 1 为杨宪益夫妇的译文；译文 2 为艾思柯的译文；译文 3 为许渊冲的译文；译文 4 为路易·艾黎的译文；译文 5 为吴钧陶的译文。

种解释。对颈联中'连三月'的处理，只有译文 2 较符合萧涤非对时间的解释，但缺少原诗作中的空间感。尾联的译文 2 和译文 4 因用了虚拟句，比较能再现原诗中'抵万金'的朦胧之美及其复义"。从形式和内容角度而言，五个译文均"部分地再现了原诗的风格、意境和神韵，各有得失"。这种研究方法应该说是一种很好的尝试，值得我们继续深入研究。

另外，对其他具体诗歌英译研究包括：从语篇特征评《春夜喜雨》的四个不同译文；分析《江南逢李龟年》的背景及其翻译；分析《漫兴》英译的修改过程；分别对《蜀相》和《望岳》英译文的人际功能进行分析；解析许渊冲《闻官军收河南河北》英译本的"三美"等。

三 综合研究

本类研究包括译本评价、杜甫诗歌英译比读、译本考辨、格律研究、基于数据库的研究和译本述评等。

胡梅红（2004 年）阐述了诗歌翻译中形式对等的重要性，以杜甫诗歌为例，运用索绪尔的组合关系和联想关系（Associative Relations）理论及利奇的组合关系前景化理论为基础，"讨论了五种'情''景'交融不同的呈现模式；同一联中上句抒发'情'，下句描写"景"；同一句中'情''景'相融不可分也；同一首诗中上联着重抒'情'，下联着重写'景'；一首诗中间插入一联全部描写景色；一首诗中首联和颔联全部写'景'，颈联和尾联全部抒'情'"。该文还详细分析了杜甫两首名诗《登高》和《登岳阳楼》的三种英译文，从组合关系的角度剖析了原诗的句法特征，同时从联想关系的角度揭示在句法上独立的"情""景"之间的内在联系，比较和分析了不同译者如何做到内容和形式的统一，进而"对能在译诗中不同程度地保留原诗的语言结构、词序、分行、意象及有造型功能的修辞手法的译文做出了肯定的评价"，最后指出异化翻译法是中国古诗翻译的最佳策略。该文注重理论和实践的结合，值得肯定。

郝稷（2009 年）对翟理斯翻译的杜甫诗歌作了较为全面的评价：

翟理斯的译作将杜甫诗歌放在较为重要的地位，他在选诗及诗歌排列上大体以体裁为序；其所选译诗歌题材除了《石壕吏》（涉及社会历史题材）之外，都是选取描写个人生活的诗歌；其翻译的杜甫诗歌题目全部偏离原诗题目，以大意为主给出概括性的题目，便于译文读者把握诗歌大意；翟理斯淡化历史背景和地理文化等相关知识，不以时间为序选择诗歌，回避史诗，其译文没有包含地理和社会历史背景知识，对文化知识也不予说明；追求诗歌的形式，将杜甫诗歌译作英语诗歌。这些有译者自己的考虑，不讲述其国内广大人民不了解的中国唐朝的历史和文化，以在很大程度上将杜甫诗歌予以归化翻译，其翻译在杜甫诗歌海外的传播中发挥了很大作用。

贾卉（2009 年）的博士论文将符号学意义观与汉语古诗英译研究相结合，以符号学模式探讨了汉语古诗的符号特征，从指称意义、言内意义和语用意义三个层面分析和比读杜甫诗歌英译的多译本，包括《闻官军收河南河北》，有宾纳、艾黎、戴维斯（Davis）、洪业（Hung）、华兹生（Waston）、李维建和许渊冲的七个译本；《春望》，有华岑、宾纳、李维建、亨顿、艾黎、库柏、戴维斯、吴钧陶、许渊冲和弗莱彻的十个译本；《登高》，有许渊冲、吴钧陶、弗莱彻、宾纳、艾黎和霍克斯的六个译本；《兵车行》，有弗莱彻、宾纳、华岑、许渊冲和艾思柯的五个译本；《江畔独步寻花》，有唐一鹤、艾黎和亨顿的三个译文；《江村》，有艾思柯与洛威尔、艾黎、许渊冲和唐一鹤的四个译本；《自京赴奉先县咏怀五百字》有李维建等三个译本；《茅屋被秋风所破》有华岑等四个译本；《春夜喜雨》有洪业等十一个译本；《赠花卿》有许渊冲等三个译本等。其研究角度包括指称意义（指称意义与字面意义、词汇空缺、指称意义的模糊性），言内意义（语音意义：格律、拟声及双声和叠韵），字形意义（叠字、重字），词汇意义（比喻、借代、拟人、双关、夸张），句法意义（对仗、句式变异和互辞），语用意义［表征意义、表达意义（反讽和讳饰）］，联想意义（意象、互文性），祈使意义和社交意义。同时"从理论层面上结合具体实例就三大意义如何再现、应对策略，以及常见误译等方面加以展开、点评、分析"，并结合实例对意义再现过程中的可译性、制约因素、翻译过程、翻译原则和翻译策略等诸多因素进行了探讨研究。她的论文提出五个问题，并且在"结语"部分做了回答。该文是国内第一篇研究杜甫诗歌英译的博士论文，它从符号学意义较为全面地研究了杜甫诗歌英译，为诗歌英译研究开创了新的思路。

李特夫（2012 年）通过三个方面的支撑理据，即国内研究现状、《好逑传》中的引用及《含英咀华集》"编者前言"里的论述，详细论证了 1735 年和 1736 年《中华帝国全志》中出现的法译杜甫诗歌和 1741 年的英语转译即杜甫的《少年行二首（其一）》，使其分别成为第一首外译和英译杜甫诗歌。同时也间接证明，英语转译是已知最早英译杜甫诗歌的起点。

陈梅、文军（2013 年）认为设立杜甫诗歌英译数据库既有必要性也有可行性。该数据库的创建应该能"从翻译实践和理论研究两个方面全面系统地反映杜甫诗歌英译的现状和取得的成就"。在此宗旨之上，作者提出，该数据库应包含杜甫诗歌中英文版本，包括英译或双语对照版本；著名杜甫诗歌英译作品述评，如霍克斯的（《杜甫初阶》A Little Prime of Tu Fu）等；对杜甫诗歌英译状况的综述；国内外杜甫诗歌研究工具书、基础读物，如《杜甫大辞典》（张忠纲，2008）、《杜甫诗歌鉴赏辞典》（俞平伯等，2012）等；包括国内外期刊论文、学位论文、学术著作和研究项目等在内的杜甫诗歌英译研究文献；包括与杜甫诗歌英译相关的译者、出版机构和期刊等在内的杜甫诗歌英译相关资料，以及国内外杜甫诗歌英译相关的音视频资料等。在数据库构架原则方面，作者认为，应保证收录内容的全面性、系统性和代表性。全面性即在内容上要包含杜甫诗歌英译的所有译作及重要的研究成果等；系统性即通过明晰的条目分级确保各类词目之间相互独立；代表性即在保证内容全面性的基础上对"重点译本"做重点介绍，因此在选择此类具有代表性的文本时，应重点考虑成果时间、学术成果类型及作者的代表性。

曾祥波（2016 年）从宏观和微观两个层面对宇文所安全译本《杜甫诗》（The Poetry of Du Fu）做了全方位的述评。宏观方面，作者认为译者对底本的"选择可谓当行有识"，对西方世界中杜甫研究的学术状况比较熟悉，也体现了对中文世界杜甫研究进展的关注。此外，作者认为译者在译本中体现出的对早期杜甫诗歌编纂与流传状况的推测"颇具启发性"。微观层面，不仅译文"辞义平正"，而且中英文并行对举的排版方式也值得推崇。

四 译者研究

翻译杜甫诗歌的译者有几十位之多，但是对译者研究的论文还不算多。现在的研究者包括弗劳伦斯·艾思柯、宇文所安、肯尼斯·雷克斯洛斯（Kenneth Rexroth）、路易·艾黎、霍克思等，但是针对国内杜甫诗歌译者的研究论文极少。

刘晓凤、王祝英（2009 年）介绍了路易·艾黎，1962 年他的《杜甫诗选》（Du Fu Selected Poems）出版，此后，他创作了《致杜甫》（For Du Fu）歌颂"诗圣"杜甫。其翻译作品《杜甫诗选》与以前的翻译相比有四个鲜明的特点：是一本专门的杜甫诗歌英译作品，具有历史意义；选译的诗歌题材丰富，具有系统性，富有代表性，按时间顺序，共选译 124 首；其翻译突破杜甫原诗的格律限制，采用自由体，包含了自己对诗歌的理解，符合当代读者的阅读口味；译文语言简洁流畅、易于理解。该文还指出路易·艾黎以仁爱精神践行着杜甫精神，为人民而歌、热爱和平、反对战争，这在其译作选译的《自京赴奉先县咏怀五百字》、"三吏"、"三别"和《北征》等诗歌中也有所体现。

郝稷（2009 年）指出艾思柯酷爱中国文化，并十分钦佩杜甫，在《松花笺》中选译的杜甫诗歌就有 14 首。1929 年出版了《杜甫：一个中国人的自传》（Tu Fu：The Autobiography of a Chinese Poet），该书包含了大量英译的杜甫诗歌。1934 年她出版了《一个中国诗人之旅：杜甫，江湖客》（Travels of a Chinese Poet）"重点介绍杜甫晚年的生活和诗歌，从而完成了英语世界中第一部较为详细、系统的关于杜甫生命历程和诗歌介绍的专著"。在杜甫诗歌翻译的过程中，她采用了"拆字法"，固然富有想象，但是不能较为准确地理解诗歌的原义，这一做法受到洪叶先生的批评。"此外，在单个汉字的翻译上，她还倾向于通过对一个汉字的分析而使其固有之义更为鲜明的做法。"对于一些惯用的复合词的翻译，艾思柯会采取"陌生化"的原则以获得更佳的表达效果，即逐字地翻译，而非按照意义去翻译。"比如'消息'一词中的'消'字是'to eliminate''transpire'，而'息'字是'a full breath''gasp''to breathe'，艾思柯觉得这个词传达了一种'与外部世界的联系仿佛通过呼吸一样'的概念，因此将其翻译为'the breath of news'。"艾思柯对典故淡化处理，有时对典故太多的句子省去不译，她还为诗歌译文补充了一定的历史背景知识，以便于读者理解和接受。

贾卉（2014 年）介绍了大卫杨（David Young）的杜甫情结及其历时长久之作《杜甫：诗的一生》。大卫·杨深受杜甫的现实主义精神、艺术发展道路和人文情怀感染，多年沉浸在杜甫诗歌的阅读和翻译中。在这部著作中，他选取了 170 首"最能突显杜甫形象，最能反映杜甫整体生命历程和性格特征"的诗，吸收各家之长，参考了众多译本翻译而成。大卫·杨采取"折中"的方法翻译杜甫诗歌，即"将每行中文诗处理成一个自由诗节，采用双行体的形式，尽量少用标点符号"。他以自由体译诗，并不拘泥于原诗的格律框架，以此反映原诗的某些形式特征（如大量的对句），同时又确保不被原语的规则束缚。

陈清芳（2014 年）考证发现《兵车行》（*The Song of the Conscript*）是"迄今所见胡适的第一首汉诗英译作品"。通过对译者"编辑说明"及对时代背景的分析，作者认为，英诗汉译成就卓越而汉诗英译成果寥寥的胡适，翻译《兵车行》原因有三。首先，胡适"提倡白话文"，对杜甫的白话诗评价颇高；其次，他"赞赏《兵车行》对时政的讽刺与批评"；最后，旧中国战乱频发，兼逢第一次世界大战爆发，译者希望以此"给读者带来一定的触动与启示"。作者同时也对胡适的这首译诗进行了详尽的分析，分析发现，译者并未刻意追求押韵，但做到了忠实于原文，即完整地传达了原诗的内容，未做随意增添或删减。此外，他通过直译和意译的有机结合确保译文表达得准确、完整、地道。如"行人弓箭各在腰"一句的译文"Bows and arrows on the soldiers' belts"中，弓箭并非挂在腰上，而是挂在腰带上，因此译者将"腰"字意译为"belt"。

五　影响研究

影响研究是翻译批评中研究较多的课题，但是由于杜甫英译研究难度较大（需要调查其在一定时期内对海外学者、诗人和创作的影响及海外的接受程度），所以相关论文还不多。主要包含对美国诗歌的影响、在美国的翻译和接受、对王红公（肯尼斯·雷克斯洛斯）的影响和对美国"垮掉一代"作家的影响。

朱徽（2004 年）认为，在广度和深度上，唐诗在美国的翻译与研究都有了很大的发展。就研究的诗人而言，从王维、李白扩展到杜甫、白居易、寒山和杜牧等多位诗人。"以前杜甫受关注较少，是因为其被称作'诗史'的作品富含对人民疾苦和国家命运的深刻关注，语言精巧深邃，典故较多，译者难以驾驭，读者不易理解。但是，在第二次译介高潮中，杜甫诗歌明显受到了重视。如阿瑟·库柏著有《李白与杜甫》（*Li Po and Tu Fu*），书中收有多首李白与杜甫的诗作译文；洪业著译的《中国最伟大诗人杜甫诗歌注释》（*Tu Fu, China's Greatest Poet*）由美国哈佛大学出版社出版，是这方面研究最为突出的成就。此外，雷克斯洛斯经过艰苦努力，翻译发表了 36 首杜甫诗，等等。"作者还介绍了美国学者和汉学家出版论文和专著研究唐诗在美国的翻译和研究的情况，"在美国成立了中国唐代学会，出版年鉴性质的唐诗研究专辑。美国已经成为当今西方世界翻译和研究中国唐诗的中心"。以宇文所安翻译的杜甫《旅夜书怀》为例，作者认为译文较好地表达了杜甫原诗的意境和情怀，也正是他们这些汉学家的努力翻译和研究，才使得包括杜甫诗歌在内的中国唐代诗歌得到很好的传播，并被越来越多地为美国读者所接受，被诗人和作家在创作中借鉴和吸收利用。

郁敏（2005 年）系统地探讨了杜甫对肯尼斯·雷克斯洛斯的影响。他热爱中国古诗和东方文化，并给自己取了一个"王红公"的中文名字，他 19 岁时在威特·宾纳的推荐下开始翻译杜甫的诗歌。从此，杜甫就成为王红公终生崇拜和敬重的偶像。"杜甫诗作中的写景手法，给了雷克斯洛斯无尽的灵感，受杜甫作品的影响，雷克斯洛斯的诗作从此便多了一种平和悠远的意境；杜甫对下层人民的同情和人性的关怀，也使得雷克斯洛斯的诗歌摆脱了西方浪漫主义诗歌中无病呻吟的常见习气，而表现出一种社会责任感。"包括杜甫作品在内的中国文化对美国"垮掉一代"作家产生了深远影响，也正影响着现今的美国诗坛。这种研究值得鼓励和提倡，但是如果能够更加系统地研究对更多的"垮掉一代"作家产生的影响，意义会更大。

金启华、金小平（2008 年）指出，王红公接触到中国诗歌时产生了浓烈的兴趣，对杜甫诗歌特别感兴趣，并提出了他对杜甫的评价，在他的译作英译《汉诗一百首》（One Hundred Poems from the Chinese）中有 35 首选自杜甫诗歌。他经常以中国诗歌为题来做报告，发表宣扬中国文艺的文章，使中国古代李白、苏轼、李清照等诗人为美国人所熟悉，尤其推崇杜甫。该文将王红公的著作分为三个方面来论述：探源之论，将杜甫定位为世界大诗人；直接陈述感受，追求杜甫诗歌的意境；取精用宏，创作和译作较多，得到较高评价。其诗作无疑是受到杜甫诗歌的真情实景所影响的。"他特别重视杜甫的友情诗，把它们翻译为英语诗，朗诵起来以娱听者，并伴以乐器，益显出诗歌的音乐之美，以加深听者的印象。他又学习到杜甫诗歌中的自然与现实巧妙的结合，以加深描绘真实的情感，在平淡中含蓄着激情。他是一个对杜甫诗歌取精用宏的美国近代诗人，又是一位对美国诗坛有深远影响的杰出诗人。"

郝稷（2011 年）研究发现，杜甫在英语世界的"形象经历了一个不断变化的发展过程，由早期讹误较多的呈现到后来较为真实的再现，再到新时期的重新构建"。19 世纪上半叶，英语世界对杜甫的专门介绍相对缺乏，19 世纪下半叶才开始陆续出现杜甫诗歌的译介。20 世纪 20 至 70 年代末，艾思柯的两册本杜甫传记专著、洪业的《杜甫：中国最伟大的诗人》及戴维斯的《杜甫》都对杜甫的生命历程和诗歌做了较为系统的介绍。同时这一时期也出现了杜甫诗歌研究

的专门译著，其中最重要的就是霍克思的《杜诗初阶》，对杜甫诗歌
在英语世界的传播和接受起到了积极的作用。20 世纪 80 年代以来学
术研究水平进一步提升，研究方法和角度也日趋多元。总体而言，
"诗歌翻译和学术研究是杜甫进入英语世界的两个重要途径"。而随
着全球化进程的推进，现阶段应对杜甫在域外的传播和接受给予更多
的关注，以推动其成为世界性的文学。

李特夫（2016 年）也分析了杜甫诗歌在英语世界经典化的基本
历程。20 世纪之前，"英美译者对杜诗的认识仍十分模糊"，但这一
时期零星出现的杜甫诗歌翻译仍然"扩大了英美读者对杜诗的了
解"。20 世纪前 40 年，弗莱彻、宾纳、詹宁斯和佩因等译者开始重
视杜甫诗歌，这一时期也出现了最早的杜甫诗歌英译专集及首部杜甫
英语传记。20 世纪 50 至 80 年代，"汉诗英译热潮兴起，杜诗的传播
和影响也日益扩大"。这一时期，洪业、霍克思、葛瑞汉、宇文所安、
白之、华兹生、王红公和汉米尔等杜甫诗歌英译名家涌现，杜甫诗歌
英译或杜甫研究领域颇具影响力的作品也源源不断地出版，如洪业的
《杜甫：中国最伟大的诗人》（1952 年）、王红公的《中国诗百首》
（1956 年）、霍克思的《杜诗初阶》（1967 年）和宇文所安的《盛唐
诗》（1981 年）等。至此，"杜诗在英美的经典地位最终得以确立"。
20 世纪 90 年代以来，英语世界的很多"权威选集不仅包含众多英译
杜诗，还大都被用作大学教材，标志着杜诗在英美经典地位的巩固和
延续"。

六 跨学科研究

近年来，跨学科的翻译理论研究趋势明显。在此背景下，有学者
开始运用其他学科或领域的理论研究杜甫诗歌英译的相关问题。本类
论文涉及的其他领域包括文化语言学、社会符号学、格式塔、意象图
式及心理学和哲学的理论等。

杜甫诗歌意象较为丰富，一句诗包含多个意象。何再三、涂凌燕
（2010 年）运用格式塔心理学分析了杜甫诗歌，《登高》首联"风急
天高猿啸哀，渚清沙白鸟飞回"包含六个意象：风急、天高、猿啸

哀、渚清、沙白、鸟飞，利用意境去从整体感知，渐渐形成内涵丰富的格式塔意象，"对诗歌理解的过程就是格式塔意象的心理实现的过程。有了这个整体意象，译者才能更好地实现诗歌意境在其译文中的再造"。他们以杜甫的诗歌《旅夜书怀》为例，从格式塔意象再造的角度，分析了孙大雨、张延琛和魏博思译文意象的翻译得失：孙大雨的译文翻译前两句诗时，使用增词策略，增加了"are fluttered""ariseth"，既符合英语表达习惯，又便于读者理解，但是限制了读者想象的发挥；张延琛和魏博思的译文从整体意象出发，保留了原诗的意象并置，可以让读者发挥想象去理解杜甫的心情；第三、四句孙大雨的译文"hang"等词语"用语直自，削弱了原诗作为一个整体的含蓄美与动态美"。而张延琛和魏博思用词富有动态性，易于读者体会杜甫的心境。总体而言，孙大雨的译文过分追求对等，忽视了整体意境美，而张延琛和魏博思的译文"从整体出发，以诗歌整体意象（格式塔意象）的再造来衡量字、词、句的选择，相比之下具有更强的表现力，更忠实于原诗"。格式塔心理学无疑为翻译研究提供了新的理论视角，其可行性和普遍适用性还需要在翻译研究中进一步验证。

叶露（2007 年）从伽达默尔（Gadamer）的哲学阐释学原则出发，研究了肯尼斯·雷克斯洛斯翻译的杜甫的诗歌，包括《夜宴左氏庄》《奉济驿重送严公》《旅夜书怀》《题张氏隐居二首之一》《赠卫八处士》《宿府》《曲江二首之一》《曲江二首之二》等，着重分析了其译本中杜甫形象的转变。肯尼斯·雷克斯洛斯译文中大幅度削弱了原来诗歌中的儒家色彩，"着重渲染了杜甫对于隐逸生活的向往，其译本中所展现的杜甫更多的是一个选择在自然山水中消融忘却自己的隐士，而非忧国忧民心系天下的儒家"，进一步从哲学阐释学的角度来看待译文中的这一转变。这样的研究为包括杜甫诗歌在内的诗歌英译研究提供了新的研究视角，该文选取的译文都是同一类题材的，如果选取杜甫具有代表性的不同题材的诗歌，那样的研究将会更具有普遍意义。

谢娇（2016 年）分析了意象图式的概念和类型，借用莱可夫（Lakoff）的方法将意象图式分为容器图式、"部分—整体"图式、连接图式、"中心—边缘"图式、"始源—路径—目的地"图式和其他图式（前后、上下、线性等）。从意象图式的视角，作者探讨、分析了《登高》的前三句。首先，标题"登高"呈现诗路径图式，译者将其译为"Climbing A Terrace"，贴近诗人意图且符合路径图式。第一句是容器图式，译者以直译的方式处理疾风、高空、猿猴、孤岛、白沙和飞鸟这些意象，较好地摹写了原诗描绘的悲凉秋景；第二句是路径图式；第三句是存在图式和路径图式，译者的词汇与句式虽与原文有所出入，"但整体上还是将诗人想要表达的情感——传达"。

张春敏（2014 年）以符号学作为研究框架，从言内意义和语用意义两个角度探讨了汉语诗歌英译的问题。以"车辚辚""马萧萧"为例，弗莱彻（Fletcher）用"rumble and roll""whinny and neigh"来传达原文的拟声效果，而且"rumble"和"roll"押头韵，而"whinny"和"neigh"为同义词，都能对应原诗中的叠字效果。华兹生用"rumble-rumble of wagons"传达叠字效果，而许渊冲的"horse grumble"虽与上句的"rumble"押尾韵，但未能体现马的"萧萧"之音，有"以音损义"之嫌。

第四节　研究的不足及建议

通过以上研究，我们发现杜甫诗歌英译研究已经取得了诸多成绩，但还存在一些不足。

1. 对杜甫诗歌英译研究的面过于狭窄。目前，针对杜甫具体作品英译研究的论文共 47 篇，而仅仅《登高》一首诗歌的英译研究论文就 18 篇，杜甫的诗歌有 1400 余首，其中已经英译的有 300 余首，绝大部分英译诗歌未受到研究者的重视，这一点值得引起注意。

2. 译者翻译中重复太多，研究者也应积极关注这一问题。

3. 缺乏完善的交流机制，《杜甫研究学刊》上发表的英译研究文章太少，网站建设存在问题，相关杜甫研究的网站忽视杜甫英译研究，其实英译研究应该是杜甫研究的重要的有机组成部分。

4. 后备人才不足，国内杜甫英译的研究者主要是大学教师和极少数研究生，培养后备人才也是十分棘手的问题。

5. 国内翻译杜甫诗歌的译者较多，但对译者的翻译过程及译者本身的研究还相对薄弱。

6. 研究杜甫诗歌海外传播和接受情况的论文数量还十分有限。

针对存在的问题，兹提出几点建议，希望能推动杜甫诗歌英译研究工作的进一步发展。

1. 研究范围扩大到杜甫所有的诗歌，可以将杜甫英译研究放在唐代诗歌或者我国古代诗歌英译的背景中进行，并且可以尝试与国外诗歌进行对比研究。

2. 充分发挥中国杜甫研究会、四川省杜甫研究会和河南省杜甫研究会等机构在学术交流中的作用，英译学者应该积极参与交流，并吸收优秀的非英译研究学者的研究成果，将杜甫诗歌英译研究成果积极在《杜甫研究学刊》及外语类学术期刊发表，并出版相关专著。同时，进一步加强杜甫研究网站的建设工作，及时更新其英译研究动态。

3. 翻译学和文学的硕士生导师和博士生导师培养自己学生研究诗歌的兴趣，以培养后备英译研究人才，让他们为包括杜甫诗歌在内的诗歌英译研究作出积极贡献。

4. 研究者可以联系国内相关译者，采访相关译者，征集他们的手稿等，进行译者研究和翻译过程研究。

5. 有机会出国访学的研究者，可以利用在海外的时间，制作问卷并采访海外读者，以了解杜甫诗歌英译的传播和接受情况，强化影响研究。

6. 积极构建诗歌英译研究的理论和方法体系，积极吸收其他学科有益的理论，例如哲学、美学、心理学、政治学等，尝试将其应用到杜甫诗歌英译研究中去。

总之，杜甫诗歌英译研究是一项浩大的工程，需要广大研究者长期不懈的努力。

第二章 杜甫诗歌英译描写模式研究

第一节 汉语古诗英译的描写模式研究
——以杜甫诗歌英译的个案为例

一 导论

中国文学典籍是中国典籍的重要组成部分，也是几百年来我国典籍外译的主要类型之一。从 1736 年 R. 布鲁克斯（R. Brooks）从法文转译收有《诗经》数首、《今古奇观》数篇及元杂剧《赵氏孤儿》的节译（马祖毅，1997：222—223），中国文学典籍的英译可以说浩如烟海：唐诗、宋词、元曲、明清小说，国内外翻译家都有所涉猎，而在各类文学体裁中，诗歌无疑是最受重视的体裁。

我国古代的诗人灿若繁星，其中不少人的作品已被译为世界各种语言（如陶渊明、李白、杜甫、白居易等），为人类的文化发展作出了贡献。随着中国文化"走出去"潮流的兴起，中国古诗外译的研究日益受到重视。但在这些研究中，针对某一作家英译的历时描写还较为薄弱。就笔者查询，在采用描写方法研究中国典籍英译方面，国内已有学者对《红楼梦》《孙子兵法》进行了卓有成效的探讨（屠国元、吴莎，2011），但对某一诗人诗歌英译的描写，在语料上与之有所不同：《红楼梦》《孙子兵法》的英译本都是单部著作，有节译本、也有全译本；但某一诗人的诗歌的英译本数量往往较多（如英译杜甫诗歌的就有 1400 余首），迄今为止，对一个诗人的诗歌全部英译的很少，所以目前的翻译都可以看作节译本（尽管每首诗歌相对独立，又可视为更小单位的全译），这一特点决定了对之的描写在侧重点上有所不同。

对诗人诗歌英译的历时描写，有助于我们了解某一诗人诗歌作品英译的发展历程，并对这一历程中的相关外部因素和内部因素进行客观的描写，并在此基础上做出分析与概括。而这种描写达到一定的数量，则可较为全面地对某一时期的汉语古诗英译做出全面的概括（如19世纪末到20世纪末）。从这一角度讲，构建诗人诗歌典籍英译的描写模式颇有意义。

二　翻译规范与汉语古诗英译描写模式

我们拟借助翻译规范理论来构建诗人诗歌典籍英译的描写模式。吉迪恩·图里（Gideon Toury）认为，规范是"将某一社区共享的普遍价值或观念——如对正确与错误、适当与不适当的观念——转换为适当而且适用于特定情形的行为指南"（Toury，1995：55）。在实际翻译过程中，译者通常受到三类规范的制约。预备规范（Preliminary Norms）决定待译文本的选择，即翻译政策。在特定历史时期，翻译、模仿、改写有何区别？目标语文化读者偏爱哪些作家、哪个时代、何种文类或流派的作品？等等。2. 初始规范（Initial Norms）决定译者对翻译的总体倾向，即倾向于原文本还是倾向于译文文化的读者习惯。图里将这两极称为"充分性"（Adequacy）和"可接受性"（Acceptability）。3. 操作规范（Operational Norms）制约实际翻译活动中的抉择。操作规范又细分为（1）母体规范（Matricial Norms），即在宏观结构上制约翻译的原则，例如，是全文翻译还是部分翻译，以及章节、场幕、诗节和段落如何划分等；（2）篇章语言学规范（Textual Linguistic Norms），即影响文本的微观层次的原则，如句子结构、遣词造句，是否用斜体或大写以示强调等（Hermans，1999：75—76）。

在图里对规范三分法的基础上，切斯特曼（Chesterman）根据后二者提出了自己的规范体系，它们是"译品规范或期待规范"（Product or Expectancy Norms）和"过程规范或专业规范"（Process or Professional Norms）（芒迪，2007：166）。

期待规范是"基于（某一特定类型）翻译作品的读者对该（类

型）翻译作品的期待而确立的"（芒迪，2007：166）。影响期待规范的因素包括：目标语文化中占主导地位的翻译传统、类似的目的语类型的话语习俗，以及经济和意识形态方面的影响。

专业规范起着调控翻译过程的作用，它从属并受制于期待规范。期待规范存在于读者群中，专业规范的建立则主要源于专业人士。专业规范又可以细分为责任规范（Accountability Norms）、交际规范（Communication Norms）和关系规范（Relation Norms）三种。

专业规范中的责任规范是一种道德规范，它要求"译者应抱着对原作作者、翻译委托人、译者自身、潜在的读者群和其他相关的各方忠诚的态度来翻译"（Chesterman，1997：69）。交际规范是一种社会规范，它要求"译者（翻译时）能应场合和所有涉及的各方的要求使传意达到最优化"（Chesterman，1997：69）。专业规范中的关系规范是一种语言规范，关注的是原文与译文之间的关系。这条规范要求"译者的翻译行为必须确保源语文本和目标语文本建立并保持着一种适宜的相关类似性"（Chesterman，1997：69）。

在上述图里的三分模式和切斯特曼的两分模式中，我们可以发现，它们关注的重点集中在几方面：译文的社会文化语境（预备规范、期待规范、交际规范），译文的可接受度（初始规范、期待规范），原文与译文的关系（操作规范、关系规范），对译者的约束与要求（责任规范、关系规范）。

上述规范体系的研究重点，为我们建立一个诗人英译描写模式提供了有效的考察视角。需要说明的是，该文的汉语古诗英译的描写模式，其研究对象主要是对某一诗人的诗歌英译的描写，而不是针对某一首（一组）诗歌的描写，因为两者的研究范围区别很大（如杜甫诗歌的英译和杜甫"三吏""三别"的英译）。根据典籍诗歌英译中某一诗人描写的特点，我们将相关视角具体化，则可建构以下模式，如图 2 - 1。

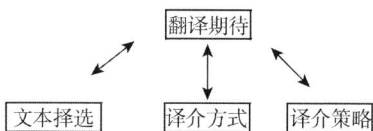

图 2 - 1　汉语古诗英译的描写模式

对图 2 - 1 中的模式简释如下：翻译期待这一维度主要与译文的社会文化语境相关，如译入语语境中诗歌的固有规约（如体裁、题材、用法等），审美趣味，读者的期待及译者的翻译目的等；它不仅包括译入语社会对一般诗歌作品的规范，同时还包括翻译作品等形成的"小传统"的影响（钟玲，2010）；它居于模式的顶端，统率其他要素并与之相互作用。

文本择选：包括择选的原则、择选的方法、择选的严谨性等。由于翻译期待、译者个人喜好等的影响，在不同时期，对同一诗人诗歌的选择往往大相径庭；而在某些时候，有些选材甚至出现错误。文本择选这一维度反映了在特定翻译期待下，对诗歌题材内容可接受程度的考虑。

译介方式：这一维度体现了译介形式与译文可接受度的关系，某部译著是"学者型翻译"还是"文学性翻译"（田晓菲，2012：606）？若是文学性翻译，它是什么型？翻译型？"翻译—注释"型？它是否具有教材功能？若有，该如何设计它的译介结构？等等。

译介策略：这一维度主要考察原文和译文的关系，译文是"充分的翻译"还是"可接受的翻译"？译者是以什么样的策略和技巧完成的？这一维度可考察的内容很多，可把重点放在诗性语言上（如诗体、韵律等）。

上面图 2 - 1 实际上只是对某一诗人诗歌英译某一阶段的描写模式，在描写研究中，一位诗人的翻译往往可以分为好几个阶段（尤其是著名诗人，如陶渊明、李白、杜甫、苏轼等），因此对各阶段采用上述模式进行描写，就构成了古诗英译描写的多阶段模式，如图 2 - 2。

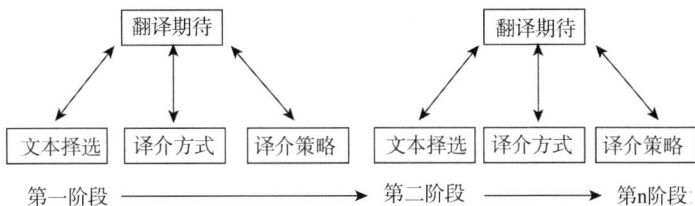

图 2 - 2　汉语古诗英译描写的多阶段模式

下面我们以杜甫诗歌英译为个案，运用上述模式，对之进行描写，并在描写基础上做出小结。

三　个案研究：杜甫诗歌英译的描写

在中国五千年璀璨的文化中，唐诗无疑是一颗"珍珠"。而在唐代诗人中，被后人尊为"诗圣""诗史"的杜甫（公元 712—770 年）占有重要的地位。他被公认为是中国古典诗歌的集大成者，其诗歌众体皆有、诸体皆擅、诸法皆备，为后世开启无数法门，影响了之后一千多年中国诗坛的诗人（张忠纲，2008：前言）。杜甫诗歌的盛誉不仅限于国内，从 18 世纪下半叶起，杜甫诗歌陆续被译为法语、德语、英语、意大利语、俄语、日语、韩语等，在世界范围内产了重要影响（林煌天，1997：146—147）。从 1871 年起，杜甫诗歌就开始在英语世界传播。据不完全统计，仅国外译者翻译的汉诗选译本中的杜甫诗歌、杜甫诗歌专集以及与其他著名诗人的合集至少已有 40 种①。

迄今，国内学术界对杜甫诗歌英译进行了较有成效的研究，据不完全统计，截至 2018 年年底，国内各类期刊已发表杜甫诗歌英译的相关论文 200 余篇，内容涉及杜甫诗歌英译的方方面面：翻译策略、译者研究、具体诗歌的翻译等（见本书第一章），但这些论文中针对杜甫某一诗

---

①　这 40 种见本书附录。本书研究的语料只涉及在国外出版以及国外译者翻译、在国内出版的汉诗英译选集和杜甫诗歌专集，所以这里的数据不包含国内译者在国内出版的译著，如吴钧陶的《杜甫诗英译一百五十首》（陕西人民出版社 1985 年版），许渊冲的《杜甫诗选》（河北人民出版社 2006 年版）等，更不包括国内数量巨大的汉诗选译本（如已有若干英译本的《唐诗三百首》）。

歌或某一译家研究的居多，尚无人对杜甫诗歌英译的发展进行全面的历时性研究。

为厘清百余年来杜甫诗歌英译的发展历程，本书拟将之分为三个阶段，对每一阶段的文本择选特点、译介结构、译介策略等进行描写，并在小结中对翻译期待进行总体描述。这一描写研究，能使我们对英语世界杜甫诗歌翻译的发展脉络有一个清晰的认识。

（一）第一阶段：杜甫诗歌英译的发轫期（1871—1934 年）

第一阶段起于理雅各在 1871 年出版的《诗经》中隐藏的两首杜甫诗歌（郝稷，2009），止于 1949 年佩因出版的《白驹集》（*The White Pony*）。这一阶段可视为杜甫诗歌英译的发轫期。本阶段在译本上的主要特点有二：一是杜甫诗歌主要出现在各种汉诗英译的选译本中，如翟理斯、艾思柯和洛威尔（Amy Lowell）等的作品。二是本时期出现了杜甫诗歌的专门译本，1928 年安德伍德（Underwood）等翻译的 *The Book of Seven Songs* 的出版，尤其是次年同两位译者出版的 *Tu Fu，Wanderer and Minstrel under Moons of Cathay* 一书，开启了杜甫诗歌专集在海外英译出版的先河①，这一阶段还有艾思柯两部著名的专著等（各阶段的主要著作详见"附录：杜甫诗歌英译各阶段主要著作一览"）。下面我们选取相关资料，依据"汉语古诗英译的描写模式"来进行描写。

1. 文本择选：由于这一阶段属于杜甫诗歌译介的初期，因此在各种汉诗选译本选材上呈现出相对随意的特点。比如巴德（Charles Budd）（1912 年）只收录了《茅屋为秋风所破歌》和《渼陂行》两首；韦利（Arther Waley）（1916 年）只收《石壕吏》一首；韦特尔（James Whitall）只收一首等，艾思柯和洛威尔（1921 年）选收了 13 首杜甫诗歌。当然，这些汉诗选译本的译者对杜甫诗歌选材有着特殊的考虑，如翟理斯的《古今诗选》（1898 年）择选了从《诗经》到清代的诗歌 200 首，其中选择了 11 首杜甫诗歌（在全书中占第二位，

---

① *Tu Fu，Wanderer and minstrel under moons of Cathay* 的译者 Worthley Underwood and Chi-Huang Chu 在本书"前言"前有句话："This is the first edition in the world of Tu Fu to be printed outside China，likewise it is the first edition of any one individual Chinese poet."

最多的是李白，21 首）。但在这 11 首中，真正属于杜甫的只有 10
首，翟理斯将韦应物的《滁州西涧》译成英文并视之为杜甫诗歌。
其选诗及排列不按年代顺序，而似乎在体裁上着眼较多。从其翻译的
杜甫诗歌体裁上看，包括了一首五言绝句，四首五言律诗，四首七言
律诗和一首五言古诗。考虑到其错误选入的韦应物诗，可以推知翟理
斯原本也想将杜甫的七言绝句这一体裁选入（郝稷，2009）。而弗莱
彻（1919 年）的作品是这一阶段汉诗选译本中选取杜甫诗歌最多的，
共 45 首。他的选择侧重于题材：反映自然平和之美和战争之恶的诗
歌。（Fletcher，1919：introduction）佩因（1949 年）的《白驹集》中
选择了 40 首杜甫诗歌，由于当时中国处于战乱之中，所选的杜甫诗
歌侧重于战乱与民生，如《春望》《北征》《石壕吏》等（李特夫，
2011）。在杜甫诗歌专门选本上，安德伍德（1929 年）的选材较为随
意，"有时，同一首诗被译为不同译本，冠以不同的标题，随意地被
放置在 290 首选篇中"（洪业，2011：7），但艾思柯（1929 年、1934
年）则采用了编年史的方法来选择杜甫诗歌，也就是选择各个时期杜
甫的诗歌，用之来讲述他的历史，也就是"以杜解杜"（李芳，
2007）。

　　2. 译介结构：译介结构是指选材后译者安排这些诗歌的方式，
又可分为宏观译介结构和微观译介结构。宏观译介结构系全书的结
构，指在译介典籍汉诗成书时对各要素的安排，这些要素种类多样，
如插图、注释、索引等；微观译介结构系每首诗歌的结构，指具体译
介每首诗歌时，译者对其体例的安排（如是双语对照还只是英语译
文，是否需要脚注等）。

　　本阶段在宏观译介结构上最突出的成就是艾思柯的按编年顺序编
排的方法。如《杜甫：诗人的自传》是现代国外第一部关于杜甫的
传记作品。这部书除"前言""引言"外，共分为"唐代早期社会"
"童年时代""青少年时代""清狂时代""中年时代"及"附录"六
个部分，从杜甫的童年到他离开华州为止，算是杜甫前半生的传记，
接下来的生平及创作续于《江湖客杜甫》。作者精心选译了 129 首诗
歌，用于讲述杜甫的生平和思想。作者以"自传"为书名是想要突

出表达一个理念：把杜甫的诗歌按照时间、地点有序地排列起来，就成了一部自传作品（李芳，2007）。

在微观译介结构方面，这一时期不少作品是以"翻译型"即只将杜甫诗歌译为英语为主，如翟理斯（1898 年）、韦特尔（1918 年）、安德伍德（1928 年、1929 年）等，但也有不少译者采用"译诗—注释型"，即除译诗外，还以脚注或尾注方式对译诗中的相关词语加以解释，如巴德（1912 年）、韦利（1916 年）、弗莱彻（1919 年）、艾思柯和洛威尔（1921 年）等的作品，这也说明，在杜甫诗歌译入英语世界的早期，译者就已经对诗歌的接受有了清醒的认识和相应的处理方法。另外值得一提的是，弗莱彻的译诗集中除译诗和注释外，同时还提供了汉语原诗，这种双语为照形式为读者（尤其是汉学家）提供了更大的便利。

3. 译介策略：译介策略直接表现原文和译文的关系，译者对之的处理，也往往关系到译文的质量。本阶段的译文处理以诗译诗较为盛行，如理雅各、翟理斯、弗莱彻等都用格律诗体翻译原作，力求押韵（林煌天，1997：213）。在翻译策略上则以归化者居多，其中最负盛名的是"创意英译"和"拆字法"。

翟理斯在《古今诗选》中所谓的"创意英译"，主要应用在对杜甫诗歌题目的翻译上，他所翻译的所有杜甫诗歌几乎没有与原诗题目一致的。如《绝句二首》之二的译文题目是"In Absence"突出的是不在家乡之意。《落日》的题目译作"Wine"（酒），《题张氏隐居二首》之一译为"The Herm it"（隐士），《石壕吏》译成"Pressgang"（征兵队），等等。总的来看，其译文更改题目主要依据他对原诗大意的理解，在此基础上以概括性的方式给出英文题目，以便英语读者比较容易地把握诗歌主旨，尽管很多时候其概括不够精确（郝稷，2009）。这一方法在本阶段较为盛行。

"拆字法"（Split-Up）的使用，是《松花笺》译者创造性译法的最好例证。这一方法的基本设定是，构成一首诗歌的中国象形文字的语源学出处最为重要，译者将汉字的偏旁、部首的含义英译在译诗中，使之与整首诗歌的意境相吻合。原本为精确理解原诗、"忠实"译诗而进行的汉字分析，在此被两位译者创造性地将"图画文字"

的汉字拆开，融入译诗中。而艾思柯还将这一方法用在了她后来的两部杜甫诗歌专辑中。但这种看似严谨、新颖的方法却导致了诸多讹误，如杜甫的"枫林纤月落"就被艾思柯译为"Wind weaves, of forest shadows and fallen moon-light, /a pattern, white in warp and black in weft"，将"纤"译为"白经黑纬交织的丝段"，对之，洪业进行了详尽的剖析和批评（洪业，2011：11—14）。

（二）第二阶段：杜甫诗歌英译的发展期

第二阶段为20世纪50年代至70年代末，我们可以称之为杜甫诗歌英译的发展期。其发展主要表现在洪业的《杜甫：中国最伟大的诗人》（*Tu Fu, China's Greatest Poet*, 1952年）开启了杜甫诗歌研究的新气象，艾黎（1962年）的自由体翻译杜甫诗歌和霍克斯（1967年）对杜甫诗歌阐述的探索繁荣了杜甫诗歌的英译，20世纪70年代王洪公（1971年）的选集产生了重大影响，而库柏（1973年）则在格律诗翻译杜甫诗歌方面做出了有益的探索。

1. 文本择选。选材上，霍克斯（1967年）的选材则采取了遵从原作已有选本的原则，即依据《唐诗三百首》来确定入选的杜甫诗歌（Hawks, 1967：Ⅸ），这样做的好处是选入该书的都是杜甫的名篇名作，影响自不待言，而作者在本书中想做的，就是给读者提供一本学习课本似的读物，这样的选材应当是恰当的。

王洪公（1971年）的《中国诗百首》分两部分，唐宋各一部分，而在唐朝部分，他只选了杜甫的35首诗歌。这些诗歌是从哈佛燕京的藏目中择选的（Rexroth, 1971：introduction, Ⅺ）。而他选择这35首诗歌的标准主要是个人趣味，"我只选择那些简单直接的诗，选那些与以往文学和当时政治联系的典故最少的诗。换言之，我选的是与我生活环境相近的诗歌。我一直认为翻译就是我的自我表达"（Rexroth, 1971：136）。

2. 译介结构。洪业也采用了编年顺序法，但他对艾思柯的编年进行了改进，在选材上强调那些有助于理解诗人生平和思想的特定政治、经济和社会因素及有交往的友人，而对于那些虽然重要却与杜甫关系不大的部分则略去不谈（郝稷，2011）。艾黎（1962年）全书基本是按杜甫诗歌写作的时间顺序编排的，但与洪业等不同的是，选入的诗歌没有再进行分期。而其微观译介结构采用的是"译诗—注释型"，而且注释的数量不多。由于霍克斯（1967 年）的著作有点类似于学习课本，其宏观结构并不复杂：共 35 首杜甫诗歌，按时间顺序编排（不是按体裁），但其微观结构却较复杂，我们将之归纳为"原诗（注音）—主题—形式—注解—翻译型"。作者对每一首诗的处理都遵照了一定的体例：首先录原诗，并在每个汉字的下面逐一注音；第二个部分名为题目与主题；第三个部分名为形式；第四个部分名为注解；最后一部分是全诗的英译。以《春望》为例，如第一行"国破山河在"下面加了汉语拼音的注音"Guó pò shān-hé zài"。第二部分是题目与主题（Title and Subject），对题目中的"春"和"望"分别做了解释，并对本诗的写作背景和主题进行了扼要介绍（Hawks，1967：46）。而"形式"（Form）中则介绍了"五律"的构成（Hawks，1967：46 - 47）。第四部分的"注解"是对原诗先逐句直译（若必要，则再解释其中的要点），如第一行：

Guó pò shān-hé zài

State ruined mountains-rivers survive

最后一部分的"翻译"也颇有特点：霍克斯采用的是散文翻译诗歌，主要目的是传达原文的意思，如《春望》的译文是：

Spring Scene

The state may fall，but the hills and streams remain. It is spring in the city：grass and leaves grow thick. The flowers shed tears of grief for the troubled times，and the birds seem startled，as if with the anguish of separation. For three months continuously the beacon-fires have been burning. A letter from home would be worth a fortune. My white hair is getting so scanty from worried scratching that soon there won't be e-nough to stick my hatpin in！

应该说，本型的内容颇为丰富。如此丰富的译介结构，其实也都是为作者所阐明的该书的目的服务的：帮助那些对中文一无所知或知之甚少的英语读者们了解一些中国古诗的真实面貌及其运用方式。这意味着《杜诗初阶》成为一个向英语读者传递中国语言和诗歌风貌的特殊窗口，其中语言是为诗歌欣赏服务的。

王洪公（1971 年）的译介结构较简单，宏观译介结构包括 introduction、translated poems、notes 和 bibliography，微观译介结构则是只有译诗的"翻译型"。

库柏（1973 年）则采用了"译诗—诠释型"：本型中的"诠释"与上面的"注释"的差别在于内容的深度和广度。如果说"注释"更多的是对一首诗中一个或几个点的注解，"诠释"则侧重于对一首诗的全面阐释，内容丰富而全面，比如《春望》，译诗后译者用了 6 页多篇幅来对之进行阐述（Arthur Cooper，1973：171－177）。其内容涉及诗歌的体裁、韵律、写作背景、历史缘由、诗歌内涵及对诗句的逐句解读等。

3. 译介策略。洪业（1952 年）没有直译杜甫诗歌，因为他认为这样做既费力又会造成很大的误导，他更关注在诗歌和特定背景下诗人试图与读者交流的精神所在，因此他也拒绝削足适履，没有将英诗韵律节奏等形式要素强加于他的英语翻译之上（郝稷，2011）。换言之，洪业所采用的主要是意译的方法（Sam Hamill，1988：introduction）。

艾黎（1962 年）的翻译策略，是他使用自由体翻译杜甫诗歌。"艾黎翻译杜甫诗歌采用自由体，打破了杜甫诗歌原作严格的格律界限。艾黎的译诗用散文式自由流畅的语言重解杜甫诗歌，这其中包含了翻译者对诗歌的个人化解读，是译者的再次创作。自由体翻译方式，使译诗失去了格律体的形式美，但是也不再受严格格律的限制，更有助于表现杜甫诗歌的精髓。"（刘晓凤、王祝英，2009）而霍克斯（1967 年）的著作，由于其定位，直接采用了以散文译诗歌的方法，完全摈弃了诗歌的形式（见上《春望》的译文）。

正因为王洪公认为"我一直认为翻译就是我的自我表达"（Rexroth，1971：136），所以他坚持翻译诗歌应该有相当程度的自由，不能拘泥于原文，因为译者是为一个特定的时代和特定的读者而翻译的，必须考虑到读者的接受程度。基于这样的原则，他在翻译杜甫诗歌的时候就增加了许多自己的创造。他对于中国诗的特点显然是十分了解的，他在译诗的过程中有意无意地突出了这些特点，这样就使得他的译文更加"中国化"了（刘岩，2004）。

库柏（1973）在翻译中采用了以格律译格律的方法，即对李杜诗歌中七言的"4＋3＝7"字，他用"6＋5＝11"个音步来翻译；而对五言的"2＋3＝5"字，他用"4＋5＝9"音步进行翻译（Cooper，1973：82—83）。七言的译例如《客至》"舍南舍北皆春水，但见群鸥日日来"译为"North and South of our hut/spread the Spring waters，/And only flocks of gulls/daily visit us"（Arthur Cooper，1973：p. 193）；五言例如《春望》"国破山河在，城春草木深"译为"In fallen States/hills and streams are found，/Cities have Spring，/grass and leaves abound"（Arthur Cooper，1973：p. 171）。在押韵上，除正常的押韵外，译者还采用了半韵、眼韵等方法，同时押尾韵也没刻意与原诗保持一致，因此有时通篇皆押韵，有时又只是偶尔有韵（Arthur Cooper，1973：p. 85）。

（三）第三阶段：杜甫诗歌英译的兴盛期

第三阶段为杜甫诗歌英译的兴盛期（20 世纪 80 年代至今），其兴盛表现在：杜甫诗歌英译专集和合集继续出版，其中亨顿（1988年）的"文学译"和 Burton Watzen（2002 年）的译本都具有较大的影响；关于杜甫诗歌及杜甫诗歌翻译的研究有了较大的发展，如麦克隆（David R. Mc Craw）的 *Du Fu's Lament from the South*（1992 年），Eva Shan Chou 的 *Reconsidering Tu Fu*，*Literary Greatness and Cultural Context* 等。此外还有博士学位论文专门研究杜甫诗歌的英译，如切诺克（Susan Cherniack）的 *Three great Poems by Tu Fu*（1989 年），而所有研究中最著名的当数宇文所安的《中国文学选集》（*An Anthology of Chinese Literature*：*Earliest Times to* 1911，1996 年），等等。

1. 文本择选。亨顿（1988 年）的文本择选也是按杜甫诗歌的写作时期，即按编年史选择的，因为译者认为，由于杜甫诗歌在很大程度上与其历史背景息息相关，因此阅读杜甫诗歌之前，读者可能想阅读其传记，而这种设计则可让读者在阅读每首诗歌时与传记内容结合起来。

华兹生（2002 年）选择了 135 首杜甫诗歌，他的选材基于对杜甫"名诗"的了解和他的自我审美兴趣。他认为，尽管杜甫诗歌有1400 余首，但杜甫的名声主要靠大家公认、反复评论和收入选集的100 首左右的诗歌，这一方法是依据原作的"经典性"进行选材的。

宇文所安的《中国文学选集》（1996 年），名家和名篇占据了非常大的比例。以唐代部分来看，王维、李白、杜甫几家的作品入选91 首，占整个唐代入选作品规模的 1/3。毫无疑问，无论在国内还是国外出版的中国文学选集中，这些在中国文学传统中的作家和作品所体现出的"经典性"是任何编选者都不能忽视的。

2. 译介结构。亨顿（1988 年）的宏观译介结构包括"introduction"，该部分又有三方面的内容："Tu Fu's Poetry""Chinese Poetics""Translation Principle"；在译诗部分，本书共收英译杜甫诗歌 127 首，按杜甫诗歌写作年代分为"Early Poems"（737—745 年）、"Ch'ang-an Ⅰ"（746—755 年）、"Ch'ang-an Ⅱ"（756—759 年）、"Chin-chou/T'ung-ku"（759 年），"Ch'eng-tu"（760—765 年）、"K'uei-chou"（765—768 年）、"Last Poems"（768—770 年）七个时期；其后的"Biography"和"Notes"都颇为详尽，"Bibliography"更详列了杜甫诗歌翻译和研究的主要著作，具有较高的参考价值。在微观结构上，本书还是较常见的"译诗—注释型"。

华兹生（2002 年）的宏观译介结构较简单：包括"introduction"和译诗，译诗的安排也以杜甫诗歌写作的顺序安排。其微观结构为"背景介绍—译诗—注释型"：此型与"译诗—注释型"相似，其差异是在每首译诗前增加了介绍性的文字，内容涉及诗歌体裁、写作背景等。如《春望》，在标题"Spring Prospect"之后有一句话："5-ch. Regulated verse; written early in 757 when Du Fu was still a captive in Chang'an."译诗完后还对"soon too few to hold a hairpin up"有一脚注："Men wore hairpins to keep their caps in place."（2002：67）

《中国文学选集》的编选体例相当富有特色。拿唐代部分来看，共有"唐诗简论""盛唐诗""杜甫""插曲玄宗与杨贵妃""唐代的边塞文学"和"中晚唐诗"六章，每章下又列若干节。从整体来看，全书是按照历史进程选取作品的，但某些章节的安排也体现出编选者对作品体式的考虑。这样的编选体例在美国出版的唐诗选集中可谓独树一帜（朱易安、马伟，2008）。而在杜甫一节中，其写作结构可以概括为叙、议、译结合，"叙"指对历史史实和杜甫生平的叙述，"议"是对杜甫诗歌的评价议论，"译"则是对杜甫诗歌的翻译，三者交融，交替使用，颇为适合诗歌史的研究。如在第一节 Early Du Fu 中，作者首先简略介绍了杜甫早期诗歌的期限，并在文体上选出了《重题郑氏东亭》一诗，认为杜甫早期的诗歌中此诗文体高雅。此外，杜甫还创作了一些在文体上更为大胆和自由的诗歌，如《渼陂行》，宇文所安译完此诗后又用一段文字对本诗的文体、音节等进行了分析，此诗文体较为独特，而描写同一地点的《城西陂泛舟》则是七律。编者在本部分以三首诗表现了早期杜甫诗歌的文体风格。

3. 译介策略。亨顿（1988 年）的翻译策略，可以用"recreate"来进行概括，他说"这些翻译关注的焦点是将杜甫用英语再塑为强烈的诗歌话语"（Hinton，1988：XIV），因此他重视的是忠实于杜甫诗歌的内容，而对原诗的形式和语言特色未做模仿（Hinton，1988：XV）。这类翻译又常被称为"文学性翻译"（田晓菲，2012：607）。

华兹生（2002 年）与亨顿不同，他的译作"既注重内容的准确，又流畅可读"，介于学者型翻译和文学性翻译之间（田晓菲，2012：607）。华兹生本人也说"在我的翻译中，我尽力在大多数情况下紧贴原作的用词和行文"（Watson，2002：50）。

宇文所安在《中国文学选集》中对保持译文的"英语化"毫不讳言。然而，在这本选集中，异化的翻译策略仍然被大规模采用，这在意象的翻译中比较明显，尤其是那些承载中国文化根本内涵的文化意象（朱易安、马伟，2008）。因此，针对不同的翻译对象，宇文所安的翻译采用的是归化与异化结合的方式，他在"A Note on Translation"中对历法、度量衡、乐器、酒、建筑、发型、动植物等的翻译都做了详细的介绍（Owen，1996：ⅩⅣ-ⅩⅣⅢ）。

（四）描述小结与讨论

上面描述了杜甫诗歌英译的选材、译介结构和翻译策略与技巧三个维度，下面我们先讨论翻译期待，然后对前三个维度进行小结和讨论。

1. 翻译期待。上面我们没有分阶段对翻译期待进行描写，主要是因为翻译期待实际上包含了宏观的社会文化、微观的译者翻译目的等多种因素，这些因素往往相互交织，常常具有跨阶段的特点，不宜分阶段阐释（如对读者的重视）；同时作为上位因素，它也会影响到选材、译介结构和翻译策略等。对于杜甫诗歌翻译中的翻译期待，其特点可概述为三点。

（1）翻译主流的影响：所谓翻译主流的影响，系指译入语社会对翻译作品的总体倾向，如美国社会对翻译作品的归化、透明化（Venuti，1995：20—21）。在杜甫诗歌翻译中，也有类似的影响，总体而论，杜甫诗歌翻译以这类归化的翻译为主，如宇文所安的"英语化"归化译法等。再如在杜甫诗歌译入英语世界的初期阶段，与其他英译汉语典籍一样，这一阶段最为重大的影响是中国诗歌作为意象主义运动的副产品，在庞德等人的推动下得到了蓬勃发展（Graham，1965：13）。中国古诗的表现手法被他借用到英诗的改革与创新中，形成了新的意象派创作风格。这一背景从多方面影响了杜甫诗歌英译，其中较为典型的就是对杜甫诗歌的随意解释和发挥。

（2）杜甫诗歌翻译"小传统"的作用：这里的小传统是指"如果文学文本在输入地区能够有持久的影响，大多是在当地已经落地生根，形成了一个文学小传统。这个小传统通常是由文学作品的翻译文本组成的，与输出地区的原作文本可能已有了相当大的歧异，是一种改写过的，有所取舍的本土文本，其中注入了输入地区本身文化、社会、历史方面的需要，也加入了输入地区者对他者的想象和憧憬。中国古典诗歌对 20 世纪末以来的一些美国作家能产生持久的影响，正是因为其英译已在英语世界形成了一个小传统"（钟玲，2010）。它以译本的"经典化"为目标。钟玲还以简·何丝费尔（Jane Hirsh-field）吸纳由王红公译的杜甫诗歌的灵感来写诗创作为例，论述了这种小传统的作用。这种小传统形成后能独立于原作发挥作用，这也就能解释一些较为奇特的翻译现象，比如杜甫诗歌英译的第二阶段正是中国与世隔绝的时期，但杜甫诗歌英译却在这一阶段得到了较大的发展。杜甫是古代诗人，与当时的国与国关系不大，但这只是原因之一，更重要的还是这种小传统的作用。

（3）读者期待与翻译目的：前面的文学性翻译及译者的"经典化"努力，都可以视为对读者期待（主要是大众读者）的一种回应，此外，学者型翻译、格律翻译等也是满足另外一部分读者期望的方式。翻译目的与满足读者期待有着密切的关系，但其中有一点比较特殊，值得注意，这就是有少数译者本身也是作家，他们的翻译对自身的创作也颇有促进，这也可以视为比较特殊的翻译目的。这方面的例子有洛威尔译《松花笺》（其中有杜甫的诗歌）（葛文峰、李延林，2012）和被视为"旧金山文艺复兴之父"的王红公（金启华、金小平，2008）。

当然，翻译期待的上述要素，为我们的分析提供了探析的视角，但它们并非一成不变，比如在翻译主流影响中，第一阶段确实有不少"创译"，但其中也不乏弗莱彻在《英译唐诗选》中所表现出的"信达而兼雅"（吕叔湘，2002：8）的例子。上述要素之间的相互影响、渗透、互补等关系，值得学者们进一步探讨。

2. 文本择选。从杜甫诗歌英译三个阶段文本择选的演进过程，我们不难发现，在汉诗选译本、杜甫诗歌专辑中有以下选择方法：依据体裁进行选择、依据题材进行选择、依据编年史进行选择、依据已有原作选本进行选择、依据译者审美兴趣进行选择、依据原作的"经典性"进行选择、依据文学史价值进行选择。这些选材方式有的时候是并用的，如 Burton Watson（2002 年）主要依据原作的"经典性"进行选材，同时他还根据个人审美趣味，选入了部分他认为值得译介的诗歌。

这些方式的选用，往往与译者的翻译目的和读者的定位密切相关。如汉弥尔（Sam Hamill，1988 年）宣称，他翻译杜甫诗歌的目的，就是要用当代美国英语以诗译诗，"我不可能是杜甫，但我讲话必须像杜甫"（Sam Hamill，1988："introduction"），正是出于这种诗情诗味的考虑，译者选择的重点是杜甫关于友情、家庭和自然的诗歌，而政治诗较少。这说明在选材中，译者的倾向和喜好是一个需要加以注意的重要因素。它不仅表现在完全依据译者个人审美兴趣的文本择选中，而且也表现它在其他选材中具有重要作用，比如同样是按编年史选材，有时候却呈现很大的差异。以亨顿和大卫杨（2008 年）的杜甫早期诗歌选材为例，亨顿名为 "Early Poems（737—745）"，选诗 5 首；大卫杨名为 "Early Years in the East（737—744）"，选诗 14 首。

从上述简析我们可以看出，杜甫诗歌的选材是译者依据译本规模（如是汉诗选译本还是杜甫诗歌专集，若是专集，其篇幅多大等）、读者对象及译者本人的审美倾向所做出的抉择，它从宏观层面决定了某一种杜甫诗歌英译的规模、范围和具体内容。因此模式中的选材一项又可扩展为以下模式，如图 2 - 3。

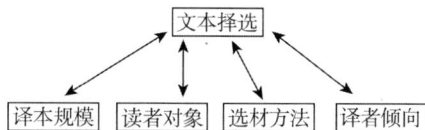

图 2 - 3　"选材"的扩展

3. 译介结构。在选材确定后，用什么方式来安排和呈现诗歌的选本或专集，就需要借助译介结构了。译介结构与选材方法有重合部分：假如选材方法采用的是编年史法，在译介宏观结构中的"译诗"部分就也是编年史法，但宏观结构还有其他要素，如亨顿的宏观译介结构就还有 "Introduction" "Biography" "Notes" "Bibliography" 等。此外其译介的微观结构是"译诗—注释型"。

我们对译介结构可归纳如下：收有杜甫诗歌的汉诗选本和专集的宏观译介结构有：按编年顺序编排的方法，叙、议、译结合的诗歌史阐述方式和除译诗外与其他外在要素的组合，如"Introduction" "Notes" "Biography" "Bibliography"等。微观译介结构包括："翻译型" "译诗—注释型" "背景介绍—译诗—注释型" "译诗—诠释型" "原诗（注音）—主题—形式—注解—翻译型"等。

从上面的描述也可看出，译介结构的详略，也与译诗目的和读者对象有直接的关系。采用什么样的宏观结构呈现汉诗选本或杜甫诗歌专集，采用什么样的微观译介结构来表现译诗及与之相关的要素，都需由译者依据译诗目的和读者对象做出选择。如霍克斯的《杜诗初阶》，由于面向初学者，因此在微观译介结构的设计上就颇为丰富。

因此模式中的译介结构一项又可扩展为（如图2-4）：

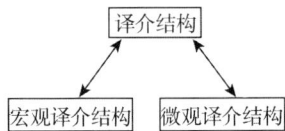

图2-4 译介结构的扩展

4. 译介策略

翻译策略与技巧反映原文与译文的关系，是各种译本的重中之重。如果说文本择选和译介结构主要从外部和相对宏观的角度解决杜甫诗歌英译的问题，那么译介策略则是从诗歌文本内部来解决语言转换、文化移译、意象传达等一系列问题。正因为如此，这部分内容也是在整个杜甫诗歌翻译史中最为丰富的：从颇具特色的"创意英译"和"拆字法"，到用自由体翻译、散文翻译、格律翻译，再到文学性翻译、学者式翻译和倾向于归化的译文的"英语化"归化翻译等，这些策略与方法涉及了迄今翻译研究中反复讨论的"直译—意译" "异化—归化" "散文译诗—格律译诗" "文学性翻译—学者型翻译"等范畴，反映出译者在此演进过程中调动了能够调动的手段，运用了各种能够运用的方法致力于杜甫诗歌翻译。

通过对三个阶段的描述，我们发现，各种译介策略的发展呈现出"递进、互补、舍弃"的关系。所谓"递进",指译介策略与方法的丰富与发展,如格律译诗各阶段就是一种发展关系。"互补"则指同一种译介策略或方法,在不同的阶段,其内涵和操作方式会有一定差异,如果我们比较翟理斯和宇文所安的意译就会有所发现。"舍弃"则指某种方法随着社会的发展而消亡了,最典型的如洛威尔和艾思柯的"拆字法"。它之所以在后来的翻译中不再为其他译者所采用,关键在于此法本身太死也太活:对原文的理解太死,过于强调对字面的解析,而按其解析翻译出来以后离原诗太远,显得过活。

通过描述,对译介策略与技巧的发展关系进行研究,应当是很有价值的。另需说明的是,本书的描写仅限于译介策略和技巧的宏观层面,对于更具体的语句层面尚未涉及,容另文阐述。

四　结论

本书借鉴切斯特曼的翻译规范模式,构建了适用于描写汉语古诗英译中某一作者翻译的模式,还通过杜甫诗歌英译的个案,对这一模式进行了验证。个案研究说明,这一模式具有一定的描写力,能够从社会文化、读者对象、文本关系、译本呈现形式等方面反映某一作家英译作品英译的历程。基于杜甫诗歌英译的个案,我们可以将本书的图2-1(见第24页)扩展为(如图2-5):

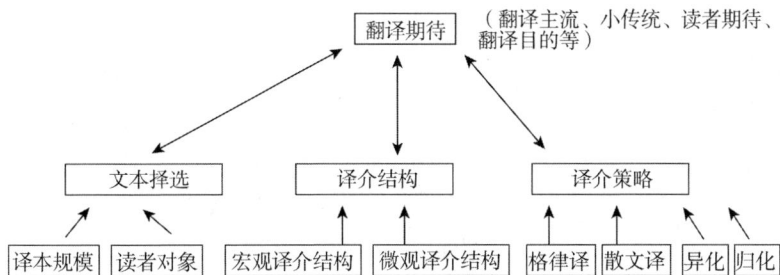

图2-5　汉语古诗英译描写的扩展模式

当然，这一模式的有效性还需更多的个案来加以验证，模式本身也还有待于进一步研究予以完善。

第二节 杜甫诗歌英译文本择选研究

一 导论

在古代诗人诗歌的英译中，文本择选是任何译者首当其冲需要面对的问题：许多诗人的诗作数量巨大，全部翻译几乎没有可能。比如李白有近千首、杜甫有1400余首、白居易有3000多首，而我们现在看到的李白只有300首英译诗歌，除欧文的全集外杜甫只有400余首、白居易1000首（Levy，1971：1）。换言之，相对于他们的全部诗歌，这些诗集都是选集（或诗选），这些选集的形成，就是译者进行文本择选的结果。那么，这类文本择选受到了哪些因素的影响？译者的文本择选采用了什么策略和方法？弄清这些问题，有助于我们更加深刻地理解古诗英译的过程。中国文学典籍数量巨大，古代诗歌在其中占了很大比例，因此选择诗歌英译的文本择选进行研究，具有很高的价值（文军，2012）。本节拟以杜甫诗歌英译为个案，对杜甫诗歌英译的文本择选进行描写研究。

本节没有采用常用的"翻译选材"，其原因在于这一术语更为宏观：要么是针对某一历史时期的总体选材，要么是某一译者面对若干翻译对象而进行的选择。在这一领域，国内诸多学者已经做出了卓有成效的研究。而文本择选从范围上要微观一些，如杜甫诗歌英译，就是要在他已有的诗歌中择选一部分（少则1首，多则达400余首），因为选择的多为整首诗歌，所以称为"文本择选"（当然，少数情况下也有对杜甫长诗的摘译，如《北征》）。我们认为，这一术语更能体现对某一诗人诗歌择选的特点（文军，2013）。

二 文本择选的影响要素分析

文本择选是译者基于对原作的认知和对译入语社会文化的考量，

对拟译作品做出的选择。

影响这些选择的因素有很多，大到译入语社会文化的期待，小到译者对拟译作品的喜爱程度都会在一定程度上决定文本择选的结果。就杜甫诗歌英译而言，对文本择选的影响因素可归纳为以下几种：社会文化背景、译本规模、翻译目的与读者对象、译者的审美倾向，它们都会对译者的文本择选产生影响。

（一）社会文化背景对文本择选的影响

社会文化背景对文本择选的影响，指某一特定历史时期对译者的影响，导致译者刻意选择某些内容的诗歌来呼应那一时代。这种选择之所以可能，主要原因还在于杜甫诗歌内容的丰富性与多样性，如他的诗歌包含了关心时事、体察民生、描写自然山水、抒发个人情怀的诗歌（俞平伯等，2012：前言），而对之进行选择，则可产生不同主题的杜甫诗选。在杜甫诗歌英译上，比较有代表性的是佩因（1949）的《白驹集》，该书选择了40首杜甫诗歌，由于当时中国处于战乱之中，所选的杜甫诗歌侧重于战乱与民生，如《春望》《北征》《石壕吏》等（李特夫，2011）。

（二）译本规模对文本择选的影响

译本规模对于文本择选具有非常直接的影响，如翻译杜甫诗歌专集与在一本诗文集中选译杜甫诗歌，其选择明显不一样；而在诗文集中，是跨越千年的汉语文学集（如 Cyril Birch，1965 年），还是唐代诗人的选集（如宇文所安的《盛唐诗》），对杜甫诗歌的择选也会有较大的差异，即前者数量较少而后者较多（如 Birch 只选收了《秋思》《石壕吏》《兵车行》等5首，后者则收入了全诗或诗句共33首）。对于杜甫诗歌英译的具体版本，其显著特点是，在杜甫诗歌英译的早期，各种汉诗选译本选材上呈现出相对随意的特点。近期，各种诗集选本内容更加具备代表性，但译本规模的影响依然存在，如杜甫诗歌的专集收录杜甫诗歌大都在百首以上，而杜甫与其他诗人的合集多为十几首（见表 2-1、表 2-2）。

表2－1　　　　　　　　　　　本书涉及语料分类表

杜甫诗歌英译 专集（8 种）	杜甫诗歌与其他著名 诗人的合集（2 种）	收入诗文集中的 杜甫诗歌（3 种）
Edna Worthley Underwood and Chi-Huang Chu（1929） Rewi Alley（1962） David Hawks（1967） 吴钧陶（1985） David Hinton（1988） 许渊冲（2006） Burton Watson（2009） David Young（2010）	Arthur Cooper（1973） David Young（1990）	Florence Ayscough, Amy Lo well（1921） Kenneth Rexroth（1971） 唐一鹤（2005）

表2－2　　　　　　　　　　语料中各书的宏观结构一览表

	出版前言	目录	译者前言	汉字读音	插图一览表	杜甫生平	译诗	注释	插图注释	参考书目	索引
Underwood		v	v		v		v		v		
Alley	v	v	v		v		v				
Hawks	v	v	v				v				v
吴钧陶		v	v			v	v				
Hinton		v	v			v	v	v		v	v
许渊冲		v	v				v				
Watson	v	v	v				v				
Young		v	v				v			v	
Cooper		v	v	v			v				v
Young（1990）		v	v				v				
Ayscough	v	v	v		v		v	v			
Rexroth		v	v				v	v			
唐一鹤	v	v	v				v				

说明：相关内容在杜甫诗歌英译本中存在用"v"表示。

（三）翻译目的与读者对象对文本择选的影响

翻译目的往往与读者对象密不可分，如汉弥尔（1988 年）宣称，他翻译杜甫诗歌的目的，就是用当代美国英语以诗译诗，换言之，他翻译的读者对象是当代美国人。"我不可能是杜甫，但我讲话必须像杜甫"（1988：introduction），正是出于这种诗情诗味的考虑，译者选择的重点是杜甫关于友情、家庭和自然的诗歌，而政治诗选择较少。

这说明在选材中，译者的翻译目的起着关键作用。

（四）译者的审美倾向对文本择选的影响

文本择选主体性很强，译者的个人喜好、审美倾向会直接影响选择的结果。比较典型的例子如王洪公（1971 年）的《中国诗百首》，该书分两部分，唐宋各一部分，而在唐朝部分，他只选了杜甫的 35 首诗歌。这些诗歌是从哈佛燕京图书馆的藏目中择选的（Rexroth，1971：introduction，XI）。而他选择这 35 首诗歌的标准主要是个人趣味，"我只选择那些简单直接的诗，选那些与以往文学和当时政治联系的典故最少的诗。换言之，我选的是与我生活环境相近的诗歌。我一直认为翻译就是我的自我表达"（Rexroth，1971：136）。他的文本择选的特点在宏观和微观上都表现得很充分：在宏观上，他以杜甫诗歌来代表唐诗，对其他诗人的诗作不予理会；而在微观上，对杜甫诗作的选择则完全依据他个人的喜好。

上面分四点讨论了影响文本择选的因素，实际上，这些因素很多情况下是可以共同作用的，我们在分析时需加以综合考虑。

三　文本择选的策略与方法

前述影响文本择选的因素是在杜甫诗歌英译过程中译者需要考虑的问题，而具体选择哪些诗歌，则是文本择选的策略与方法的问题。概略而论，杜甫诗歌英译文本择选的策略与方法五种。

（一）体裁择选法

汉语古诗经历多年的发展，到唐朝已趋于成熟，绝句、律诗等一应俱全。杜甫本人曾创制了自命新题的乐府诗歌写作，首创辉煌典雅的长篇排律等（韩成武，2007：127—132），因此在杜甫诗歌英译的文本择选中，诗歌体裁也成了必须考虑的要素之一。

（二）题材择选法

杜甫的诗被后人尊为"诗史"，其诗歌的题材内容丰富，除常见的题材外，杜甫还在题材和内容上做出了诸多创新，如变先前诗歌的以抒情为主而成为以叙事为主、变先前诗歌的歌唱理想而成为描写实际人生，首次将时局题材引入七律，首创以诗论诗的文论形式等（韩成武，2007：125—132）。英译时对杜甫诗歌题材的考量也成为择选的策略与方法之一。比如弗莱彻（1919年）是这一阶段汉诗选译本中选取杜甫诗歌最多的，共45首，他的选择侧重于题材，主要选择反映自然平和之美和战争之恶的诗歌（Fletcher，1919：introduction），表现自然平和之美的如《望岳》《西施咏》《登岳阳楼》等，反映战争之恶的如《兵车行》《后出塞》《石壕吏》等。

（三）编年体择选法

编年体是我国传统史书的一种体裁。以时间为中心，按年、月、日编排史实，是编写历史最早也是最简便的方法。用编年体方法择选杜甫诗歌，就是把杜甫的诗歌按照时间、地点有序地排列起来。较早采用这一方法得当数艾思柯。比如《杜甫：一个诗人的自传》一书采用了编年体的方法来选择杜甫诗歌，这些诗歌要最能显示杜甫的形象，最能反映杜甫的生活经历和性格特征，而且，它们聚合在一起还要保证诗人形象和经历的完整性。事实上艾思柯做到了这一点。本书的分章十分仔细，除"童年时代"和"少年时代"外，"轻狂时代"分为三章，"中年时代"分为十六章。有的章节还又分为若干个小部分：第一章，"回到京都"；第二章，"与韦济的交往"；第三章，"旅于东都"；第四章，"旅居长安"；第五章，"边事"；第六章，"三大礼赋"；第七章，"归杜陵"；第八章，"杨氏家族的兴起"；第九章，"京城之游"；第十章，"东北边境的杀气"；第十一章，"奉先县"；第十二章，"白水到三川"；第十三章，"奔灵武"；第十四章，"困于长安"；第十五章，"任左拾遗时期"，这一章又分为五个小部分；第十六章，"任华州司功参军"，这一章分为四个小部分。这种分章虽略显细碎，但却把杜甫辗转颠沛的人生经历进行了直观的强化。从这些章节的设置来看，时间的流动性特别强，这样的设置不仅突出了诗人的经历，而且突出了诗歌"史"的特征（李芳，2007）。

（四）遵从已有选本法

所谓已有选本，这里特指《唐诗三百首》。唐朝是中国诗歌发展的黄金时代，唐诗数量多达50000余首。清代蘅塘退士于清乾隆二十九年（1765）编辑完成《唐诗三百首》，之后历经数百年久盛不衰，成为唐以来最有生命力的唐诗选本。《唐诗三百首》的选诗标准是"因专就唐诗中脍炙人口之作，择其尤要者"。既好又易诵，以体裁为经，以时间为纬。其中就收有杜甫诗歌 30 余首。因原文的权威性和普及性，据之进行翻译，也是一个不错的方法。比如霍克斯就依据《唐诗三百首》确定入选的杜甫诗歌（Hawks，1967：Ⅸ），并编译了《杜诗初阶》。因为作者在本书中想做的，就是给读者提供一本学习课本似的读物，这样的选材应当是恰当的。

（五）依据诗歌影响及经典性择选法

这一方法与第四种方法既有联系又有区别，联系在于《唐诗三百首》中的杜甫诗歌都是经典，区别在于杜甫诗歌中有影响的经典诗歌并不囿于该选本的诗歌。比如华兹生（2002 年）选择了 135 首杜甫诗歌，他对诗歌文本的择选就主要基于对杜甫"名诗"的了解和他的审美偏好。他认为，尽管杜甫诗歌有 1400 余首，但杜甫的名声主要靠大家公认、反复评论和收入选集的 100 首左右的诗歌（Burton Watson，2002：p.36—37），这一方法是依据原作的"经典性"进行选材的。

值得注意的是，上述策略与方法是为了叙述方便而进行的划分，实际上这些文本择选的策略与方法有时候是并用的。从杜甫诗歌英译的选本中，至少有两种方式。

一是体裁与题材相结合。如艾黎（1962 年）选择了 124 首杜甫诗歌进行翻译，其选材在题材和体裁上都很丰富：题材上，涉及军事、政治、社会矛盾、民生疾苦、生活琐事、个人情趣等各个方面；体裁上，则包含了五言古诗、七言古诗、五言律诗、七言律诗、五言绝句和七言绝句等。库柏（1973 年）是一部李白和杜甫诗歌的合集，其中杜甫诗歌选了 18 首。其选材也遵循兼顾各种题材和体裁的原则。

二是编年史与经典性相结合。如洪业（2011 年）采用编年体的方式选择并英译了 374 首杜甫诗歌，洪业是杜甫研究专家，20 世纪 40 年代曾出版过《杜诗引得》，因此在文本择选上颇具眼光。"由于我想将此书保持在一个比较适中的篇幅，所以在挑选杜甫诗歌加以翻译时就比较谨慎。含有杜甫生平重要信息的诗篇最先选入，其中某些以文学的视角看来较为平平。只要它们并非伪作，我就出于史料学的缘故选入。相当多的诗篇，因其名气太大，我也酌情选入"（洪业，2011：14—15）。也就是说，洪业采用的是编年史与诗歌影响相结合的方式进行选材。

实际上，任何文本择选，都是影响要素、择选策略与方法共同作用的结果。比如个人审美这一因素在文本择选中占据了极为突出的位置，这一点也不难理解，因为选诗、译诗都是艺术性颇强的审美活动，个人的喜好与倾向会直接影响文本的择选。它不仅表现在完全依据译者个人审美兴趣的文本择选中，而且在其他选材方法中具有重要作用，比如同样是按编年体方式选材，有时候能呈现很大的差异。以亨顿（1988 年）和大卫杨（2008 年）的杜甫的早期诗歌选材为例，亨顿将其名为 "Early Poems（737—745）"，选诗 5 首，它们是 *Gazing At The Sacred Peak*，*Visiting Feng-hsien Temple At Lung-men*，*Written on The Wall At Chang's Hermitage*，*Thoughts*，*Facing Rain：I Go To Invite Hsu In*，*For Li Po*。大卫杨将其名为 "Early Years in the East，737—744"，选诗 14 首，它们是：*Writing Poems After Dinner At The Zuo's*，*On The Tower At Yanzhou*，*Gazing At Mount Tai*，*Fang's Amazing Horse*，*A Painting of a Falcon*，*A Winter Visit To The Temple of His Mystical Majesty*，*North of Luoyang*，*Mr. Song's Deserted Villa II*，*Visiting The Fengxian Monastery*，*For Li Ball Write Two Poems on The Wall At Zhang's*，*Feast At Stone Gate With Liu And Zheng*，*To Li Ba I*，*Li Bai And I Visit The Hermit Fan*。尽管两书收录杜甫诗歌的总数有差异（亨顿收 127 首，大卫杨选 170 首），但从收录比例上无疑后者更多。造成这种差异的原因在于亨顿所选的是各时期杜甫的代表作，而大卫杨是想"展示杜甫如何从一位好诗人成为一位伟大诗人的发展历程"（David Young，2008：Ⅶ），故此他的选材紧贴杜甫的生活和历史（David Young，2008：ⅩⅣ）。从这一例子可以看出，哪怕都依据相对客观的编年体，由于译者的侧重点不同，其选择结果也会有极大的差别。

四　结论

上文我们论述了影响杜甫诗歌英译文本择选的四要素：社会文化背景、译本规模、翻译目的与读者对象及译者的审美倾向；同时论述了文本择选的五种策略与方法：体裁择选法、题材择选法、编年体择选法、遵从已有选本法和依据诗歌影响及经典性择选法。需要说明的是，这些要素、策略与方法主要是基于杜甫诗歌英译的个案，它们对于我们研究其他诗人的文本择选有一定的借鉴意义，同时我们还可在对其他诗人诗歌英译的研究中发现和丰富它们。

诗人诗歌英译的文本择选决定了翻译的范围、译本内容的多少及最终的呈现形式，它是译者与社会文化、与读者交互协商的结果，值得我们进一步研究。

第三节　杜甫诗歌英译译介结构研究

一　导言

随着中国在国际舞台上扮演着越来越重要的角色，中国的文化战略也由以前的"请进来"为主变成了以"走出去"为主。为配合这一战略转变，近些年，我国政府及民间与学术机构合力采取了诸多措施，如"大中华文库"的出版，2006 年开始实施的"中国图书对外推广计划"（许钧，2010），全国哲学社会科学规划办公室 2010 年首次设立国家社会科学基金中华学术外译项目等，有力地推动了中华文化的对外传播，对于世界更好地了解中国作出了贡献。

在这一背景下，加强对中国典籍外译传达方式的研究，对于我们弄清中国典籍诗歌外译的传达方式，并在此基础上思考如何采用更加有效的方式来提高典籍的接受效果，无疑是一件有价值的事情。

这里所说的中国典籍诗歌外译传达方式，是指一部译作的编排方法。我们知道，一位诗人的 100 首诗在编译成册时不会就只选收诗歌的译诗或原诗，而且每首诗也不会只有标题和诗句的翻译，这样会显得过于单调，它还包含了与之相关的其他要素。对于典籍外译诗集各种要素的编排方法，本书将之称为"译介结构"。

二 译介结构

本书所提出的译介结构，指在翻译中国典籍外译过程中译者对翻译相关要素进行的安排。这里的"译介"，我们借用了国内学者提出的概念（谢天振，2007：10—11）。用"译介结构"而不用"翻译结构"，是因为在典籍诗歌英译中，除诗歌外，还会涉及诗人生平、时代背景、具体诗歌背景、韵律、典故等的介绍，它们更多地涉及文学与文化的内容，显然用"译介"更能涵括这些内涵（谢天振，2007：8—11）。而这里的"结构"，我们借用了词典学上关于词典安排时的"结构"概念，即把一部著作各要素的安排分为"宏观结构"和"微观结构"两种（文军，2006：117，139）。

本书将译介结构分为宏观译介结构和微观译介结构两类。宏观译介结构系全书的结构，指在译介典籍汉诗成书时对各要素的安排（既可是某一作家的译诗集，也可是某一时代甚至跨时代的译诗集等），这些要素种类多样，如插图、注释、索引等；微观译介结构系每首诗歌的结构，指具体译介每首诗歌时，译者对其体例的安排（如是双语对照还只是英语译文，是否需要脚注等）。

对典籍汉诗译介结构的研究，更多的是一种侧重于译介时各要素构成的"外部研究"，其目的是对典籍汉诗译介的宏观结构和微观结构进行描述，弄清已有出版物的编写情况，总结其优缺点，以期对今后典籍诗歌外译有所帮助。

三 研究语料

鉴于典籍汉诗英译的数量浩如烟海，本书拟以杜甫诗歌英译为个案来研究译介结构。作为"中国最伟大诗人"（William Hung，1952），杜甫诗歌的英译无疑具有代表性。杜甫诗歌的英译，从出版形式上可以分为三类：一是杜甫诗歌英译独立成书的，如 *Edna Worthley Underwood and Chi-Huang Chu*；二是杜甫诗歌与其他著名诗人的合集，如库柏的作品（1973 年）；三是收入诗文集中的杜甫诗歌，最典型的莫过于《唐诗三百首》（唐一鹤，2005）。

本书共选择了 13 种诗集作为研究语料，其中杜甫译诗专集 8 种，杜甫与其他诗人的合集 2 种，诗文集 3 种。对这些语料的选择，主要基于它们的代表性和影响力。在代表性方面，杜甫诗歌专辑中既有最早的杜甫诗歌英译专集（*Edna Worthley Underwood and Chi-Huang Chu*，1929 年），也有 2010 年最新的杜甫诗歌译本（David Young）；在影响力方面，我们既选择了霍克斯（1967 年）学习读本时的著作，同时还将艾思柯（1921 年）的《松花笺》、王红公的《中国诗百首》等在西方颇负盛名的著作作为分析语料。本书所选取的语料应该说涵括了杜甫诗歌翻译的主要著作。

四　杜甫诗歌英译的译介结构

如上所述，译介结构可以分为宏观译介结构和微观译介结构两种，下面我们对杜甫诗歌英译的两种结构进行具体分析。

（一）宏观译介结构

除书名、作者、译者、出版信息外，宏观译介结构构成的要素可归纳为（如图 2 - 6）：

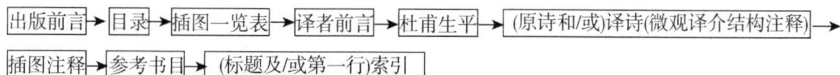

出版前言 → 目录 → 插图一览表 → 译者前言 → 杜甫生平 → (原诗和/或)译诗(微观译介结构注释) →
插图注释 → 参考书目 → (标题及/或第一行)索引

图 2 - 6　宏观译介结构构的成要素

1. 出版前言（Publisher's note）：为出版机构为某部译作或丛书所作，常阐明该书（丛书）的出版宗旨、内容、特色等。

2. 目录（Contents）：这是所有著作都具备的要素，只是在目录的呈现方式上可分为单语和双语两种形式，如华兹生（2009 年）在 Columbia University Press 出版其作品时是英语单语的，而收入"大中华文库"（2009 年）后就成了汉英对照双语版。

3. 插图一览表：对收入杜甫诗歌译集中人物、场景、风景等插图的列表，如 *Edna Worthley Underwood and Chi-Huang Chu*（1929 年）。

4. 译者前言（Introduction、Forward）：不少书有这一要素，其内容也异常丰富，通常包含对杜甫诗歌生平的简介、杜甫诗歌成就的评析，有的也包括对翻译方法的解释等，如库柏（1973 年）的作品。

5. 杜甫生平（Brief review of Tu Fu's life）：有些著作，如 *Edna Worthley Underwood and Chi-Huang Chu*（1929 年），吴钧陶（1985 年）、亨顿（1988 年）的作品等，没把杜甫生平放在前言中，而是作为一个独立的部分加以介绍。

6. （原诗和/或）译诗（微观译介结构）（Translated Poems of Du Fu or the Microstructure）：本部分是所有译诗集的主要内容，其结构也颇有差异，见本书前文。

7. 注释（Notes）：即译者以尾注方式对译诗的部分内容加以注释，而没有随文脚注，如亨顿（1988 年）的作品。

8. 插图注释（Notes on the illustrations）：对译诗集中的插图进行说明和阐释，如 *Edna Worthley Underwood and Chi-Huang Chu*（1929 年）的作品。

9. 参考书目（Bibliography）：有些著作将参考、引用的译本或杜甫研究著作列入了参考书目，这对于杜甫诗歌英译的研究颇有价值，如王洪公（1971 年）、亨顿（1988 年）、大卫杨（2010 年）的作品等。

10. （标题及/或第一行）索引（index）：在译著中使用索引，有助于读者比较方便地找到相关内容，采用这一做法的有霍克斯（1967 年）、库柏（1973 年）、亨顿（1988 年）等。

除上述要素外，杜甫诗歌的宏观译介结构要素还包括译者简介、致谢、词汇表、汉字读音（Pronunciation of Chinese words）与汉语书法注释（Note on the Chinese calligraphy）、中国历史年表等，由于这些要素的内容简单明了，就不具体介绍了。

对上述要素进行选择组合，就构成了一本书的宏观译介结构，较为简单的如许渊冲（2006 年）的作品，它包括"前言""目录""杜甫诗歌英译"几个部分；而较为复杂的如亨顿（1988）的作品，其宏观译介结构如下："Contents"、"Introduction"、"Poems"（"Early poems" "Ch'ang-an I" "Ch'ang-an II" "Ch'in-chou/T'ung-ku" "Ch'eng-tu" "K'uei-chou" "'Last poems'"）、"Biography"、"Notes"、"Finding List"、"Bibliography"、"Index of Titles and First lines"。

对译介宏观结构的选择，一方面可以决定一本书的丰富程度，比如同是艾黎翻译的《杜甫诗选》，1962 年外文出版社出版时，其译介的宏观结构包括 "Portrait of Tu Fu" "Contents" "Plates" "Compiler's Preface" "Translator's note" "Translated Poems"，其中的 "Plates" 类似于"插图一览表"；而外文出版社 2011 年 6 月第 1 版的《杜甫诗选》除将译诗部分由英语译文变为汉英对照外，其译介的宏观结构就简化为"出版前言""目录""杜甫译诗"。很明显，最近出版的外文版反而不如近半个世纪前面世的第 1 版翔实。当然，对宏观译介结构的选择更为重要的原因是，它与译者（编者）对译著的读者对象和编译宗旨的确定有着密切的关系。如《杜甫诗选》还有一个副标题"图文典藏本"，该书图文并茂，选择的也是杜甫最为知名的诗歌，很明显是一本面向普通读者的普及本，故其宏观译介结构较为简单。而亨顿（1988 年）的作品则是一个研究型的译本，在 "introduction" 部分，译者就写了三方面的内容："Tu Fu's Poetry" "Chinese Poetics" "Translation Principle"，并对相关内容进行了阐释。其研究性从另一方面也可以看出：本书共收英译杜甫诗歌 127 首，共 113 页，而其他部分就有 72 页，其中的 "Biography" 和 "Notes" 都颇为详尽，"Bibliography" 更是详列了杜甫诗歌翻译和研究的主要著作，颇具参考价值。

（二）微观译介结构

微观译介结构主要指译诗部分的体例结构，它是任何一部译诗集的主体结构，其安排将决定译诗的丰富程度、阐释方式及互文程度。可用一图来概括其微观译介结构（如图 2 - 7）：

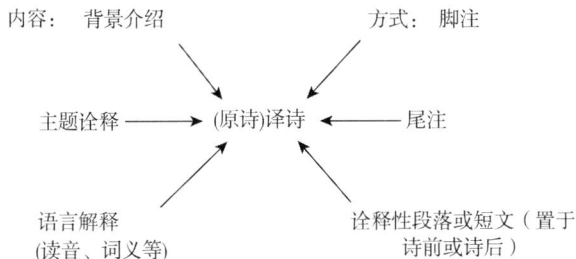

图 2-7 译介微观结构的构成

依据杜甫诗歌英译语料的分析，我们将其译介的微观结构分为五种类型。

1. 翻译型

即直接翻译杜甫诗歌，这是最简单的一种微观译介结构，如艾思柯和洛威尔（1921），王洪公（1971）的作品为单语（英语）；艾黎（2011）的作品为汉英双语版。

2. "译诗—注释型"

即不仅有杜甫诗歌的译文（及原文），同时还有注释。此型又分三种。

（1）"译诗—注释（脚注）型"：除译诗外，另以脚注方式对诗歌内容加以解释，如大卫杨关于《望岳》一诗的脚注是："Mount Tai is one of China's five 'sacred mountains'. The dark and sunny slopes represent yin and yang, hence 'all creation'."这里的脚注解释了"岱宗""阴阳"和"造化"（David Young，2008：5）。

（2）"译诗—注释（尾注）型"：除译诗外，另以尾注方式对诗歌内容加以解释，如亨顿关于《望岳》的尾注共有三条：①"Sacred Peak：Tu F u has hiked part-way up T'ai Mountain. As the most reserved of China's five sacred mountains, its summit was the destination of many pilgrims."②"Creation：literally 'create change'（*tsao-hua*），an ongoing process：a kind of deified principle."③"*Yin* and *Yang*：These philosophic terms also *refer to* northern and southern mountain slopes—the northern always being in shadow and the southern in light. " （David Hinton，1988：133）

（3）"译诗—原诗—注释型"（脚注）：本型与前面相似，区别在于除译诗外同时还收入了杜甫原诗，如吴钧陶收入《望岳》，除原诗和译诗外，其脚注为："Qi（齐）and Lu（鲁）were two kingdoms of ancient China in the 11th century B. C. ，their territories were in the northern and southern part of now Shandong（山东）Province，with Mountain Tai（泰）sitting between. "（吴钧陶，1985：2）

3. "背景介绍—译诗—注释型"

此型与上型相似，其差异是在每首译诗前增加了介绍性的文字，其内容涉及诗歌体裁、写作背景等。如华兹生（2009）在译《春望》一诗时，在标题"Spring Prospect"之后有一句话："5-ch. Regulated verse；written early in 757 when Du Fu was still a captive in Chang'an。"译诗完后还对"soon too few to hold a hairpin up"有一脚注："Men wore hairpins to keep their caps in place. "（Burton Watson，2009：67）

4. "译诗—诠释型"

本型中的"诠释"与上面的"注释"的差异在于内容的深度和广度。如果说"注释"更多的是对一首诗中一个或几个点的解释，"诠释"则侧重于对一首诗的全面阐释，内容较丰富。如库柏（1973）在《八阵图》译诗后有下面的诠释（Arthur Cooper，1973：226）：

This epigram was written in 766，at about the same time as "The Ancient Cypress" and also at White King，near which there were some great stones in the Yangtse and on its shore，perhaps megaliths from very early times. These were popularly thought（and apparently also by Tu Fu）to have been put there by Chu-ko Liang in order to demonstrate the famous tactical dispositions by which he had won many battles—the stones were in fact known as "The Eight Formations" . Like the wheelbarrow，it seems that these tactics were also an invention from before

Chu-ko Liang's own time; though he may have improved on them, and they have always since been associated with his name.

The Three Kingdoms were Shu, Wei and Wu. The kingdom of Shu once made an onslaught disastrous to itself against Wu. Tu Fu, who was an inveterate sightseer and contemplator of ancient and natural monuments, meditates upon the transitoriness of all human endeavour, even his great hero's, and upon the waters in the river that "all Eastward flow". The original epigram is in only twenty syllables, in the five-syllable metre that is usually translated by nine in this book.

从这段引文可以看出，译者对"八阵图"的由来、三国的组成、蜀国欲"吞吴"的背景等都做了详细的介绍，而且还对原诗的音韵和译诗的处理做了简要说明。顺便需要说明的是，因篇幅原因，这里选择的是 Cooper 的"诠释"篇幅较少的，但也可足见"诠释"的特色〔诠释篇幅较大的如《春望》，译诗后译者用了 6 页多的篇幅来对之进行阐述（Arthur Cooper, 1973: 171 - 177）〕。

5. "原诗（注音）—主题—形式—注解—翻译型"

此型最具代表性的是霍克斯（1967 年）的作品，他对每一首诗的处理都遵照了一定的体例：首先摘录原诗，并在每个汉字的下面逐一注音，第二个部分名为"题目与主题"，第三个部分名为"形式"，第四个部分名为"注解"，最后一部分是全诗的英译。仍以《望岳》为例，如第一行"岱宗夫如何"下面加了汉语拼音的注音"Dai-zong fu ru-he?"第二部分是"题目与主题"（Title and Subject），对题目中的"望"和"岳"分别做了解释，并对本诗的写作背景和主题进行了扼要介绍（David Hawks, 1967: 2）。而"形式"（Form）中则介绍了"五言古诗"的构成（David Hawks, 1967: 2—3）。第四部分的"注解"是对原诗先逐句直译，然后解释其中的要点（这与前面的注释相似），如第一行：

Dai-zong fu ru-he

Tai-tsung then like-what?

随后对"岱宗"有一个解释："'Tai-tsung' is one of T'ai-shan's name as a god."最后一部分的"翻译"也颇有特点：霍克斯采用的是用散文翻译诗歌，主要目的是传达原文的意思，如《望岳》的译文是：

> How is one to describe this king of mountains? Throughout the whole of Ch'I and Lu one never loses sight of its greenness. In it the Creator has concentrated all that is numinous and beautiful. Its northern and southern slopes divide the dawn from the dark. The layered clouds begin at the climber's heaving chest, and homing birds fly suddenly within range of his straining eyes. One day I must stand on top of its highest peak and at a single glance see all the other mountains grown tiny beneath me.

应该说，本型的内容颇为丰富。

上面的五型，可以概括迄今杜甫诗歌英译的微观译介结构，它们从简单的翻译型到较为复杂的"原诗（注音）—主题—形式—注解—翻译型"，差异确实挺大。造成这些差异的原因多种多样，但译者对于译作的定位确实是重要原因之一。

上面我们对杜甫诗歌译介的宏观结构和微观结构进行了介绍，实际在内容上我们还可以把它们分为"迻（传）译—辅助型"、研究型和学习型三类。

"迻（传）译—辅助型"：前面微观译介结构的翻译型、"译诗—注释型"和"背景介绍—译诗—注释型"可以视为"迻（传）译—辅助型"，其突出特点就是以翻译诗歌为主，另外在必要时以简略介绍、脚注、尾注的方式对诗歌进行辅助性的解释，而在宏观结构上，其要素则相对简单。

研究型：微观译介结构中的"译诗—诠释型"可以视为研究型，其特点是对某诗相关的背景、文化、语言等阐释全面，论述较为深刻

［当然，这一类更具代表性的如欧文（1981 年）对《望岳》的评价，其评价角度涉及韵律、文体、意象、诗歌传统等，论述深入全面］。而在宏观译介结构上，研究型的著作会更多地收录学术性的要素，如杜甫生平、参考文献等。

而学习型的典型例证则是"原诗（注音）—主题—形式—注解—翻译型"。霍克斯在《杜诗初阶》中一以贯之地运用这种微观结构，其核心目的是将之设计为学习课本，有效设定了英语读者的阅读心理预期，使其能够循序渐进，通过对字、词、句的了解逐步达到对全诗的把握（郝稷，2010）。

上述分类，有助于我们在了解译介结构构成要素的基础上，对其功能特点有所把握。

五 结论

从上述研究我们可以发现，中国典籍诗歌外译的译介结构呈现出不同的表达方式，它们能够发挥不同的功能。在中国文化外译这一大的语境中，我们可以从上述研究中得到启示。

英译一部诗歌，我们首先应当对翻译目的有一个明确的界定，进而决定采用什么样的译介结构。如迄今我们较多地采用了"迻（传）译—辅助型"，这固然没错，但我们也应当考虑在典籍诗歌外译时采用"研究型"和"学习型"等多种译介结构，以适应不同层面的读者，更好地推介中国文化。因为不管从哪方面讲，在典籍诗歌外译时，我们是"原语文化"，所占有的历史资料、理论资料等最为丰富，我们理应做得更好；而要更好地推介中国文化，学习型的译介必不可少，霍克斯的《杜诗初阶》应当是一次成功的尝试，我们有理由把这类译介做得更好（比如对杜甫诗歌的翻译采用散文与韵文相结合的方式等）。

而通过对译介结构的分析，我们也能对译者在整个译介过程中的中心作用和能力有更为清晰的认识：在典籍诗歌英译中，译者不仅需要高超的翻译能力，同时还需要具有深厚的文学修养、对背景知识的了解及运用最新相关研究成果的能力等，因为他们面对的，不仅仅是诗句的翻译，而且还包括宏观译介结构和微观译介结构中若干要素的处理。我们有理由说,译者要做的不仅仅是"译",而且还要"介","译介"这一术语更能概括翻译活动的内涵。

本书以杜甫诗歌英译为个案,尝试性地将对其英译著作的安排分为宏观译介结构和微观译介结构,并进行了分类描述。需要说明的是,本书的研究重点在于译介的外在结构,对于诗歌翻译的具体内容并未涉及,同时对于各个译本对杜甫诗歌的选择等问题也未论及,容另文阐述。

第四节　汉语古诗英译策略体系研究

一　引言

翻译策略研究一直是国内外很具有关注度的热点,迄今已取得了丰硕的成果:据查询,《翻译研究索引》(Translation Studies Bibliography)数据库已收录的专著、论文集、期刊论文等的数量已经达到了1958篇(部)(查询时间:2016 年 3 月 28 日)。这些研究上起 1975年,下迄 2015 年年底,研究成果的载体有国际著名的学术出版社(如:John Benjamins Publishing、Routledge、Springer 等),国际著名的翻译研究期刊(如:The Translator、Babel、Meta、ITT、Perspectives等)。与此同时,国内的相关研究也有了长足的发展,据我们查询中国知网的期刊论文,仅核心期刊和 CSSCI 期刊收录的论文就有 1426篇,若加上学位论文、会议论文及著作,其数量会更加可观。从研究内容来分析,迄今的研究大致可以分为三个方面:翻译策略的理论研究,针对文体和文本的研究及针对具体语言现象的研究。

第一类翻译策略的理论研究可以分为三个小类。一是术语研究,重点在厘清翻译策略的内涵、外延及它与翻译方法、翻译技巧的关系(Venuti,1998;Chesterman,2005;Sun,2012;Owji,2013;熊兵,2014;余静,2016),对翻译策略这一术语从术语的规范、术语的层次、术语的联系等方面做出了系统的研究,有利于翻译策略的进一步探索。二是翻译策略与社会文化等相互关系的研究(桑仲刚,2013;

黄巧亮，2016），这类研究有助于我们从社会文化的大背景下观察和探讨翻译策略的发生、发展及演变。三是对著名翻译理论家所提出翻译策略的研究（Lee，2011；郭建中，2000；陈吉荣，2011），它们对诸家学说进行了爬梳整理，完善了修订，为深入探讨翻译策略提供了独特的视角。

第二类是针对文体和文本的翻译策略研究。这里的文体，泛指文本类型、文体和体裁，由于文体翻译策略的探讨常常以具体文本为个案，所以两者合为一类。这类研究常常针对某一文体，对其翻译策略进行描述、归纳、探讨，已有研究涉及的文体较为广泛，如法律翻译（Wang，2012），商务翻译（钟晓菁，2010），文学翻译（Meifang Zhang，2012；Klitgard，2015），典籍翻译（徐珺、霍跃红，2008；贾晓英、李正栓，2010），医学翻译（朱文晓，2010），科技翻译（谷峰，2014；修文乔、徐方赋，2014；黄静，2011），艺术翻译（焦悦乐，2012；黄艺平，2011），公示语翻译（李德超、王克非，2010；贺学耘，2006）等。

第三类是针对具体语言现象的翻译策略研究。这类研究涵盖内容颇多，有对具体语言现象翻译策略的研究（朱志瑜，2008），对修辞现象翻译策略的探讨（任显楷、柯锌历，2011），对文化词语翻译策略的探究（董成，2014；范勇，2010）等。

以上三类研究中，第一类是基础性的理论研究，对于翻译策略的学理探索至关重要，尚需进一步挖掘；第二类和第三类对不同文体、文本和语言现象的翻译策略进行了探讨。我们认为，翻译策略的研究不仅要对理论性的"上位"研究进一步规范化、系统化，同时也需要加强第二、三类的研究，尤其是加强针对不同文体翻译策略的适用性研究。不同文体的表达方式差异颇大，如何在研究中依据某一文体的特点提出与之相适应的翻译策略，值得关注。从前述文献回顾看，国内外学者对诸多文体的翻译策略进行了探讨，但已有研究对汉语古诗英译翻译策略的研究并不系统，因此本书拟就此问题做一探讨。

我们认为，针对具体文体的翻译策略具有指向性、区别性、适切性的特点。所谓指向性，是指翻译策略具体针对哪一种文体；而区别性则指这些翻译策略是根据这类文体特征归纳的，同时能表现与其他文体翻译策略的区别；适切性指解释力，也就是所归纳的策略对相应文体翻译策略的阐释应当恰当合理。

针对某一文体，确定它是否需要进行独立的翻译策略研究，一个十分重要的因素，便是该文体独有的特点。汉语古诗同其他文学体裁相比较，具有显著的特点，如形式整齐、句末押韵、用词精炼、意象丰富、谋篇奇巧、用典得当等（刘福元、杨新我，2009：120—155），也就是说，它在语言上属于古汉语（不是现代语言）、体裁上属于诗歌（其中格律诗占了很大份额），而在表达内容上有不少属于当代人不熟悉乃至不知道的古旧事物等。它与其他文体的区别非常明显，如科技文体，其一般特点有七个方面：无人称、语气正式、陈述客观准确、语言规范、文体质朴、逻辑性强和专业术语性强（冯志杰，1998：6—7），因而其翻译策略与诗歌翻译相差甚大。因此，汉语古诗作为独特的文体，对其英译策略进行系统的研究确有必要。

本书所提的"策略体系"，系指需要针对汉语古诗的特点系统地提出其英译的策略。这些策略的指向性是汉语古诗英译，其区别性，上文已做简要论述，其适切性表现在后文将论述的汉语古诗英译的"语言—形式—内容"三方面的策略，同时这些策略具有层级性、相互关联性，进而形成了一套较为完整的策略体系。

根据汉语古诗的特点，并纵观其英译，我们尝试提出汉语古诗英译的策略体系是：语言的易化、形式的多样化和内容的简化。它们可以被视为"整体策略"，每项策略下还有若干实现这些策略的具体方法或技巧。

二　译诗语言的易化

这一策略主要针对的是原语与译入语之间语言分期的差异。这一问题实际上也是经典作品翻译中普遍存在的一个矛盾：若原语为古代作品，其语言又与译入语的现代语言差异很大，那么是选择将原语译为译入语的古代语言还是现代语言？这一问题看似简单，但这一策略的选择对译文的风格、措辞等影响深远，正如王佐良在回忆自己的翻译时写道："培根在《随笔》中用了十分简练的文体，而且文章写在十六七世纪，字句都有古奥处，应该用什么样的中文来译？最后我决定用浅近文言，因为文言容易做到言简意赅。"（王佐良，1989：32）正因为有了这一选择，我们才能读到"读书足以怡情，足以博彩，足以长才"这样的翻译名句。王佐良这里虽然谈的是散文的翻译，诗歌翻译事实上也面临同样的选择。韦努蒂（2013 年）在他的论文中清楚地说明了这一矛盾："Translating Jacopone da Todi：archaic poetries and modern audiences."（Venuti，2013：80—95）

古代语言与现代读者的矛盾如何化解？对这一问题的回答，可以从以下两方面考查：第一，基于翻译功能，也就是汉语古诗究竟是用约近似于原语的古代英语翻译以反映大致相类似的历史特征，还是用现代英语翻译以保证交流的畅通？第二，如果用与原文语言历史特征差异很大的现代或当代英语翻译，是否需要保留原文语言的历史痕迹？如果需要，又如何保留？

对第一个问题，庞德在用伊丽莎白前的英语（"Pre-Elizabethan English"）翻译 Cavalcanti 的诗歌时认为，对 20 世纪的读者而言，13 世纪的语言跟 14 世纪、15 世纪的区别不大（Venuti，2013：81—82），换言之，在语言的历史性上要寻求对等，实际上很难做到。汉语古诗之所以英译，关键是要对现代读者产生影响，不可想象，若把李白的《梦游天姥吟留别》译为与之年代大致相同的古英语会有什么效果：当代英语读者根本读不懂，这种翻译应该说是译犹未译，价值无几（更不用说这样的译者究竟有多少了）。

因此，原语与译入语之间的关系，可以用"语言的易化"来进行概括，也可解释为语言的当时化（指译者所处时代的"当时"）。语言易化在汉语古诗英译中是一个较为普遍的现象，也是译者使用最多的策略，如在欧文的著名的中国文学选集中，第一首诗歌是《诗经》的《我将》：

我将我享，维羊维牛，维天其右之。仪式刑文王之典，日靖四方。伊嘏文王，既右飨之。我其夙夜，畏天之威，于时保之。
（程俊英，2012：326）

> We Have in Hand
>
> We have in hand our offerings；
>
> these are sheep，these are the cattle，
>
> may Heaven favor them.
>
> This act is patterned on King Wen's rules，
>
> which daily bring peace to all the land.
>
> Exalted be King Wen！
>
> he fovors us by feeding on them.
>
> May we，early and by night，
>
> stand in dread of Heaven's might，
>
> and in this way preserve it. （Stephen Owen，1996：10）

而欧文的文集的最后一首，是王国维的《浣溪沙》：

本事新词定有无，斜行小草字模糊。灯前肠断为谁书？隐几
窥君新制作，背灯数妾旧欢娱。区区情事总难符。（陈永正 笺
注，2011：499）

> Washing Creek Sands（*Huan xi sha*）
>
> Does something real lie behind
>
> the words in your new songs？
>
> Fancy phrases such as these
>
> can make you want to laugh.
>
> "Broken-hearted in lamplight"
>
> Now who did you write that for？
>
> I lean on the desk and peer around
>
> at recent compositions，
>
> then turn off the light and reckon up
>
> joys known to the past

trivial passions of the heart,

and nothing corresponds.（Stephen Owen, 1996: 1152）

上述例子中，从原文看，《诗经》的语言已经非常古老，很多词义和用法现代人不易理解，如"享"意为"烹"，"维"意为"是"，"右"同"佑"，"仪式刑"三字同义，都是效法的意思（程俊英，2012: 326）等，可以说每句都需要解释才能了解其义。王国维生活于清末民初，其语言与现代汉语比较接近，虽有个别表达（如"胡卢"，意为可笑、笑话）今不常用，但总体理解不难。再从译文看，比较两首英文译诗，可以看出，其用词、风格等都是当代英语诗歌的表达，不存在理解上的障碍。换言之，欧文没有考虑原文语言的巨大差异，而是将它们都"易化"为当代英语。这可以视为汉诗英译易化策略的第一种方法，即"当时化法"。

对第二个问题，除用现代诗翻译汉语古诗，也有部分译者倾向用"浅近文言"来进行翻译，如韦努蒂就提出过用古旧词语与现代用法相结合的方法，并将之在目的语读者中进行了检验。而在汉诗英译中，则是在措辞上使用一些英语的古旧词或用法来体现原诗的"古味"，这一方法我们可以称之为"拟古法"。如孙大雨所译王维的《送别》：

> 下马饮君酒，问君何所之？
> 君言不得意，归隐南山陲。
> 但去莫复问，白云无尽时。
> Bidding Adieu to a Friend
> Asthou alight from thy horse,
> I greetthee with a stoup of wine,
> And ask thee whither thou wouldst tend.
> Thy answer thou givest dishearted
> Sayingthou wouldst go to retire
> As a recluse by the South Mount.

Go but thither without a query;

White clouds are there at all times. （2007：19）

译者在上诗中用了"thou""thee""whouldst""givest"等早期现代英语中的古旧用法及只有诗歌中常用的"whither""thither"，使译诗呈现出一种古味，但这些用法对诗歌的理解并不会造成大的阻碍。早期现代英语中，动词第三人称单数常加"（e）th"，第二人称代词用"ye"，对小孩或比自己低一些的人用"thou"或"thee"，不用"you"（张勇先，2014：161），第二人称的动词后加"st"等。这些用法在孙大雨的译本中使用较为普遍。据不完全统计，本书共英译唐诗126首，其中使用频率较高的古旧词语或诗歌用法有：动词第三人称单数加"（e）th"，如：knoweth、loveth（孙大雨，2007），lieth、giveth（孙大雨，2007：9）等，long yore（孙大雨，2007：3），lorn star（孙大雨，2007：3），th'（the）（孙大雨，2007：15），e'en（even）（孙大雨，2007：39），fore（before）（孙大雨，2007：51），ne'er（never）（孙大雨，2007：55），hast（has）（孙大雨，2007：71），o'er（over）（孙大雨，2007：83）等。这些词既有古旧用词，也有诗歌中才使用的词汇，使得汉语古诗英译文的"拟古"效果更加明显。

三　译诗形式的多样化

诗歌的形式是其精髓，如汉语诗歌的格律，包括诗韵和平仄、平仄的变格、对仗及五言、七言等体裁（王力，2014：163—212），使得诗歌具备了有别于其他文本的特点。如何将这些特点在英译中表现出来？这是汉诗英译中所有译者都回避不了并都在极力探索的问题。

汉语古诗形式上的特点主要表现在体裁和韵律上。在体裁上，四言诗、五言诗、七言诗、杂言诗等是汉语古诗的主要形式（刘福元、杨新我，2009：1—3），而在英语诗歌传统中并没有相对应的形式。因此，在翻译成英语时，翻译家们殚精竭虑，以多种方式传译汉语古诗。在韵律上，汉语古诗都有相对比较严格的押韵规则、平仄格式、对仗要求（刘福元、杨新我，2009：20—73）等，英译过程中，由于语言的差异，要完全转换几乎不可能，但对于是否保留诗歌的体裁和音韵，如何保留和传达诗歌的音韵等问题，不少翻译家都用自己的实践做出了回答。比较著名的例证，当数理雅各的《诗经》翻译：1871—1872年，《中国经典》第四卷出版，这是《诗经》的第一部英语全译本。英译本采用的是无韵散体，很多译例大量运用句中标点，使译文节奏缓慢，与原诗明快流畅的效果截然不同（吴伏生，2012：35）。1876年，理雅各出版了"身着英语外衣的中国诗歌"，面向一般英语读者的韵体《诗经》，在行文上跟前版明显不同，更接近诗歌，同时采用了尾韵，在形式上增加了《诗经》的诗味（吴伏生，2012：65—75）。

基于原文诗歌和译文诗歌的关系，有学者（Kelly，1979：188—193）曾将西方不同时期诗歌翻译所采用的形式分为四种：一是外在形式（Extraneous Form），它试图根据原诗的形式，在译文中代之以另外一种完全不同的诗体；二是有机形式（Organic Form），它随着译者对原诗的理解在译文中自然形成；三是对应形式（Analogical Form），它在译文中采取的形式与原诗表面上不同，但其功能却相似对等；四是模仿形式（Mimetic Form），它力图在译文中保留和模仿原诗的形式。（转引自吴伏生，2012：70）

用Kelly的分类来考察汉语古诗英译，我们发现，它们能比较有效地解释原诗与译诗之间的形式关系，换言之，我们可以将这四种关系视为"形式多样化策略下"的方法。

（一）外在形式法

即用现有诗歌体系中的形式替代原诗的形式，如用现代英语的无韵自由诗翻译汉语古诗。这是当代翻译家普遍采用的方法。但需注意的是，在译者以基本相似的诗句形式来表达原诗时，由于汉语的字数与英语的单词并不具备对应关系，因此这种诗句的关系并不绝对。如杜甫收入《唐诗三百首》的一首五绝和一首七绝：

八阵图

功盖三分国，名成八阵图。

江流石不转，遗恨失吞吴。

In a country divided in three his merit was peerless; The Plan of the Eight Formations ensured his fame.

The river flows on, but the stoics stay in place as mementos of his eternal regret at the failure to take over Wu. (Harris, 2009: 79)

江南逢李龟年

岐王宅里寻常见，崔九堂前几度闻。

正是江南好风景，落花时节又逢君。

I often used to see you in the residence of Prince Qi, And heard you several times in the hall of Cui the Ninth.

South of the Yangzi the scenery is truly quite fine and here I meet you again, in the season of falling Blossoms. (Harris, 2009: 80)

上面的五绝原文 20 字，译文 42 个词；七绝原文 28 字，译文 46 个词，两者译文在用词上的差异并不明显。

（二）有机形式法

它随着译者对原诗的理解在译文中自然形成，也就是说译诗虽有诗歌分行的特点，但在行文上却与散文差别不大。汉诗英译名家中，不少采用这一方法，如华兹生"译文用词精准、简约，行文流畅，同时尽量保留了原诗的语序，基本保留了原诗意韵，同时具有现代英语散文的特点（如句式偏长、句法规整）"（冯正斌、林嘉新，2015：103）。另如艾黎，我们先看他对杜甫《江南逢李龟年》的译文：

Meeting Li Guinian in Jiangnan
Often you went to the palace
Of Prince Qi, and then you
Sang again and again for Cui Di;

Jiangnan scenery is now at

Its best; as blossom falls,

So do we meet again.

上面译诗中艾黎所呈现的可以称为分行的散文，或曰散文的诗性呈现。正如有的学者所评："艾黎的译诗用散文式自由流畅的语言重解杜甫诗歌，这其中包含了翻译者对诗歌的个人化解读，是译者的再次创作。自由体翻译方式，使译诗失去了格律体的形式美，但是也不再受严格格律的限制，更有助于表现杜甫诗歌的精髓。当代英语世界的读者，比较习惯阅读自由体诗歌，这样的翻译也容易被他们接受，这也有利于杜甫诗歌的传播普及。"（刘晓凤、王祝英，2009：99）

（三）对应形式法

即不管原文形式，而将原诗翻译为散文等体裁。英汉翻译中不乏相似做法，比较著名的例子是朱生豪将莎士比亚戏剧中的无韵诗译为散文。而在汉语古诗英译中，这一译法也不乏其例，如霍克斯曾将收入《唐诗三百首》的杜甫诗歌收为一集，按相应体例编为教材，其中的"翻译"部分就是用散文阐释的（仍以杜甫《江南逢李龟年》为例）：

On Meeting Li Kuei-nien in the South

I often saw you in Prince Ch'i's house and heard you a number of times in the hall of Ts'ui Ti. It's true that the scenery in Chiangnan is very beautiful. And here, in the season of fallen blossoms I meet you once again. (Hawks, 1967：212)

上面的译文与原诗在形式上迥异，译者用散文形式传达了原诗的含义。

（四）模仿法

也就是在译诗中保留和模仿原诗的形式。但这种保留和模仿往往是近似的，而不是严格的亦步亦趋。在以格律和押韵的方式进行汉语古诗英译时较多地运用这一方法，又可将其分为宽松式和严格式两种。所谓宽松式的模仿法，指译诗有一定的节奏或韵律，使读者能够感知诗的韵律，如庞德的译例：

送元二使安西

王维

渭城朝雨浥轻尘，客舍青青柳色新。

劝君更尽一杯酒，西出阳关无故人。

Light rain is on the light dust, The willows of the inn-yard.

Will be going greener and greener, But you Sir, had better take wine ere your departure, For you will have no friends about you When you come to the gate of Go.

庞德的译诗在意境上看较为忠实原文，而且在节奏上处理得也很好，王维的原诗是绝句，庞德翻译成一首整齐而变化有致的六行自由诗。英文诗前三行基本上是三音步；后三行是四音步。他想借音步的延长来象征友人劝酒送别时的长长感叹（蒋洪兴，2001：1）。

而严格式的模仿法，则指在翻译过程中译者遵循了一套比较统一的节奏和押韵规则进行翻译。在英诗汉译中，黄杲炘曾阐释过"以顿代步"法（黄杲炘，2007：58—76），而在汉语古诗英译中较为有名的是库柏，他在翻译时自订了一套规则：翻译七言诗时，以"6+5=11"音节的方式来体现其节奏，而每一行以英语的"4+5=9"来表达汉语的五言（Arthur Cooper，1973：83—84）；押韵方面，尽可能遵循原诗的韵脚，但有时也采用偶韵或半韵（1973：85）。下面我们看一个例子：

春望

杜甫

国破山河在，城春草木深。

感时花溅泪，恨别鸟惊心。

烽火连三月，家书抵万金。

白头搔更短，浑欲不胜簪。

Looking at the Springtime

In fallen States

hills and streams are found,

Cities have Spring,

Grass and leaves bound;

Though at such times

flowers might drop tears,

Parting from mates,

birds have hidden fears;

The beacon fires

have now linked three moons,

Making home news

worth ten thousand coins;

An old grey head

Scratched at each mishap

Has dwindling hair,

does not fit its cap! （1973：171）

上面的译诗严格按照"6+5=11"音节的方式来翻译汉语的每行七言，韵脚则按 aabbccdd 的方式，虽未按原诗押韵，但这一方式也是英诗中常用的，因此读来节奏鲜明，韵味十足。

四 译诗内容的简化

这里的"内容"，主要特指两个方面，一是古旧的名物；二是包括意象、典故等在内的文化内容。由于古代与当代的时空差别，不少汉语古诗中描写的内容，当代人已经不熟悉，有的已经消失，有的已经变化；而与文化相关的内容，历来是翻译中的难点，那么在英译中对它们应当如何处理？我们先看一例：屈原《离骚》开篇的头四句是：

> 帝高阳之苗裔兮，朕皇考曰伯庸，摄提贞于孟陬兮，惟庚寅吾以降。
>
> Of the god-king Gao-yang I am the far offspring,
> my late honored sire bore the name of Bo-yong.
> the *she-ti* stars aimed to the year's first month;
> *geng-yin* was the day that came down. （Owen，1996：162）

上诗原文后两句主要涉及古代的历法。《楚辞》中用的都是夏历，"摄提"是寅年的别称，"陬"是夏历正月的别名。正月是一年的开端，故称"孟陬"。夏历中的正月是寅月。"庚寅"是纪日的干支。寅年寅月寅日，古人认为是难得的吉日（董楚评撰，2012：3—4）。而杨宪益、戴乃迭则译为：

> A prince am I of ancestry renowned,
> Illustrious name my royal sire hath found.
> When Sirius did in spring its light display,
> A child was born, and Tiger marked the day. （杨宪益、戴乃迭，2001：5）

从上例可以看出，两位译者采用了简化的方式来处理相关的内容：夏历，现代人都不熟悉，所以欧文在音译后以脚注方式给出了解释："The *she-ti* star were a constellation by whose position early astronomers determined the beginning of the year." （Owen，1996：162）并以这种方式帮助读者了解其内容。杨宪益等的译文则以 Sirius（天狼星）和虎的形象代替原文复杂的历法，译出了伯庸之子出生这一天具有"狼""虎"性质的威猛之气。

由上例，我们可以提出对汉语古诗古旧名物及文化内容英译的简化假设：上面的汉语原文，当代人大都难以理解，翻译成英语，实际上译者采用了"简化"策略，即以各种方式将汉语古诗古旧名物及典故等英译得更简略、更清楚，使西方读者更容易理解。

"简化"涉及的内容，欧文在 *An Anthology of Chinese Literature* 的 "A Note on Translation" 中，谈及了历法、度量衡、乐器、酒、建筑、发型、花草等（Owen，1996：XIV—XVIII）英译的处理策略。此外，具体的名物还有服装、装饰品等。而文化意象、典故、比喻等则属于与文化相关的内容。它们都需要在英译时予以移译，其方法包括概括、释义、替换、节略、增添等。

（一）概括法

在汉语古诗中有不少名物是实指，而在英译中则用更概括的词语来表达，换言之，即以上位词来翻译下位词。如杜甫的《韦讽录事宅观曹将军画马图》一诗中出现了五种马的名称，如表2-3：

表2-3

杜甫原诗	王玉书译文	Peter Harris 译文
将军得名三十载，人间又见真乘黄	But General Cao has won his fame for thirty years；The real steed Chenghuang once more to the world appears	But now General Cao, who first made his name thirty years ago；Has given the world another view of a truly miraculous steed
曾貌先帝照夜白，龙池十日飞霹雳	He drew the late Emperor's horse Shine-in-the-NIght-Brig；they made pool dragons for ten days with bolts take to flight	When once he painted Night Shine, the previous Emperor's grey；for ten days thunder hung in the air above the dragon pool

续表

杜甫原诗	王玉书译文	Peter Harris 译文
昔日太宗拳毛䯀，近时郭家狮子花	Emperor Taizong once had acurling-hair steed；now，Guo's Lion-patterned is also of rare breed	Curly，the dung of the emperor Taizong during the earlier years；and Li-on，the dapple grey of the horse of Guo in recent times
君不见金粟堆前松柏里，龙媒去尽鸟呼风	See：you not before Jinsu Tombs amid pine trees. Gone aresuperb steeds and birds'cries in the wind ne'er cease	Have you not seen that in the pines and cypresses in front of Gold Grain Hill. The Horse of Heaven have gone completely，and birds call to the wind

杜甫原诗中的"乘黄""照夜白""拳毛䯀""狮子花""龙媒"均系古代神马或骏马之名，且各有来历，如"乘黄"是传说中帝舜时的神马，其状如狐，背生角（沙灵娜，1983：92），上面两位译者多以"steed""horse"并辅以修饰语进行英译，而对这些词语隐含的文化含义和典故来源未予涉及。以"steed""horse"来英译五种不同的具体的马，就是采用了概括法。

（二）释义法

对某些古旧名物在译文中加以解释或以注释方式进行说明。如上面杜甫《韦讽录事宅观曹将军画马图》中最后一联，霍克斯译为："My-lord not see Gold-grain-hill-before pines cypresses in，Dragon's-harbingers gone entirely birds cry wind."

再如杜甫《阁夜》中有"卧龙跃马终黄土，人事音书漫寂寥"一句，华兹生译为："Sleeping Dragon，Prancing Horse，in the end，yellow dust. Human affairs，word from others-I live utterly cut off from these."（Watson，2009：319）

诗中的"卧龙""跃马"分指诸葛亮和公孙述。公孙述曾称帝于蜀，左思《蜀都赋》"公孙跃马而称帝"（沙灵娜，1983：325）上面译诗只译出了"卧龙""跃马"的字面义，随后译者再以脚注方式解释了两个典故的来源："Sleeping Dragon was the sobriquet of the Shu kingdom statesman Zhuge Liang；Prancing Horse was that of the Han period

warlord and self-proclaimed emperor Shu, the builder of White Emperor
City. "（Watson，2009：319）

（三）替换法

对原文中的古旧词语或典故等用读者可以理解的词语进行改变。
如李白著名的诗句：

> 白发三千丈，缘愁似个长。
>
> 不知明镜里，何处得秋霜。
>
> My whitening hair would make a long, long rope;
>
> Yet could not fathom all my depth of woe.
>
> Though how it comes within a mirror's scope,
>
> To sprinkle autumn forests, I do not know.

对翟理斯（Giles）的译诗，吕叔湘评道："此诗婉转自然而切合
原意，亦不可多得。第一行不云'三千丈'，似不及原诗夸张之甚，
但第二行云'犹不及愁之深'，则又较原诗更进。"这篇译文用词具
体，交叉押韵，抑扬顿挫，合乎格律（许渊冲，1989：230—231）。

上例是对"丈"这一今天很少用的量词译者以普通形象的词语进
行了替换。此外在翻译中还可见到以英语典故替换汉语原文的例子，
如李白的《梦游天姥吟留别》的开篇："海客谈瀛洲，烟涛微茫信难
求。"孙大雨的译文是：

> Mariners speak of the legendary Islands of the Blest——
>
> Amongst the blown spumes of smoky waves, hard of reach they
>
> are true. （2007：93）

原诗中的"瀛洲"是传说中神仙居住之地，译者也以西方传说中的
"Islands of the Blest"来替换原诗虚幻的形象，二者形象相当、意义相
对，便于读者理解，确属佳译。

（四）节略法

对某些古旧名物或典故等略去不译，以保证读者理解顺畅。如杜甫的《赠李白》中有"秋来相顾尚飘蓬，未就丹砂愧葛洪"一句，许渊冲译为：

When autumn comes，you're drifting still like thistle down；

You try to find the way to heaven，but you fail. （许渊冲，2014：17）

上例杜甫后半句引用了东晋葛洪冶炼丹砂，炼成丹药升天而去的典故，译者刻意略去了"葛洪"这一形象，只表达了该典故的含义。

再如杜甫的《赠八处卫士》开篇两句"人生不相见，动如参与商"，华兹生译为：

Life is not made for meetings；

like stars at opposite end of the sky we move. （Watson，2009：115）

原诗中的"参与商"系黄道二十八星宿名，二宿相距近180度，此出彼没，不能同时得见（沙灵娜，1983：11）。译者此处略去了两颗星宿名，只译出了该句隐含的意思。

（五）增添法

这里的增添不是指通常意义上为使文顺句通而增加代词、转折词等方法，而指译者在译文中增加原文所没有的比喻形象，如下二例：

暮婚晨告别，无乃太匆忙。（杜甫：《新婚别》）

Our nuptials erst by eve and parting at morn，——

To our union，is it not like thunder and storm？（孙大雨，2007：195）

水深波浪阔，无使蛟龙得。（杜甫：《梦李白二首（一）》）

Deep is the flood and broadly the huge waves upheave;

Watch out, let not sharks and dragons to you come near. （孙大雨，2007：211）

上两例中，"无乃太匆忙"本无具体形象，译者增加"like thunder and storm"以突出欢愉之短促；后例中的"蛟龙"，译者以"sharks and dragons"来译，增加"sharks"这一形象与"dragons"并列，实有利于读者了解其义。

前述三种整体策略及下含的各种方法可如图 2 - 8 所示。

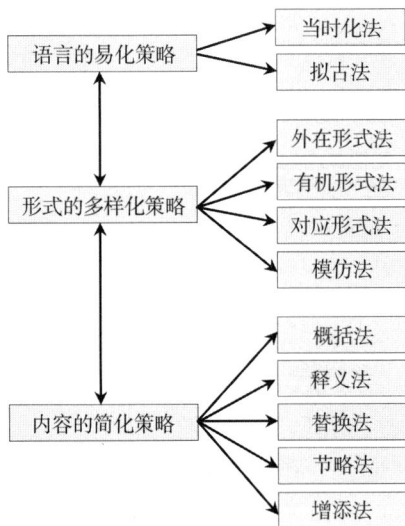

图 2 - 8

上面仅仅是对汉语古诗英译策略体系的描述，此外，上述几种策略还有层级性和相关性的特点。所谓层级性，指上述三种策略基本是按"语言—形式—内容"的顺序来排列的，换言之，语言层面的策略的选择优先于其他两种策略，其余类推。而相关性则指翻译策略的选择并不是孤立的，往往会相互影响。如语言层面的策略若选择拟古法，则在形式层面上往往选择模仿法，内容层面的方法通常会比较丰富。

当然，关于各种策略相关性的研究尚需进一步探讨，尤其需要利用语料库和较丰富的个案来加以论证，容另文阐述。

五 结语

翻译策略研究与翻译实践联系非常紧密，除对翻译策略的理论研究外，针对各种文体的研究也颇有必要。从上述论述可以发现，汉语古诗英译的三种策略具备指向性、区分性、适切性的特点，尤其是区分性，与其他文体相比，其中语言的易化除古代散文、戏剧等文学体裁及少量的科技作品外，汉语古诗这一特点非常突出；在形式方面，除古代戏剧英译有部分类似情况，诗歌的形式和音韵特点最为引人注目；在内容方面，其处理策略和方法与其他文体的共性部分更多一些。本书提出的策略与方法应该只是初步的探索，尚待进一步充实完善。而对翻译策略的研究而言，针对具体文体的研究确实尚需加强，如何在指向性明确的前提下，辨析其区分性，进而提出具备一定适切性的翻译策略体系，仍值得我们在更大范围内进一步探讨。

第三章 宇文所安的《杜甫诗》研究

第一节 《杜甫诗》英译述评

一 导论

西方对中国典籍翻译由来已久，且成果丰硕。中国典籍按内容分为经、史、子、集四大类，诗歌隶属于四类中的集部。20 世纪以来，诗歌翻译在中国典籍翻译中占据重要的角色。杜甫被公认为诗歌的集大成者，其作品代表着古典诗歌发展的巅峰。鉴于此，杜甫诗歌的翻译及翻译研究显得尤为重要。目前国内关于英译、法译、德译和俄译杜甫诗歌或唐诗的早期历史研究，所涉及的大多还是 19 世纪的史料。据李特夫考证，迄今可知且可考的最早英译杜甫诗歌是 1741 年《少年行二首（其一）》的英语转译（李特夫，2012：112），他还记述了 19 世纪中后期的英译杜甫诗歌的零星译介（李特夫，2011）。20 世纪以来有大量杜甫诗歌选集、杜甫诗歌专集，以及有关杜甫诗歌的合集面世。西方世界首部杜甫诗歌全译本是 1935 至 1936 年出版，1952 年由哈佛燕京学社再版发行的汉学家查赫（Erwin Ritter von Zach，1872—1942 年）的德语译本《杜甫诗集》（Owen，2016：ⅠXXXⅡ）。英语译本主要是杜甫诗歌选集，如美国女诗人兼翻译家安德伍德（1873—1961 年）、英国女学者弗劳伦斯·艾斯库（1878—1942 年）、中国史学家和教育家洪业（1893—1980 年）、新西兰作家路易·艾黎（1897—1987 年）、戴维·霍克思（1923—2009 年）及中国翻译家吴钧陶和许渊冲、美国汉学家华兹生等，他们分别从不同角度选译杜甫诗歌来展现杜甫诗歌的文学价值和艺术魅力。

　　美国汉学家宇文所安依照清代仇兆鳌《杜诗详注》的诗歌顺序进行翻译，他笔耕不辍历经八年时间完成《杜甫诗集》的英语全译本，这是杜甫诗歌第一次完整的英文译作，可谓开学界之先。

二　译本介绍

　　宇文所安的杜甫诗歌译本分为六卷，共 2962 页。每一卷都在主题诗歌，译文之前附有前言、目录、详细目录，译文之后附有典故附录、缩略词附录和补充注释附录。其中，各卷的典故附录和缩略词附录内容相同，而补充注释附录内容各异，这部分对每一首诗歌都有注释，注释总体上由四部分组成：诗歌的编号及题目、参考来源、正文和补充说明，具体情况将在后文的译本内容翻译中介绍。除以上内容之外，第一卷还包含鸣谢、简介和杜甫学及翻译规约。宇文所安利用一个卷本的篇幅对杜甫的赋进行了英译整理。

　　宇文所安对于杜甫诗歌的文本及版本做了细致的考证和梳理，其翻译诗时主要参考了仇兆鳌的《杜诗详注》的诗歌顺序，在每一卷的补充注释附录中列出了每首诗的参考来源，如 "1.1 游龙门奉先寺 10497，SB 1，Guo 1，Qiu 1，Shi 3，Xin 1，Chen 60，Xiao 42"，首先给出每首诗在本译本中的编号和诗歌题目；其次是该诗在平岗武夫（Hiraoka Takeo）、市原亨吉（Ichihara Kokichi）和今井清（Imai Kiyoshi）编著的 "唐代研究指南之十一、十二" 之《唐代の诗篇》（《全唐诗》）中的编号，在文苑英华（Wyyh）中的编号，在宋本（SB）的卷本号，在郭知达（Guo）的卷本号，在中华书局标准重印仇兆鳌版本中的页码，在萧涤非新版本中的页码，还有在其他参看来源的卷本号或者页码号及补充评论的来源，宇文所安指出在参考标准古汉语来源的时候，他常参考卷本号而非页码，书籍一再重印，页码会变动，而卷本号不会改变（Owen，2016：LXXXIV—LXXXV）。此外，附加说明中还包括正文和附加说明，在正文中，译者文本内容主要参考最早的宋本，偶尔会参考其他版本，如其他异于宋本的读法或者写法（Owen，2016：LXXXV），译者会在此指出，如 "2 Guo reads 为/凌"

中，"2"表示该字所在诗中的行数，其后内容表示郭知达（Guo）将"凌"读作"为"；再比如"III. 1 Guo var. 呼/鸣"表示该字在该组诗的第三首第1行中，郭知达（Guo）版本用"呼"代替最早宋本中的"鸣"。在附加说明中，译者对于不适合加脚注的问题在此注释，比如说一些字为何要这样用等（Owen, 2016：LXXXV）。

为了协助读者理解并欣赏《杜甫诗集》英译本，译者在全译本第一卷"简介"部分中对于杜甫"诗史"地位做了简要剖析，并对杜甫的生平经历及作为一位诗人的际遇、现实主义的创作态度、诗人所处唐帝国由盛转衰的急剧变革的时代，以及杜甫诗歌的文本和版本进行了扼要的介绍和梳理。宇文所安认为，没有诗人像杜甫一样经历过人生和仕途的大起大落（Owen, 2016：LIII）。生活磨砺了杜甫，使他走进了人民，走进了现实，也成就了其诗歌的辉煌，后辈读者从其诗中认识到历史的真实面貌，他的诗，提供了历史事实，可以证史，也可以弥补史之不足。宇文所安指出："一些社会现象在其他唐诗里看不到，却在杜甫的诗歌里时常得以见到。"（Owen, 2016, IV）仅为这一点，杜甫的诗被称作"诗史"当之无愧。杜甫被尊称为"诗圣"，是一位伟大的儒家诗人，他的思想源于儒家，他是忠国事主、忧国忧民的化身，他热爱祖国、热爱人民，这一切使他成了一位伟人的诗人。杜甫博学多才，七岁时已经开始吟诗，对于杜甫而言，"诗中每一个字都有来源"，可谓无处没有典故，甚至其中一些典故，读者很难发现或者无人能够察觉（Owen, 2016：LXVI & LXXX）。因此在翻译的过程中，注释对于准确理解诗歌起着尤为重要的作用。宇文所安在每一卷后都附有相同的典故附录、缩略词附录，以及各卷不同的附加的注释。这些内容都有助于读者厘清在理解译文过程中的诗学障碍。

三 译本的特色

在诗歌的翻译过程中，宇文所安秉持了尽可能通顺流畅的原则，他认为翻译是一项技能，是为一定的目的服务的，而翻译的目的是由目标读者所决定的。此译本适用于普通读者和专家学者，而其中的主要受众是那些拥有一定的汉语水平却不足以读懂杜甫诗歌的读者（Owen，2016：LXXXI）。宇文所安的这一翻译策略正好契合赖斯和维米尔目的论的"规则"：1. 译文（translatum）由其目的决定；2. 译文必须内部连贯；3. 译文必须与原文连贯。至于不可回译性规则译者没有提及。也就是说译文要符合"连贯规则"，即"必须可解释为跟译文接受者的处境具有连贯性"。换言之，译文对于接受者来说必须是相关的，符合他们的处境和知识水平（芒迪，2007：113）。因此，宇文所安在英译本的语言、形式和内容的呈现过程中尽量做到了适宜于最广泛的读者群体。

在译文语言呈现方面，译本中杜甫诗歌原文是以汉语繁体字的形式呈现的，为便于广大读者阅读理解，宇文所安使用简洁易懂的现代英语来翻译、诠释杜甫的诗歌。当然，这期间也会存在一些有趣的现象。比如，宇文所安在翻译唐朝南方少数民族"蛮"的时候，使用的是音译的翻译方法，译为"Man"，然而这就会和现代英语中"Man"（人、男人）这个英语单词混淆，因此为了避免语言产生的歧义，译者使用"Mon"来代替"Man"，"Mon People"指的就是"蛮人"。如在《送翰林张司马南海勒碑（相国制文）》中，"碑到百蛮开"译为"the stele will appear among the hundred Mon peoples"。上例"蛮"指代南方少数民族或者少数民族地区。然而，当"蛮夷"放在一起的时候，"蛮"就不再全部音译为"Mon"，如在《承闻河北诸道欢度入朝欢喜口号绝句》Ⅱ中"蛮夷杂种错相干"译为"the various groups of Mon and Yi folk err in their transgression"。在《草堂》中"蛮夷塞成都"译为"barbarians were filling Chengdu"，据《新世纪英汉大词典》中将"蛮族"译为"barbarian race"（惠宇，2003：1065），此处明显带有贬抑的色彩。宇文所安在翻译唐朝周边少数民族时表示，只用"barbarian"来对应"蛮夷"这个词，是对不区分民族的非汉族的蔑称（Owen，2016：LXXVIII）。因此，"蛮夷"在此处指代制造动乱的破坏者，而不是一般意义而言的南方少数民族。宇文所安在翻译同一个字的时候选取不同的词，是依据字词在不同语境中的不一样的指代意义，由此可以窥见，宇文所安在翻译的过程中所具有的认真探索一丝不苟的学者精神。

就诗歌译文形式而言，杜甫的律诗写得纵横恣肆，"合律而看不出声律的束缚，对仗工整而又看不出对仗的痕迹"（袁行霈，2005：238）。但是，在翻译中如果遵循原诗的格律，会对翻译造成很大的困难。吴钧陶在其译本的"序"中这样说："押韵常常使我费尽心机，有时为了一个字，许多天感到寝食不安。"他也提道："也许明智的办法是放弃对于这方面的要求……我还是觉得难以舍弃。"（吴钧陶，1985：34）可见追求押韵的难度之大。宇文所安翻译杜甫诗歌全集，诗歌和赋共 1467 首，耗时八年，如果追求译文押韵，所需要的时间则无法估量。在译文的翻译过程中，宇文所安不主张追求译文的押韵，也没有遵循原诗的诗律节奏，尤其在长篇排律诗中，为了厘清杜甫诗中模糊朦胧的指代，也为了读者能够明晰译文所要传达的意思，译者不得不牺牲诗歌的形式，有时甚至要牺牲诗歌化的语言（Owen，2016：LXⅢ & LXXXI ）。下例可说明宇文所安在翻译中对格律的处理：

闻官军收河南河北

剑外忽传收蓟北，初闻涕泪满衣裳。却看妻子愁何在，漫卷诗书喜欲狂。

仄仄仄平平仄仄　平平仄仄仄平平　仄仄平平平仄仄　仄仄平平仄仄平

白日放歌须纵酒，青春做伴好还乡。即从巴峡穿巫峡，便下襄阳向洛阳。

仄仄仄平平仄仄　平平仄仄仄平平　仄平平仄平平仄　仄仄平平仄仄平

Hearing That the Imperial Army Has Retaken He'nan and Hebei

Beyond Swordgate the news suddenly comes that we've recaptured Jibei，on first hearing it，tears cover my clothes.

I look around to my wife and children, what sadness remains?

I carelessly roll up poems and writing almost mad with delight. White-haired, I sing out loud, I should drink ale as I please, with green spring as companion it's just right for going home.

I'll go right down through the Ba Gorges, thread my way through the Wu Gorges, then on down to Xiangyang, where I'll head to Luoyang.

诗人们把四声分为平仄两大类，平就是平声，仄就是上去入三声。平仄在诗词中的交错方式是：1. 平仄在本句中是交替的；2. 平仄在对句中是对立的（王力，2012：9—10）。在对原诗附上平仄之后，可以看出诗歌基本上是按照规定的交错方式展开的。所谓押韵，就是把同韵的两个或更多的字放在同一位置上（王力，2012：3）。四句诗中"裳""狂""乡"和"阳"押韵，他们的韵母都是 ang，这样就构成了声音回环的美。于英译本而言，宇文所安没有追求原诗的韵律，为了将诗歌的意思表达清楚，译文通顺流畅而难以顾虑押韵的情况，译本中这样的例子不胜枚举，此不赘述。

在诗歌内容的翻译过程中，宇文所安尽量保证译文的简洁流畅，译文能够表明意思即可，不会过度释义。但是该译本的一个特色是译者会在一部分诗歌译文后用斜体字简要介绍一下该诗的相关背景知识，以辅助读者理解诗歌内容。比如：译者在"1.1《游龙门奉先寺》"的译文后加上这样一段文字"This is one of Du Fu's earliest poems, on visiting the great temple region at Longmen, near Luoyang. Du Fu's family had an estate in the Luoyang area."据笔者统计，第一卷到第二十三卷共有 135 首诗歌是这样的情况。在第二十四卷中，在《进三大礼赋表》的译文之前，译者运用斜体字对三大礼赋做了简单介绍；在《封西岳赋并序》的译文之前，译者介绍这是杜甫为了想再一次引起唐玄宗的注意而作的诗。除以上两种情况外，在本卷中共出现四次斜体字注解，皆出现在诗句之间而且较为短小，由于赋的篇幅较长的特点，这样注释既可以避免因前后翻阅导致的阅读不畅，更有助于读者理解赋的内容。

在文化负载词翻译处理上，由于文化负载词是一个民族文化内涵的体现，宇文所安主张保留，采用直译异化加注释的翻译方法。然而随着时空的迁移，对于当时读者轻而易举理解的文化内涵和意象，对于另一时空的读者来说则需要注释来辅助理解。注释虽不能倾尽所有，但至少可以帮助我们大概理解诗歌的意思。宇文所安指出如果给所有的和可能存在的典故都加上注释的话，那么诗歌长度会至少翻倍，造成难以阅读的局面，因此他在加注时遵循最简化原则，这样能保证读者能够理解诗歌的大概意思。如果有一些常见的或者重要的典故需要注释，译者会在译文中标出该名字或关键词，再按字母顺序在每卷的附录中给出（Owen，2016：LXX）。这样既保留了原诗的文化意象，又有助于读者理解，同时避免了给读者阅读诗歌造成障碍。因此，《积草岭》中"食蕨不愿馀"译成"I wish for no more than to eat bracken ferns"；《早发》中"薇蕨饿首阳"译成"Wild beans and ferns，starving on Shouyang"；《送卢十四弟侍御护韦尚书灵榇归上都二十韵》中"山中疾采薇"译成"In the mountains I am sick，picking wild beans"；再有《归雁二首》其一中"愁寂故山薇"译成"I feel dismal about the wild beans of home mountains"。这四句都是在书页做简单脚注，而在本卷书后的典故附录中，具体解释了在《史记》中记载的伯夷和叔齐两兄弟在武王灭商后，耻食周粟，采薇而食，饿死于首阳山的典故。

采用俗语是杜甫语言的一大特色，也是我国诗歌语言发展的一大更新（萧涤非，1979：11）。杜甫在叙事诗中采用了大量的俗语，因为他的叙事诗大都关涉人民生活，采用俗语或者口语化的语言有助于塑造生动的人物形象。有学者指出杜甫在对汉乐府叙事传统的继承中，汲取了情节化、娱乐化的方面，还在此基础上，增强了叙事诗歌的情节性、戏剧性、虚构性和传奇性，将史实本身以丰富的、富于细节和传奇性的笔调呈现出来（辛晓娟，2014）。俗语的使用在杜甫的叙事诗中起着重要作用，增加了叙事诗的真实性和亲切感。宇文所安在对俗语翻译的过程中理解和处理得比较得当。下面通过四个版本的比较来看一下，宇文所安对于俗语翻译的处理情况。如《兵车行》中"爷娘妻子走相送"，路易·艾黎译为"The mass of parents，wives and children clogging up the road"；吴钧陶译为"Dragging along，their kins have parting words to say"；艾斯库译为"Fathers，mothers，wives，children，all come out to say farewell"；宇文所安译为"Moms and dads，wives and children rush along seeing them off"。四位译者分别把"爷娘"翻译为"parents""kins"（妻子包括在内），"fathers、mothers""moms and dads"。"爷娘"是口语化称呼，前三个译法都显得比较正式，只有宇文所安"moms and dads"最贴切。

典故的翻译形式较多样化，其中宇文所安主要借助脚注的方式，对于杜甫频繁使用的典故，在典故附录中共列出 70 个条目，这些典故在杜甫诗歌中出现的频率都比较高，如果了解并掌握这些，那么在理解杜甫诗歌的过程中就会扫清很多障碍。70 条典故中出现超过 10 次的有 18 个，"竹林七贤"之一的阮籍在杜甫诗歌中出现 19 次，而出现次数大于 5 次小于 10 次的有 21 个。"Peng bird"（鹏鸟，出自庄子《逍遥游》）在译本中共出现 12 次，次数属于中等偏上，笔者以"Peng bird"为例，总结宇文所安对典故的翻译情况。首先：（1）《赠特进汝阳王二十二韵》中"风翮九霄鹏"译为"wind-borne pinions，Peng bird of the highest clouds"，脚注为"鹏鸟"；（2）《送杨六判官使西蕃》中"九万一朝抟"译为"one morning spiraling upward ninety thousand leagues"，本句的脚注内容是"Peng bird"；（3）《赠虞十五司马》中"欲化北溟鲲"译为"about to transform，the Kun leviathan of northern deeps"，脚注内容为"Peng"，据"北冥有鱼，其名为鲲，鲲之大不知其几千里也；化而为鸟，其名为鹏，鹏之大不知其几千里也。"可见鲲鹏实为一物，因此以"Peng"注解；（4）《奉送严公入朝十韵》中"南图回羽翮"译为"Planning to go south，he turned on the wing"，脚注为"Peng bird"，此句中没有出现鹏鸟，却使用鹏鸟的典故；（5）《赠崔十三评事公辅》中"九万起于斯"译为"rising ninety thousand leagues from this"，此句脚注内容是："将崔氏（杜甫之母）比作'Peng bird'，舒展羽翼能够遮盖大地"；（6）《寄刘峡州伯华使君四十韵》中"丹极上鲲鹏"译为"to the cinnabar dais they raised Peng birds",脚注中解释说:"赞扬其过人的才能,如传说中的鹏鸟一样";(7)《大历三年春白帝城放船出瞿塘峡久居夔府将适江陵漂泊有诗凡四十韵》中"六月旷抟扶"译为"in the sixth month the soaring wind will carry me afar",脚注内容为:"这就是鹏鸟迁徙南冥所乘的风,此处暗示杜甫南迁";(8)《泊岳阳城下》中"变化有鲲鹏"译为"in metamorphosis, Leviathan and Peng",脚注为"Peng bird",翻译时以"leviathan"指鲲,实鲲鹏为一物,所以以"Peng bird"注解;(9)《宿白沙驿》"的的近南溟"译为"and on its sparkling I draw near to the Southern Deeps",脚注内容为"Peng bird",并且对"南溟加以解释";(10)《奉赠萧十二使君》中"鹏图仍矫翼"译为"The Peng's plans, still spreading his wings",脚注释义为:"鹏,杜甫以鹏自比";(11)《入衡州》中"鹏路观翱翔"译为"observe the soaring of the Peng's course",脚注为"Peng bird";(12)《舟中苦热遣怀奉呈阳中丞通简台省诸公》中"南图卷云水"译为"They plan to go south, rolling up clouds and waters",脚注为"Peng bird"。据上例,典故翻译可以分为以下四种情况:第一种,诗句中典故名称出现,译者给出相应翻译后并在脚注中注明典故附录中的索引名称,如(1)(3)(8)(11)(12);第二种,诗句中典故名称出现,译者给出相应翻译后,在注脚中注明此处借用其引申义或以物比人,如(6)(10);第三种,诗句中没有出现典故名称,却运用该典故,译者没有在译文中给出典故名称,但在脚注中注明典故附录中的索引名称,如(2)(4)(9);第四种,诗句中典故名称出现,译者没有在译文中给出典故名称,却在脚注中注明此句与典故类比或借用典故表意,如(5)(7)。

杜甫诗歌内容博大精深,语言表达丰富生动,因此在翻译过程中的处理也多姿多彩。上面我们仅从文化负载词、俗语和典故的英译几方面介绍了宇文所安的翻译特点,其他翻译现象尚待探讨。

四 结语

《杜甫诗集》的英文全译本千呼万唤始出来，它对于杜甫诗歌英译研究乃至杜甫诗歌研究都具有深远的意义。本书对于译文的背景、内容和特色价值做了简要的概括，译本更多的精华需要进一步研究和挖掘。期待《杜甫诗集》英语全译本能够逐渐进入英美文化的中国文学体系中，让西方读者了解杜甫诗歌并引导西方读者理解和欣赏杜甫诗歌。

第二节 《杜甫诗》注释研究

一 导言

宇文所安的《杜甫诗》译本参考仇兆鳌《杜诗详注》中的顺序，对 1457 首诗和 10 篇赋进行分卷、分册和编序，并对诗歌的文本和版本做了细致的考证（文军、岳祥云，2016）。除以繁体中文呈现的原诗及对应的英译诗以外，在这套卷帙浩繁的全译本中，第一卷还包含前言和翻译惯例，此外每卷都含目录和详细目录，以及为数众多的脚注、尾注（译者称之为"典故"）、参考版本缩略词和详细的补注释（以下简称"补注"）。译者的细致与用心，由此可见一斑。

诗歌翻译本就不易，有"诗圣"美誉的杜甫，其诗歌更是以擅用典故而闻名。细读文本之后可以发现，宇文所安在翻译中几乎没有采取以诗译诗的形式，也没有追求排律与韵脚，而采取了直译加注的方式，因此各式各样的注释是宇文所安译本的一大特色。本书以《杜甫诗》第一卷为个案对其注释进行研究，在文本细读的基础上描写该卷注释的特点，分析注释的方法，解释注释的功能。

二 注释相关研究

对于是否应该在翻译中添加译注这一问题有很多争论，例如萧乾在《尤利西斯》的译序里提到，他反对在文学作品（不管是创作还是翻译）中加注，认为注释会对阅读造成干扰。但不可否认的是，译者在翻译文学作品，尤其是经典典籍时，总会不可避免地用到注释。根据热奈特（Genette）（1997：320）的考证，注释其实由来已久，西方在作品中加注的方法始于中世纪。热奈特在提出"副文本"（Paratext）的概念以后，在《副文本》（Seuils）中对副文本做了进一步的分类。他认为副文本有两大类：（1）边缘副文本（Peritext），包括作者署名、书名、出版信息、前言、献词、致谢、后记等；二、外副文本（Epitext），包括印刷书本之外的、由作者与出版社为读者提供的关于该书的相关信息，如与作者相关的访谈，或由作者提供的日记，甚至包括作者的性别、年龄，或在封面上列出的该作者目前所有出版物的清单等（转引自王雪明、杨子，2012）。

国内学者许德金和周雪松对热奈特的理论在外延界定和分类标准方面提出了质疑，认为其"外延太大"，"导致了内涵的不确定性"，同时"缺乏明确的分类标准"（许德金、周雪松，2010）。基于此，他们对副文本理论做出了修正，其中在副文本的分类方面，他们认为按照其相较于文本出现的位置，可以分为两类：（1）文本外副文本，如目录、后记等；（2）文本内副文本，如本书所要研究的注释等。

尽管有了热奈特的副文本理论，迄今学界对注释的研究却并不丰富，对译注的研究更是"相对贫乏和单一"（李德超、王克非，2011）。近年来，在国内对译注的研究中，许宏（2009）以《尤利西斯》的典故注释为例，提出了典故注释的两条原则：一是详略得当；二是注明典源、典面，必要时解释典义并提供"提示"。李德超和王克非分析了译注的规定性研究和描写性研究，认为描写性研究在"身份认同、文化交流和文学史构建上起到深远的意义"（李德超、王克非，2011）。王雪明和杨子（2012）从深度翻译的角度切入，分析了作为副文本的注释在《中国翻译话语英译选集》（上）中的使用，并分析了不同类别注释的特点和功能。姚望和姚君伟（2013年）则从服务读者、方便研究和建构译者身份三个方面论述了译注的多元功能。概而言之，翻译注释仍值得进一步研究。

三 《杜甫诗》注释的总体特点

《杜甫诗》第一卷分为 5 部，共收入 198 首诗，其中有 3 首因不能确定是否为杜甫所作而没有详细列出（但仍然保留了其诗序，读者可以此回溯至仇兆鳌的《杜诗详注》），所以该卷可供研究的有效诗歌数目为 195 首。根据副文本理论中对注释的划分，脚注、尾注和补注构成该卷注释的整体。由于尾注中出现的条目在脚注中均有呈现，因此不再重复计数。据此得到有效注释 928 条，详见表 3 – 1：

表 3 – 1　　　　　《杜甫诗》第一卷诗歌和注释数量统计表

	有效诗数	无注诗数	脚注	原注	补注	有效译注
1	34	1	126	3	29	152
2	44	6	145	2	57	200
3	43	8	154	6	53	201
4	38	0	135	5 他注	59	189
5	36	4	164	5 他注	27	186
总计	195	19	724	21（含 2 条他注）	225	928

由上表可以看出，每首诗歌都有超过 4 条的注释，其数量无疑令人印象深刻。此外，《杜甫诗》第一卷的注释还呈现出四个特点。

（一）脚注、尾注、补注结合

要让译注既能方便读者，又不影响美观，就必须考虑译注的位置问题。宇文所安对注释位置的处理也恰好印证了这一原则。

虽然译者在翻译过程中并非见典即注，但为数较多的注释仍不可避免。杜甫诗歌数量庞大、题材广泛、用典极多，但在行诗过程中难免有重复的典故。为了节省空间、避免重复注释，同时也避免注释过多对读者造成干扰，译者在处理译文时将注释分为脚注和尾注及补注三部分。

首先，针对较为简短的意象，译者在页末做了脚注，方便读者随时查看。例如，《饮中八仙歌》中有这样三句："汝阳三斗始朝天，道逢麹车口流涎，恨不移封向酒泉。"其中第三句的翻译为："he's upset that he can't change his fief to Alespring."译者将"酒泉"译为 Alespring，既可视为意译，又可看作字面直译，但都无法让英文读者联想起今天的甘肃酒泉一地。宇文所安为该词加的脚注为："A commandery in modern Gansu, whose springs were reputedly sweet as ale."读罢这一简短的脚注，读者就可以理解为什么被杜甫誉为饮中八仙之一的汝阳想要移封酒泉了。

其次，凡在同一首或不同的诗中多次出现的人物、事件等，均列入卷末的尾注之中，在脚注处以星号（＊）作为标记。如"阮籍"一条，仅在第一卷中就出现了五次，译者于是将其列为尾注，做出如下注释：

Ruan JiReferences："the end of one's road""at a dead end"；"whites of one's eyes"；Infantry Commander；"showing eye pupils" Background：Ruan Ji（210 – 263）was a poet and one of the "Seven Sages of the Bamboo Grove". Stories about Ruan Ji come from many sources, especially *Shishuo xinyu.* He took the post of Infantry Commander because he heard that it provided good ale. He was famous for showing the whites of his eyes to anyone for whom he had contempt. And he is associated with weeping when he came to the end of a road—figuratively not knowing where to go. The Ruan family was famous for its talented members. Zhongrong is Ruan Xian（阮咸）, Ruan Ji's nephew, also one of the Seven Sages of the Bamboo Grove. Examples：1. 33；2. 1；2. 12；4. 15；5. 2；7. 18；7. 45；8. 13；8. 19；10. 88；11. 58；12. 41；13. 68；20. 71；21. 41；21. 54；21. 68；23. 6；23. 47.

译者以"References"字样标记该条目在诗中出现过的意象，以"Background"言明其背景，以"Examples"标注其出现过的诗序，方便读者回溯文内不同诗歌，体味同一人物（或事物）如何在不同的诗中以不同的意象表达相似的含义。

此外，译者还在补注中对"学者可能感兴趣的内容"做了注释
（Owen，2016：LXXXV）。例如其中一条：

> 2.26 送韦书记赴安西
>
> 10935；SB 9；Guo 18；Qiu 133；Shi 13；Xiao 326
>
> *Text*
>
> 8 SB reads 苍/茫
>
> *Additional Notes*
>
> 3. For the controversy surrounding *wu jizai* 无藉在，see Zhang
> Wen 49—50.

诗序和题目之下是这一首诗在其他杜甫诗歌版本中出现的页码，版本
缩略词列表附在尾注之后。正文下面是不同版本对某一诗行中的某一
字或词的不同读法或写法。附加说明下面就是列入本书研究范围内的
补注，内容涉及对句意的进一步阐释，对翻译的解析，以及各版本对
有争议的诗句的不同解读等。

（二）原注译注分明

由表 3-1（见第 87 页）可见，第一卷的 724 条脚注中，有 21 条
原注（可能是诗人杜甫的注释或后来的编校者的注释）；两条他注
（引用萧涤非的注释）和 701 条译者注。涉及原注时，译者先在做脚
注中以"Original notes"的字样表明该条注释属于原注，然后将原注
翻译成英文，并将中文附于其后，少数原注后面还有作者所做的阐
释。其余未带"Original notes"字样的则属于译者注。例如：

> 原文：1.12 过宋员外之问旧庄
>
> 译文：1.12 Passing by Supernumerary Song Zhiwen's Former Es-
> tate
>
> 注释：Song Zhiwen（c. 656－712）had been an important poet
> of an earlier generation。
>
> Original notes："The Supernumerary's youngest brother was in the

Imperial Guard and was known in the age，hence the last lines below。" 员外季弟执金吾见知于代，故有下句。

译者首先对宋之问做了简要介绍，然后将原注译为英文，后附原文。表3－1（见第87页）所示的数据统计中，这类带有译者注释的"原注"也作为译者注计入"脚注"数目之中。将原注忠实地传达给读者，也便于读者对诗人的创作意图有更清晰的把握。

（三）注释内容丰富

在对该卷928条注释的内容进行逐一分析和比较之后，得到下列详细的分类图：

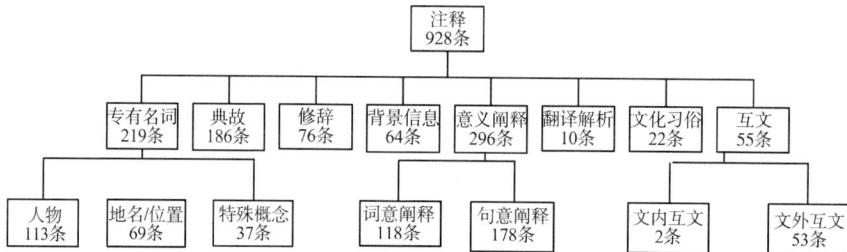

图3－1　注释内容分类图

从上图可以看出，注释集中体现在专有名词、典故和意义阐释三个方面。专有名词又分为人物、地名/位置和特殊概念三类。人物主要涉及中国古代真实的历史人物，如吕蒙、孙楚；也包含文学或中国传统神话传说中的人物，如湘妃、汉女等。地名/位置类既有对诗中隐晦地名的明示，也有对地理位置的界定。如在"the level moors go off into Qing and Xu"（1.3《登兖州城楼》第4句"平野入青徐"）中，宇文所安的注释为"The two prefectures Qingzhou and Xuzhou"。点明译文中未言明的地点。特殊概念则包含中国特有的植物、食物、建筑、称号等，如"天棘蔓青丝"中的"天棘"，"岂无青粳饭"中的"青粳饭"，"守桃严具礼"中的"桃"，"春官验讨论"中的"春官"等。对典故的注释多为文学典故和历史典故，也涉及部分文化典故和成语典故，内容较为丰富。意义阐释分为对词意的阐释和对句意的补充。

此外，对修辞、背景信息和文外互文的注释数量也比较多。修辞以比喻居多，在注释中言明喻体的本体意义。背景信息则既有对整首诗背景的介绍，也有针对某一诗行的背景阐释。例如在 "recently you received the added office of Commissioner, reconnecting it"（"新兼节制通"《投赠哥舒开府翰二十韵》）一句中，译者对该句的背景做了如下注释："In 754 Geshu Han was made Military Commissioner of Hexi and Duke of Liang; in that same year he defeated the Tibetans." 翻译解析虽然只有10条，但通过这10条可以看出宇文所安在翻译过程中对字、词的推敲和对语态的精心选择。译介文化习俗重在介绍中国传统的文化习俗，如"腊日""白日照执袂"的"执袂"（表示离别时的依依不舍）等。文外互文主要出现在补注中，译者或者在对某些概念做出解释以后，给出其他杜甫诗歌研究者的观点，或者直接提供其他专家的看法，并表明自己对该看法持肯定还是否定态度。例如对《赠献纳使起居田舍人澄》的第一句"献纳司存雨露边"，他补充道："The *xianna si*（献纳司）was the name of the office, and the line is often construed that way. Xin, however, makes a convincing argument that *sicun*（司存）is a verb, "to carry out the duties of one's office." 在这条补注中，他先解释了自己的断句方法和解释，然后给出不同断句和解释，留给有兴趣的读者进行进一步研究。

（四）注释详略得当

21世纪以来，经过国内译者、学者和汉学家的共同努力，西方读者对杜甫及其诗歌也不再像之前那样陌生。因此宇文所安在译介杜甫诗歌时，并没有把诗中出现的每一个典故或文化承载词都进行注释。统计发现，在《杜甫诗》第一卷的195首有效诗歌中，有30首未做脚注与尾注，其中既无脚注、尾注，又无补注的有19首。这些没有任何注释的诗多为流传甚广、为大多数人所知的诗歌，如《房兵曹胡马》①、《兵车行》等。

---

① 本书所引例句均以简体中文呈现。

曹明伦曾指出,"译文加注与否一是取决于译者对翻译目的之认识;二是取决于译者对译文读者认知语境的判断"(曹明伦,2013)。基于对译文读者(即英语国家读者)和对中国文化认知语境的判断,宇文所安在翻译中并没有见典即注。为了研究注释整体的详略程度,笔者借鉴语料库语言学中"词汇密度"的计算方法,采用"注释密度"来计算译者在古诗翻译过程中对每首诗添加的注释的密集程度。计算方法是用一首诗的翻译中注释的数量除以该诗的总行数再乘以100.00%,用公式表示如下:

$$\frac{N}{L} \times 100.00\% = 注释密度 = \frac{N}{T + A + P} \times 100.00\%$$

(N 为注释总数,L 为诗行总数,T 为标题所占行数,A 为诗人所占行数,P 为诗的正文所占行数,且 N = T + A + P)

其中,T 是常数,且 T = 1;当研究的文本是单一诗人的全集或选集时,由于诗人不单独出现在每一首诗中,所以不计入总行数,即 A = 0,本书的研究即属此列;当研究的文本是不同诗人的诗选时,由于每首诗都要标注作者,此时应该计入总行数,即 A = 1。此外,计算 P 时应该将每两个标点符号之间的内容算作一行,而不按传统的计算句号的方法。据此,适用于本书的公式应该是:

$$\frac{N(注释总数)}{1 + P(诗歌行数)} \times 100.00\% = 注释密度$$

如此,可以用此方法计算出该(第一卷)卷 195 首诗的注释密度。为便于显示,从第一首诗开始,按照每隔两首诗选择一首的方式抽取 65 首,将注释密度保留至小数点后两位,按升序排序之后重新编号。将这 65 首诗的注释密度用图表表示,如图 3 - 2。

从图 3 - 2 的抽样统计结果看,在翻译中既有注释密度为 0 的诗,也有注释密度高达 82.76% 的诗,但这类极端情况占比较少。大多数诗的注释密度在 10.00% 至 50.00% 之间，即在大多数诗的翻译中，至少有一行，最多有一半诗行添加了注释。总体而言，宇文所安在翻译时，既有详细加注的诗，又有简略注释，更多的则是详略平衡。

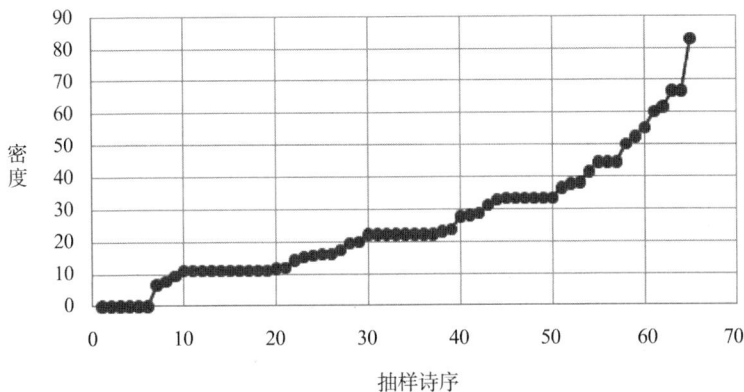

图 3 - 2　注释密度

四　注释的方法

《杜甫诗》的英译采用了较为丰富的注释方法，概括起来有三种方法：

（一）直译与加注结合

宇文所安在翻译中大多采取直译的方法，对诗中的委婉表达、特有意象与典故也进行了直译。在原诗中，这些意象都蕴含着深刻的文化含义或象征意义。译者在翻译中保留了这些意象的原貌，尽最大可能让读者与原诗中的意象进行接触。同时在译注中对诗句进行意译，既直接点明原诗的意思，又为读者揭开了蒙在意象之上的面纱，使读者既能感受到原汁原味的杜甫诗歌，又能了解到其中的内涵。如以下两例：

例 1：

原文：麾下赖君才并入，

　　　独能无意向渔樵。（《赠田九判官》）

译文：Under his standards relying on you, all talents will

join—[1]

In my case alone you have no intention to face fishermen and woodcutters。[2] [*To Administrative Assistant Tian Liangqiu*（9）]

注释：①That is，seeing Tian Liangqiu，everyone will want to join Geshu Han's command。②That is，to turn his attention to Du Fu and recommend him.

例2：

原文：内愧突不黔。（《送率府程录事还乡》）

译文：Within I am embarrassed that my chimney is not blackened.（*Seeing Off Office Manager Cheng of the Guard Command on His Return Home*）

注释：I have no wood for a fire to prepare a meal for you.

例1中第一句的注释使翻译的意义更加彰显；第二句的直译尤其明显。原诗中的"渔樵"暗指"出世、归隐"，而非真的成为渔民或樵夫。这一意象在杜甫诗歌中出现较多，在中国古诗中也屡屡出现，因此熟知中国古诗的读者读原诗时对作者的意思一目了然。译者在翻译中通过直译保留这一意象，让目标读者沉浸于这种中国独特意象之中，使其逐渐渗入读者的印象之中，反而比直接意译更益于中国文化的传播。而在注释中以直接阐释的方法点明该句的意思，使读者不至于在读完译诗之后一头雾水。例2充分体现了古诗委婉表达的特点。杜甫在原诗中以"突不黔"——灶突不黑——委婉道出自己无法烹煮款待对方的羞愧，某种程度上也表达出自己贫困的现状。译者将"突不黔"直译，保留原诗间接表达的特点，并通过注释解释了诗人间接表达的意思。读者读注时一目了然，此时再回想译文则会恍然大悟。

（二）注释与学术阐释结合

作为一部"学术性的杜诗英文全译本"（曾祥波，2016），译者宇文所安非常注重对翻译的学术阐释。这种阐释首先表现在卷末长达56页的参考版本缩略词（4页）和补注释（52页）上。译者在补注释中阐述了他对某些诗句中个别字词甚至整句的理解，这些理解都是

在脚注中未及细述或未曾涉及的内容。如他对《望岳》中的诗句
"荡胸生层云，决眦入归鸟"补充如下：

> The grammar of this notorious couplet is far from
> clear. Mountains—Mount Tai in particular—were thought of as genera-
> ting clouds, so the mountain must be the subject of *sheng*（生），
> "generates"，"produces."*Juezi*（决眦），literally "splitting the
> eye-pupils" referred to shooting and hitting the eye，but also to a look
> of rage，probably a narrowing of the eyelids. Du Fu seems to be bor-
> rowing this latter sense for an intense，perhaps squinting gaze that fol-
> lows the birds off into the mountains.

在这条注释中，他提出了对诗句主语的判断和对"决眦"的不同理
解，为专业读者和杜甫研究者提供了新的理解角度和研究方向。这样
的学术阐释在补注释中比比皆是，此不赘述。除此之外，译者在脚注
中偶尔也会加入学术阐释。这样一来，注释往往变得较长，因此为防
止阻碍读者的阅读流畅性，在脚注中加入学术阐释的频率并不频繁。
此举一例加以说明：

例 3：

原文：官渡又改辙。(《自京赴奉先县咏怀五百字》)

译文：At the official crossing I again changed my track。[*Going
from the Capital to Fengxian County*，*Singing My Feelings*（*five hun-
dred words*）]

注释：The situation here is far from clear. A "crossing" was a
ferry point；later we see Du Fu on one of the bridges，clearly crossing
on foot. We know that some of the Wei River bridges could accommo-
date vehicles but this does not seem like one of them. It is possible that
he "changes his track" because no boats are crossing under flood con-
ditions.

上例中，译者在译注中阐述了对原诗所描述的实际情况的质疑，继而提出自己的推测，对诗中的"改辙"进行了合理的解释。这种学术阐释会使读者对诗句的理解更加全面、深入。

（三）全面典注

从图 3 - 1（见第 90 页）可以看出，译者非常注重对典故的注释，在卷末还有单独的附录。译者对典故的注释非常全面，几乎每一个典故都注明了典源、典面和典义，与许宏提出的注释原则不谋而合。典源指典故的出处及其意思，典面指典故的短语化表达，典义则指作者使用典故时意欲表达的意思（许宏，2009）。在附录中译者以"References"表明典面，以"Primary Source"指明典源，并以"Implications"揭示其典义。例如：

> Yan Guang References：fishing, the wandering star；Primary Source：*Hou Han shu* 113. Yan Guang was the childhood friend of Liu Xiu，who later became Guangwudi, the founder of the Eastern Han. He refused Guangwudi's invitations to serve and lived as a fisherman recluse. Once he did visit Guangwudi，and the two old friends went to sleep together，with Yan Guang's head on Guangwudi's belly. The next day the court astrologer reported seeing a wandering star invading the imperial constellation. Implications：Refusing to serve and living as a recluse；close friendship with the emperor. Examples：2. 7；8. 21；11. 46.

对于脚注中出现的少数典故注释，虽然没有用此类指示词，但读者依旧可以判断注释中的典源、典面和典义。如对《与李十二白同寻范十隐居》中"向来吟橘颂"一句的翻译"You just chanted the 'Hymn to the Orange'"做的脚注："A poem in the *Chu ci*，praising the *ju* orange for its stead fastness，growing only in the Southland. This refers to Fan's resolution to remain a recluse."此处宇文所安先说明了该典的出处，并解释其意义，然后点明了该典故在此处的所指意义。

五　注释的功能

受翻译的文化转向影响，很多翻译学者也开始"注意到关注译注的文化功能"（李德超、王克非，2011）。继而，除传统的"服务读者"之外，翻译研究者开始考察译注在文化交流、译者身份建构等方面的影响和功能。

（一）促进文化交流

宇文所安以浅显易懂的现代英语直译杜甫诗歌，且没有采取以诗译诗的形式，这就为普通读者的阅读提供了有利的条件。图 3 - 1（见第 90 页）所示的 8 类注释中，除"翻译解析"和"互文"两类以外，其他都是对中国传统文化方面面的介绍与阐释。译者先以直译的方式在翻译中使目标读者对杜甫诗歌中独特的中国文化承载词有直观的了解，再以图 3 - 1 所示种类多、数量大的译注为读者提供这类概念的深层含义。二者的相互关照，既促进了读者对杜甫诗歌的理解，又在潜移默化之中深化了他们对中国传统文化的理解，间接促进了文化的交流。

（二）建构译者身份

长期以来，译者一直被视作原作者的附庸和戴着镣铐的舞者。殊不知，即便戴着镣铐，也不能剥夺其"舞者"的身份。正如姚望和姚君伟提出的，"译者也能通过译注"，"表达自己的理解和看法，从而建构起自己相对独立的文化身份"（姚望、姚君伟，2013）。

在《杜甫诗》的翻译中，注释中的学术阐释就是译者建构自己文化身份的明证。如果说这体现在脚注中还不太明显，那在补注释中就不言而喻了。译者详细列举了这 195 首诗中每首诗出现过的杜甫诗歌版本，列举了不同版本中对诗句的讨论，并列举了他自己对 225 句诗的阐释和讨论。这些注释强有力地体现了宇文所安作为杜甫诗歌研究者和翻译者的深厚学术功底和翻译功底，也体现了他细致负责的学术态度和强烈的读者意识、服务意识。

（三）助力学术研究

千百年过去了，国内外学者对杜甫及其诗歌的研究依旧势头不减。杜甫诗歌在海外的传播已有 270 多年，第一本英文全译本却在 2016 年才姗姗来迟。可以预见，杜甫诗歌在英语世界的研究和译介绝不会就此止步。在此背景之下，一部译本如果能在服务读者、建构译者身份之余，为其他专业读者和研究者提供研究之便，则可以说其学术价值更进一竿。

前文已述及宇文所安《杜甫诗》第一卷中出现的脚注、尾注和详细的补注，对专业读者来说，这些注释就是极有学术价值的研究资料。笔者认为，这些注释在方便研究方面的意义有三：一是方便专业读者与研究者对杜甫诗的深入研究，尤其是对有争议的诗句和用词的理解；二是方便对不同杜甫诗歌版本进行参考比较，力争在参考和比较中解决争议；三是方便对宇文所安的翻译进行批评并以此提取中国典籍英译的新思路和新方法。

六　结语

从以上对注释的三个方面的分析，可以一窥宇文所安为《杜甫诗》的翻译倾注的心血。在翻译中，他将直译与注释相结合，并在注释中适当添加自己的学术阐释，不仅服务了读者，而且起到了促进文化交流、建构译者身份、助力学术研究等作用。仔细地阅读与研究可以发现，在这部皇皇巨译之中，注释绝不再如热奈特所说的只是"副文本中的副文本"。注释在建构译者身份和助力研究等方面起到的重要作用，理应引起专注于典籍英译的译者和研究者的重视与思考。

第三节　《杜甫诗》典故的英译策略

一　引言

《杜甫诗》由宇文所安英译，共六卷，包含了杜甫的全部诗作，本书被评为"目前学界第一次对杜甫诗歌进行完整的英文翻译"（张良娟，2016）。宇文所安是美国著名的汉学家和翻译家，其代表作有《初唐诗》《盛唐诗》《中国"中世纪"的终结：中唐文学文化论集》等。因篇幅原因，本书只选择《杜甫诗》第一卷中的典故展开研究，该卷共收录杜甫诗近两百首，具有一定的代表性。之前有关杜甫诗歌翻译的研究多集中于诗歌整体的翻译策略，数量较少的关注诗歌典故的研究则只关注典故的来源或分类，对典故翻译策略关注不够。因此，本书拟以诗歌翻译策略为理论支撑，重点讨论杜甫诗歌中典故的翻译策略。

古诗英译策略体系是为了最大限度还原原文的文本信息、修辞手法、风格、思想及文化等方面而采用的适用于目的语文本的一套翻译策略和手段。该体系从古诗英译的语言、形式和内容三方面出发，包括译诗语言的易化策略、译诗形式的多样化策略和译诗词语的转换策略，每个翻译策略下又包含多种翻译方法（文军、陈梅，2016）。下面以典故英译为例论述译诗词语的转换这一翻译策略。

二　杜甫诗歌典故和分类

（一）典故的定义和分类

典故一词自汉朝出现，在古代是指旧制旧历，也指汉代的一种官职；而现代对于典故的解释与之不完全相同。《大辞海》对于典故的解释分为两层：一指古代的典章制度、旧事旧历，即典故的古义；一指典故的含义，即"诗文中引用的古代故事和有来历出处的词语"（夏征农，2008）。在其第二层含义中，根据引用的不同类型，典故可以细分为事典和语典两种类型，"引用的古代故事"就是事典，语典则是"引用的有来历出处的词语"。《全唐诗典故辞典》中对于典故的定义如下：典故就是诗文中引用古代故事和前人用过的词语，有来历和出处的，一般分为事典和语典（范之麟，1989）。凡属作品中引用或化用史实、故事、戏曲、神话、传说、典章名物，以及前代作品中有影响的诗、词、文、佳句，均收作典目（范之麟，1989）。

宋朝学者陈善曾在其著作《扪虱新话》中写道："杜诗无一字无

来处：文人自是好相采取，韩文杜诗，号不蹈袭者，然无一字无来处"。杜甫的诗歌被誉为"无一字无来处"，典故在杜甫诗歌中有着举足轻重的地位，因此研究杜甫诗歌的翻译就必须关注诗歌典故的翻译。本书选取宇文所安翻译的《杜甫诗》的第一卷为研究对象，该卷共收录杜甫诗198首。在研究中笔者发现杜甫诗歌中的语典的来源和出处众多，较难考察，经史子集均有援引，因此本书的研究对象为《杜甫诗》第一卷中诗歌中出现的所有事典。

（二）事典的分类及统计

根据《全唐诗典故辞典》，本书的事典指所有的咏史或叙事作品所叙述的史实或故事本身（怀古抒怀作品除外），无喻指义、借代义，或其他特殊含义的人名、地名、天象、器物等名称；有关典章制度的词语，其无喻指文、借代义或其他含义者；反映风俗习惯的词语均不作为典故，即不作为事典（范之麟等，1989）。据统计，《杜甫诗》第一卷中的事典共有153处。

笔者参照过往研究（文军、唐林，1985；李璐琳，2014），将杜甫诗歌中的事典分为哲学典故、文学典故和历史典故三大类。

1. 哲学典故

《中华大典·哲学典》一书将哲学典分为三大类：《儒家分典》《诸子百家分典》《佛道诸教分典》，参照上述分类和实际统计中的杜甫诗歌中的典故，故将哲学典故具体分为三类：佛家、佛教典故；道家、道教典故及儒家典故。

（1）佛家、佛教典故

唐朝时期佛教迅速发展。根据史料记载，佛教思想尤其是禅宗对杜甫产生了重要的影响，在杜甫的诗歌创作中也体现出了他的佛学思想。虽然杜甫的诗歌中对佛家和佛教思想的提及不多，但杜甫在《秋日夔府咏怀奉寄郑监李宾客一百韵》一诗中写道："身许双峰寺，门求七祖禅"，许多学者认为这是能体现杜甫佛教思想的有利证明。在《杜甫诗》第一卷中，佛家、佛教类的事典出现了两处，如《巳上人茅斋》中"空忝许询辈，难酬支遁词"一句运用了支遁在山阴讲经时许询为都讲的典故，出自《世说新语·文学》。

（2）道家、道教典故

自唐高祖以来，统治者推出了一系列的崇道的政策措施，尤其是唐玄宗在位时期，将道教视为社会的主流意识形态。杜甫的大半生都在唐玄宗统治时期，那时朝廷专设玄学博士，统治者亲注《道德经》。当时的文人大多结交道士，杜甫受李白和当时社会的影响，也对道家和道教思想产生了浓厚的兴趣。在《杜甫诗》第一卷中，道家、道教类的事典共出现了8处。如《冬日洛城北谒玄元皇帝庙》中"仙李盘根大，猗兰奕叶光"运用了"仙李"的典故；"身退卑周室，经传拱汉皇"一句运用了"老子出关"和"经传拱汉皇"的典故等。

（3）儒家典故

研究杜甫的多数学者认为，杜甫一生深受佛、道、儒三家的影响，有的学者则将杜甫视为"儒者"。杜甫不仅以儒家思想律己，也用儒家思想来教育后代。他的诗歌也表达出了他对于广大人民的"仁爱"和"仁政"的儒家思想。在杜甫诗集第一卷中体现儒家思想的事典有4处。如《奉赠太常张卿垍二十韵》中"谬知终画虎，微分是醯鸡"一句使用了"瓮中醯鸡"的典故。

2. 文学典故

文学典故所包含的体裁和类型众多，笔者将杜甫诗歌中的文学典故分为神话传说和寓言故事两种。文学典故指的是文学作品中出现的由创作者主观臆想和构造出的故事。

（1）神话传说

神话传说产生于生产力低下的古代时期，由神话和传说两部分构成，神话多涉及万物起源的部分，传说则更多的讲述英雄故事。神话传说表达了古代人民对于无法科学认知的自然的想象、对于无法理解的自然现象的神化思想及对人类和自然关系的看法，对宗教信仰也有着推动作用（林霄红，2014）。在《杜甫诗》第一卷中，神话传说类的事典共出现了14处。如《奉寄河南韦尹丈人》中"尸乡馀土室，难说祝鸡翁"一句运用了"祝鸡翁"的典故；再如《渼陂行》中"此时骊龙亦吐珠，冯夷击鼓群龙趋"一句运用了"骊龙额珠"和"冯夷击鼓"的典故。

（2）寓言故事

寓言是非常特殊的一类文学体裁，创作者一般运用各类修辞手法通过简短的故事来反映和表达一些经验教训或是人生哲理（韩高年，2010）。世界上最早的寓言故事集是《伊索寓言》，中国的寓言在古代多被运用为思想家辩论和表达自家思想的工具，在诗歌中也经常出现。在《杜甫诗》第一卷中，寓言故事类事典共出现了3处。如《奉赠韦左丞丈二十二韵》中"常拟报一饭，况怀辞大臣"一句中运用了"灵辄救宣子"的知恩图报类寓言故事。

3. 历史典故

历史典故与文学典故的不同之处在于历史典故都是历史上真实发生过的事件，事件所描述的历史故事种类繁多（李璐琳，2014）。杜甫被后人尊称为"诗圣"，也是唐朝时期最伟大的现实主义诗人，他的诗也因反映社会历史现实而被称为"诗史"。他在诗歌创作中记录了许多唐朝时期的重要史实，也善于运用前朝历史讽刺或是映射当时的社会现状，因此历史典故在他的诗歌中出现的次数最多，最为丰富。在《杜甫诗》第一卷中，历史典故共122处，占到了事典总数的80.00%。根据《白居易诗歌典故研究》的分类方法，因主人公的不同，可以将历史典故分为五大类，即：帝王类、仕官类、士人类、女性类和其他。

帝王类的典故在《杜甫诗》第一卷中共出现了24处，从上古时代的尧舜禹到历代王朝的统治者均有涉及，如《晦日寻崔戢李封》中"上古葛天民，不贻黄屋忧"一句运用了"葛天氏"的典故；再如《送樊二十三侍御赴汉中判官》中"陶唐歌遗民，后汉更列帝"一句运用了"唐尧"的典故。

仕官类的典故描写的是朝廷各类官员的故事，杜甫虽有"致君尧舜上，再使风俗淳"的远大抱负，他的一生却仕途不顺、颠沛流离，因此诗人在诗歌创作中运用了许多正面或反面的仕官类典故来表达自己的抱负、理想和不满，这些共计55处。如《敬赠郑谏议十韵》中"君见途穷哭，宜忧阮步兵"一句运用了"阮籍途穷"一典。

士人类的典故描写的则是没有为官从政的读书人，其中不乏有清高正直的隐逸之士，也有怀才不遇、仕途坎坷的士人，共 24 处。如《遣兴》中"鹿门携不遂，雁足系难期"一句运用了"庞德公入鹿门"的典故。

《杜甫诗》中女性类典故的主要描写对象是后宫妃子，从远古时期三皇五帝的妃子到唐朝时期的后宫佳丽，如娥皇、褒姒等，共出现了 5 处。如《北征》中"不闻夏殷衰，中自诛褒妲"运用了"妹喜和妲己"的典故。最后，抒情或咏物类的典故则被单独列在其他类别中。

表 3 - 2　　　　　　　　　《杜甫诗》第一卷事典统计表

典故类型	哲学典故	文学典故	历史典故
典故具体分类和数量	佛家、佛教典故（2） 道家、道教典故（8） 儒家典故（4）	神话传说（14） 寓言故事（3）	帝王类（24） 仕官类（55） 士人类（24） 女性类（5） 其他（14）

三　典故英译策略研究

古诗英译策略体系共包括三种，即译诗语言的易化策略、译诗形式的多样化策略和译诗词语的转换策略，三种策略间具有层次性和相关性的特点（文军、陈梅，2016）。前两种翻译策略主要针对全文的语言和形式，此处暂不讨论。典故本身属于词语的范畴，因此我们将重点介绍第三种翻译策略，译诗词语的转换策略。

译诗词语的转换可以用来翻译诗歌中古旧的名物，也可以用于翻译古诗中的文化词语，如意象和典故等。由于社会和自然原因，文学的翻译难点就在于文化差异和历史差异造成的理解障碍。由于词汇层面语义的易变性和不同语言之间语言系统和社会文化的差异，在源语和目标语之间进行转换时，源语、目的词语义不对等发生的几率自然会很高（夏廷德，2006：113），因此在翻译典故时需要译者采用相应的翻译策略。

译诗词语的转换策略关注目的语读者的感受，因此在翻译汉语古诗时为使西方读者更容易理解，需要将古旧的名物和文化词语翻译得更简略清晰。在具体的翻译实践中，译者可以采取以下几种翻译方法：概括法、提译法、释义法、替换法、节略法、增添法和直译法。为了最大量地还原古诗典故的含义，译者有时会采取两种或多种方法相结合的翻译方法。

（一）概括法

概括法是指译者在不影响原文意义传达的前提下，采取更加概括的词语来表达的翻译策略。如《喜晴》一诗中有：

> 千载商山芝，往者东门瓜。
> A thousand years ago, mushrooms on Mount Shang,
> in times past, the melons of East Gate. （278）

这两句诗包含了"商山芝"和"东门瓜"两个典故。"商山芝"典出《史记·留侯世家》，秦朝末年东园公唐秉、夏黄公崔广、绮里季吴实、角里先生周术四位隐于商山不为世俗荣华富贵所动，淡泊名利、安于清贫，共作《紫芝歌》表明志向。其中有一句："晔晔紫芝，可以疗饥"。"商山芝"一典就出于此歌。译者在翻译这一典故时，将"紫芝"概括化为"mushroom"，即用上义词来译下译词。

再如《前出塞九首》中的第三首：

> 功名图骐驎，战骨当速朽。
> Deeds of fame are pictured in the Royal Gallery —
> and the bones left from battle crumble swiftly. （85）

"功名图骐驎"这句诗中包含的典故是"麒麟阁"，该典故出自《汉书》，西汉宣帝为表彰苏武等功臣，将其画像置于麒麟阁中。后以此典故来形容历朝历代的功臣，这里诗人是为表达自己报国的豪情壮志。译者在翻译"麒麟阁"这一典故时将其概括译为"Royal Gallery"，而没有将其译为"Kylin Gallery"，使读者能够直接感受到该功勋的价值。

（二）提译法

提译法是指用较为具体的词语翻译较为概括的词语的翻译方法，与概括法相对，即用下位词翻译上位词。如《九日杨奉先会白水崔明府》中的诗句：

晚酣留客舞，凫舄共差池。
Tipsy late in the day，the guest is detained to dance，
wild duck slippers of both scattered about.（207）

诗人在这句诗中使用了"凫舄"的典故，该典故出自《后汉书·方术列传上·王乔》。王乔是叶县县令，每次得皇帝召见时都能很快到达皇城且从不乘坐马车，显宗命人查其踪迹，发现每次王乔入京时总有两只水鸟从东南方向飞来，而这两只鸟实则为仙履的化身。后人常用此典故咏地方县令，这里用以咏杨奉先和崔明府两位县令。"凫舄"的字面意思是仙履，译者在翻译时将其翻译为"wild duck slippers"，把"舄"即鞋子具体化为"slippers"，即以下位词译上位词，是典型的提译法。

（三）替换法

替换法是译者在翻译过程中使用其他词汇替换原文中目的语读者不易理解的古旧词语或典故，以最大限度地还原原文的表达效果，缩小翻译中的文化差异，使目的语读者更能体会其中的含义。如《送张十二参军赴蜀州因呈杨五侍御》中的诗句：

御史新骢马，参军旧紫髯。
The censor has new dappled gray，
the adjutant，purplish whiskers as before.（147）

在这句诗中，诗人共使用了"避骢马"和"郗超髯"两个典故，"参军旧紫髯"这一句运用了"郗超髯"的典故。郗超髯，出自《世说

新语·宠礼》，王询为主薄，郗超为记室参军。郗超的胡须很长，王询身材矮小，当时荆州人都说："髯参军，短主簿。能令公喜，能令公怒。"这里杜甫借郗超赞美张十二参军。

这两个典故的主人公都是朝中臣子，一个是御史，一个是参军。译者在翻译这两个中国古代的官职时，将他们替换成了西方读者熟悉的"censor"和"adjutant"，即"检查员"和"副官"，这种翻译方法使译文与中国古代官制相对应，使目的语读者体会出相同的文化感受。

再如《投赠哥舒开府翰二十韵》中的诗句：

> 今代麒麟阁，何人第一功。
>
> In the Unicorn Gallery of this age
>
> what person is first in merit? （141）

"今代麒麟阁"中包含的典故"麒麟阁"已在前文介绍，译者在此处翻译时没有选择概括法，而是将"麒麟阁"译为"Unicorn Gallery"，译者为更贴近西方读者，将"麒麟"这一中国古代神兽替换为西方神话中的神兽"独角兽"。这里译者使用替换法使得译文与原文取得了异曲同工之妙。

（四）节略法

节略法是指在翻译中译者为避免目的语读者对源语文本中造成文化冲突部分的误读而在翻译中将其部分删去不译的翻译策略。如杜甫的《送张十二参军赴蜀州因呈杨五侍御》：

> 御史新骢马，参军旧紫髯。
>
> The censor has new dappled gray,
>
> the adjutant, purplish whiskers as before. （147）

"御史新骢马"一句运用了"避骢马"的典故。根据《后汉书》的记载，桓典因才干被举为侍御史，当时正值宦官专权，桓典不与世俗同流合污，他常骑一匹青白相间的马走在路上，因此大家都很畏惧他，都想要避开他的马，此后以这个典故来赞美为官正直的御史。在此句诗中，杜甫是借这一典故赞美杨五侍御。

译者在翻译"避骢马"这个典故时，为使上下句对仗，句式更凝练，将"骢马"翻译为"dappled gray"。译者在这里只翻译出了马的颜色——青白色，而省略了"马"这一意象，以颜色代整体，因此使用了节略法。

在页末，译者以注释的方法解释了这个典故的含义："Because the Eastern Han censor Huan Dian rode a dappled gray, it became metonymy for a censor. This refers to Yang."（147）

如《奉赠太常张卿垍二十韵》：

> 几时陪羽猎，应指钓璜溪。
> When will you accompany the emperor on a fletched hunt? —
> you will surely point out one fishing in Huang Creek.（171）

这句诗包含了两个典故，即"陪羽猎"和"钓璜溪"。"陪羽猎"的主人公是扬雄，他以辞赋见称，曾在侍从汉成帝祭祀游猎时作《羽猎赋》。此处用这个典故是用扬雄比张垍。"钓璜溪"讲的是姜太公在磻溪钓得玉璜，并得遇文王。后用以指君臣遇合。此以姜太公自况。望张垍援引，使自己得展辅国之志（韩成武，2007：96）。

译者在翻译这句诗时采用了节略法，只翻译了这两个目的语读者不熟悉的典故的含义，而没有译出姜太公和扬雄这两个主人公，以避免读者由于文化差异而产生理解障碍。再如《赠哥舒开府翰二十韵》：

> 轩墀曾宠鹤，畋猎旧非熊。
> On the palace stairs he has favored his crane,
> but on the hunt it was formerly "not a bear" that was caught.
> （143）

"轩墀曾宠鹤"中包含的典故是"宠鹤",根据《左传》记载,春秋时期卫懿公尤其喜欢养鹤,外出时鹤也乘轩出行。最后卫国灭亡,士兵都埋怨卫懿公过分宠鹤。后人以这个典故比喻帝王宠爱滥居禄位者。这里诗人借这一典故讽刺安禄山和安思顺。译者在翻译此句时选择将主人公直接译为"he",指唐玄宗,省去了这一典故的主人公卫懿公。再如《奉赠太常张卿垍二十韵》:

> 谬知终画虎,微分是醯鸡。
> Fool that I am, I understand that I end up painting a tiger,
> my insignificant lot is that of a biting midge. (171)

"微分是醯鸡"这句使用了"瓮里醯鸡"的典故,该典故出自《庄子·田子方》,孔子听到老子所讲道理后感到自己见识甚少,犹如"瓮中醯鸡",此典用以比喻见识短浅的人。译者在翻译时,将其直译为"a biting midge",将"my insignificant lot"暗喻为"a biting midge",省略了这一典故的深意,暗喻的修辞使得读者更容易直观理解。

（五）增添法

增添法是指译者在意译的基础上增加由于文化等因素所导致的目的语读者无法接受的信息,使得读者更容易理解的一种翻译方法。如《北征》中的这句诗:

> 不闻夏殷衰,中自诛褒妲。
> We would never have heard of Xia or Yin's decline,
> had they executed Bao and Da midway. (343)

这句诗包含了两个典故,一个是夏桀与妹喜;一个是殷纣王与妲己,妹喜和妲己都是帝王的女宠,这两个典故表达的都是红颜祸水的含义。诗人在这里是以此典故来暗喻杨贵妃与唐玄宗,唐玄宗过于宠溺杨贵妃及其族人，最后导致了"安史之乱"。

唐诗是一种特殊的文学体裁，出于韵律和形式等方面的考虑，上下句一般不会有连接词。但这两句中间其实包含着"如果……就"的逻辑关系，字面意思是如果夏桀和殷纣王在灭亡之前能够定妹喜和妲己的罪，这两个朝代就不会有如此悲惨的下场。汉语重意合，英语却重形合。汉语写作中不需要将连接词一一列出，这是汉语的独特魅力之处，虽无连接词却通过句意将整体衔接了起来。英语写作则讲究形合，连接词的缺失会导致整个篇章歧义和意义混乱现象的出现。因此，考虑到形合与意合的差异，译者在翻译这两个典故时增加了省略"if"的倒装的虚拟语气。再以《九日杨奉先会白水崔明府》为例：

> 今日潘怀县，同时陆浚仪。
> Today's Pan Yue of Huai County,
> at the same time, Lu Yun of Junyi County.（207）

这两句诗中包含了西晋文学家"潘岳"和"陆云"两个典故，这里诗人用这个典故是为颂扬杨奉先和崔明府两人。在原诗中，杜甫并未提及两人之名，侧重点在于两人的官职；而译者考虑到西方读者对中国古代人物和事件并不了解，因此在翻译时将两人信息补充完整。

（六）释义法

释义法本身包括文本内注释和文本外注释两种方法。顾名思义，文本内注释是指将注释置于文本内，以特殊符号表示出来，使读者认识到该内容是作者为便于读者理解所加的内容。文本外注释是指译者采用脚注或尾注的方式在文本外为读者做进一步阐释或提供详细信息，以减少读者因文化差异等因素而导致的阅读障碍（夏廷德，2006）。统计发现，文本外注释是译者使用最多的翻译方法。

如《临邑舍弟书至，苦雨黄河泛滥堤防之患，簿领所忧，因寄此诗，用宽其意》：

> 难假鼋鼍力，空瞻乌鹊毛。

Hard to borrow the strength of tortoise and alligator,

in vain one looks for the down of magpies. （17）

这两句诗包含两个典故"假鼋鼍"和"乌鹊毛"。第一个典故出自
《竹书纪年》，讲述的是周穆王被九江阻拦无法与军队前行时呼叫鼋
鼍搭建桥梁的故事；第二个典故出自《尔雅·翼》，讲述的是每年
"七夕"乌雀为牛郎织女搭桥，头上的羽毛被踩落的神话。诗人运用
这两个典故是为了表达面对自然灾害无能为力的悲伤与无奈。译者在
翻译这句诗时，分别对这两个典故含义做了注释："As King Mu of
Zhou did when he ordered these creatures to make a bridge; Magpies form
the bridge over the River of Stars on the Seventh Eve （17）."以便读者
更易体会到诗人当时的无力之情。如《刘九法曹郑瑕邱石门宴集》：

能吏逢联璧，华筵直一金。

An able clerk meets the "linked pair of jade disks,"

this splendid banquet costs a whole silver tael. （7）

"能吏逢联璧"一句使用了"联璧"的典故，这一典故出自晋书，潘
岳和夏侯湛两人姿仪美且相交甚好，世人将他们称为"联璧"。这里
借用这一典故形容刘九法曹、郑瑕丘两人的友谊。译者在翻译这一典
故时，在文本外做出注释，"A figure for a pair of fine gentlemen, here
Liu and Zheng （7）"，直接告诉读者作者借此典故的用意，如果没有
注释，大部分目的语读者由于文化差异将无法理解其中暗含的深意。
再如《郑驸马池台喜遇郑广文同饮》：

燃脐郿坞败，握节汉臣回。

Burning navel, the fort at Mei ruined,

holding his standard, the Han officer returned. （283）

"燃脐郿坞败"这句中包含了"郿坞燃脐"的典故，该典故出自《后

汉书》，吕布杀董卓后将其身体弃于街头，天热而董卓肥胖，因此脂油满地，官吏将其肚脐眼点着，火一直烧到第二天，后人以此表示坏人伏法，诗人借此典暗示安禄山的下场。此典故并不被西方读者所知，因此读者很难理解诗人用典的深意。所以译者为此典故做出了详细的注释：

> When Dong Zhuo held power，he built a fort at Mei with treasures and rovisions to last thirty years. Later，when he was killed in Chang'an，the soldiers lit his navel；he was so fat that the fire burned for several days. This may refer to the death of An Lushan，also notoriously fat. （283）

注释法最重要的作用就是补充背景知识。

（七）两种翻译方法相结合

在典故英译实践中，为缩小文化差异使目的语读者得到与源语读者同样的阅读感受，译者往往采用多种翻译方法相结合的翻译策略，《杜甫诗》第一卷中较为常用的有两种。

1. 直译加释义法

纵观宇文所安翻译的所有典故，直译的使用频率在所有翻译方法中位列第二。但直译一般会造成不同程度的信息损失，给读者造成困惑和阅读的障碍，因此直译常与释义法搭配使用。如《登兖州城楼》中的诗句：

> 东郡趋庭日，南楼纵目初。
> An eastern province，days of "rushing through the yard"，
> from its south tower I first let my eyes roam free. （5）

"东郡趋庭日"这句作者使用了"趋庭"这一典故，该典出自《论语注疏·季氏》，《杜甫诗》对这一典故的解释为："鲤趋而过庭"，讲的是孔子教育其子鲤的故事。后指子承父教。这里指作者前来兖州探

看父亲（韩成武，2007：3）。

译者在翻译这个典故时，将"趋庭"直译为"rushing through the yard"，又在文本外注释：

> "Rushing through the yard" refers to receiving instruction from one's father, based on a passage in the Analects in which Confucius's son Li was rushing through the yard, and Confucius asked him if he had studied the Poems. Du Fu's father was an assistant in Yanzhou. (5)

再如《赠哥舒开府翰二十韵》：

> 轩墀曾宠鹤，畋猎旧非熊。
> On the palace stairs he has favored his crane,
> but on the hunt it was formerly "not a bear" that was caught. (143)

"畋猎旧非熊"中的典故是"非熊"，这一典故出自《史记》，周文王出猎前，卜师告诉他，"所获非龙非彲，非虎非罴；所获霸王之辅"，果然在周文王出猎途中遇到了吕尚，也就是姜太公。后人以此典故比喻有才干为帝王所用之人，此处指的是哥舒翰。译者在翻译时直接将该典故按照字面意思直译为"not a bear"，在文本外将其注释为"Taigong"。再如《奉赠太常张卿垍二十韵》：

> 谬知终画虎，微分是醯鸡。
> Fool that I am, I understand that I end up painting a tiger,
> my insignificant lot is that of a biting midge. (171)

"谬知终画虎"这句诗中包含的典故是"画虎类狗"，"画虎类狗"典出《后汉书·马援传》，字面意思是想画虎看起来却像狗，即模仿不佳反而不伦不类，这里杜甫借此典表达自己应召赴试而不遇的无奈。译者在翻译时，将其直译为"painting a tiger"，在文本外做出脚注："An aspiration that fails; the tiger not painted to perfection ends up looking like a dog."虽然译者在脚注中说明了典故的含义，但他在正文中的翻译"end up painting a tiger"似乎不妥，根据典故的含义，应将其改为"end up painting a dog"。

2. 节略法加替换法

节略法和替换法前文已做解释，译者使用了将节略法与替换法相结合的翻译方法，如《自京赴奉先县咏怀五百字》一诗的翻译：

蚩尤塞寒空，蹴蹋崖谷滑。
Ill-omened auroras stuffed the cold sky,
they have trampled the slippery valley slopes. （213）

"蚩尤塞寒空"一句中包含了"蚩尤造雾困黄帝"的神话典故。相传涿鹿之战时蚩尤造大雾，使得四处烟雾弥漫，黄帝访风后以破他的奸计。杜甫借此典故表达骊山行宫外的天气之恶劣，与在行宫内享乐的皇室形成鲜明对比。译者在翻译此句时，将"蚩尤造雾"译为了"Ill-omened auroras"，省略了"蚩尤"的形象；同时把雾替换为"不吉的极光"，使得西方读者更容易体会出当时天气状况的诡异恶劣。这类两种方法结合使用的例子还有许多，此不赘述。

四　结语

本节以选取宇文所安翻译的《杜甫诗》第一卷为例，来展开杜甫诗歌事典翻译策略的研究，以古诗英译策略理论为支撑，主要从译诗词语的转换探讨分析这些策略的实用性。结合实例分析，本节得出三点结论。（1）在汉语古诗英译策略体系中，译诗词语的转换策略适用于事典的翻译，该策略所包括的六种翻译方法均有实用性。（2）诗歌是一种高度凝练的文学体裁，音、形、意，即诗的音律、形式和意义三个方面是古诗英译的三大难题。基于不同文化中语法结构和文化背景的差异及诗词的整体性和内部各要素的有机统一性，古诗典故英译中不能把各种翻译方法作为互不相干的个体，而应根据实际情况将多种翻译策略搭配使用。（3）文化差异是汉语古诗英译的最大难题，因此宇文所安在翻译古诗中的事典时最常使用的方法就是直译加释义法。考虑到诗歌形式的严谨，译者往往无法在正文中表达典故所含的深意而选择直译的方法，其深意只能通过释义法详细阐述。

本节的研究对象仅仅是《杜甫诗》的第一卷，该卷中英译事典的翻译方法无法包含所有《杜甫诗》或所有古诗中典故的翻译方法，其他五卷中的典故还有待进一步研究，以期能够找出更多的翻译方法来补充和完善译诗词语的转换策略。

第四节　《杜甫诗》服饰名词的英译策略

一　引言

服饰是人类的基本需求和审美展现的载体，古今中外，概莫能外。但不同民族在不同时代又有不同的传统服饰，译者如何处理这一部分内容是决定其整体译文质量的关键因素之一。浩如烟海的中国古典诗词曲赋中有大量关于服饰的描写，但鲜有学者对其英译策略进行探究，而专门研究杜甫诗赋中服饰名词英译策略的学者更是寥寥无几。基于此方面的考虑，本书以美国著名汉学家宇文所安 2016 年出版的六卷本《杜甫诗》（*The Poetry of Du Fu*）为研究对象，从 1457 首诗歌、7 篇赋和 3 篇赋表中搜集到 692 句含有服饰名词的汉语诗句，探究其英译策略。

二　古诗英译策略及服饰英译综述

翻译策略是译者在翻译实践中，自认为要达到既定目标的最佳方法。耶斯凯莱宁（Jaaskelainen）将翻译策略分为"总体策略"（Global Strategies）和"局部策略"（Local Strategies）两种，前者指运用于整个翻译任务中的策略（如对读者群的假设等），而后者则集中于翻译中更为具体的操作（如寻找合适的词汇等）（方梦之，2011：110）。现根据这一分类进行下列综述。

（一）总体策略

归化、异化：翻译理论家刘若愚（James J. Y. Liu）认为汉诗英译有两种倾向，一种是"野蛮化"，另一种是"自然化"。前者试图重塑英语来保留汉诗的语言结构及其负载的思维和感受方式，其翻译读起来就像翻译；后者则试图将汉诗转换成英语，而不是违反英语的语言规范，其翻译读起来不像翻译（James J. Y. Liu，1982：40）。这里所说的"野蛮化"与"自然化"分别相当于劳伦斯·韦努蒂（Lawrence Venuti）提出的"异化"和"归化"策略。但在宇文所安看来，这只是翻译的两个极端，大多数译者采用的都是一种折中的策略，归化一部分内容，而保留一部分差异性（Owen，S，1996，xliii）。笔者赞同宇文所安的观点，因为归化、异化策略不是互相矛盾，而是互为补充的关系。

（二）局部策略

文军等在对汉语古诗英译的研究中提出了"译诗语言的易化""译诗形式的多样化"和"译诗词语的简化"几种策略（文军、陈梅，2016）。前两种策略更多地针对译诗全篇的语言和形式，而本书所讨论的内容更多地与第三种策略相关。

简化策略"并不是减少或删除原文的信息，而是以各种方式将汉语古诗中的古旧名物及典故等英译得更简略，更清楚"（文军、陈梅，2016）。"增添法"便是其中的一个方法，它是指"在译文中增加原文所没有的比喻形象"（文军、陈梅，2016）。与之类似的还有魏瑾提出的"意象装饰法"和"化隐为显法"，前者指"增加修饰成分，给意象增添色彩和情调"，后者指"将原文中隐而不宣的内容显化出来"（魏瑾，2009）。这些都是增加词语以阐明原诗含义，帮助读者理解其意的有效方法。而"节略法"则反其道而行之，它将某些古旧名物或典故略去不译，以保证读者理解顺畅（文军、陈梅，2016）。顾正阳提倡的"淡化式"翻译尽管名称与之不同，但在功能、作用上却有异曲同工之妙，它是将原诗中包含丰富历史内涵的专有名词做淡化处理，只取其大意进行翻译（顾正阳，2004：34）。笔者认为，这类方法不仅减少了目的语读者的阅读障碍，而且能够使译文更加简明扼要。

与"淡化式"相对应的是"深化式"，它主张翻译出典故、神话背后所蕴藏的深层文化信息（顾正阳，2004：38—39）。这一方法也正是笔者提出的用解释或注释方式进行说明的"释义法"（文军、陈梅，2016）。

直译与意译之争曾占据了"翻译的前语言学时期"的半壁江山（Newmark，2001：4）。对于这两种方法在诗歌翻译中的应用，许渊冲认为，译诗除了直译之外，应该多用意译的方法（许渊冲，2006：82）。贾晓英的见解则是，直译不仅能够保留源语的文化特征，而且能够促进语言的多样化（贾晓英、李正栓，2010）；而对于源语所独有的文化概念，应该采用意译的方法以保证译文的可读性和文化交流的畅通性（贾晓英、李正栓，2010：92）。笔者认为，源语的内容在目的语中有对应的表达时应该首选直译的方法。其次则采用意译或其他方法，比如替换法，即用读者可以理解的词语替换源语中的古旧词语或典故等（文军、陈梅，2016）。对于这一方法，贾晓英的观点是只有在功能对等的情况下目的语和源语中的文化概念才可以替换（贾晓英、李正栓，2010）。此外，也可以选用"具体—概略转换"的方法，"即把原文对某一事物或概念的具体化表述在翻译中用概括化的表述来表达，或把原文对某个事物或概念的概略化表述在翻译中用具体化的表述来表达"（熊兵，2014）。

三　服饰英译研究概说

目前，中国古代服饰的相关研究主要体现在两个方面。一是针对服饰本身的研究，墨尔本大学历史系教授安东篱（Antonia Finnane）等人向西方世界介绍了中国元、明、清等时期的服饰（Finnane，A.，2008；Garrett，V.，2007；Alexander，W.，1805；Hua Mei，2004），在传播中国服饰文化方面作出了突出贡献。一些学者通过其国内研究专著介绍了中国历代服饰的变迁；周汛、高春明，1996；高春明，

2001；徐海荣，2000；纳春英，2009；孙机，2016；黄能馥，2007；袁杰英；1994），为后续的服饰研究奠定了坚实基础。二是针对中国古代典籍中的服饰英译研究，张慧琴等研究了中国古代冠巾及《论语》《红楼梦》《金瓶梅》中几种服饰的英译，从文化协调的角度，品评其优劣，指出其不足，并提出了他们认为更恰当的翻译方法（张慧琴、徐珺，2012；张慧琴、徐珺，2014；张慧琴、武俊敏，2016）。顾正阳（2010 年）则探究了古诗词曲中服饰文化的英译策略，从个性美、情韵美、丽人美三个角度总结了其英译策略，为后来的研究者提供了有效的参考，但杜甫诗中的服饰翻译却涉及甚少，本书有意对此进行弥补，专门探讨杜甫诗赋中服饰名词的英译策略。

四　《杜甫诗》中的服饰名词

根据《中国衣冠服饰大辞典》的解释，"服饰"指"服装及首饰。泛指各种人体妆饰"（周汛、高春明，1996：1）。包括总类、冠巾、上衣、下裳、衣料、鞋袜、发式、化妆、饰物、腰佩、衣料等类。现参考其分类将《杜甫诗》中的服饰名词分为衣着、衣料、纹样、冠巾、鞋袜、发式、面妆、配饰八大类。此外，还有一类概括服装、首饰的上位词："服饰"和"结束"。因数量较少，故着重陈述八类。

（一）衣着

中国自古就有"上衣下裳"之分。唐代女子必不可少的上衣是衫襦，下则喜着款式繁多的长裙。"自嗟贫家女，久致罗襦裳"及"越女红裙湿，燕姬翠黛愁"都是这种风尚的生动反映。唐代男子的惯常着装是衣裳连体的袍衫，短则至膝，长则至足，杜甫诗赋中也多有体现，例如，"吾舅惜分手，使君寒赠袍"及"衫裛翠微润，马衔青草嘶"。此外，还有"上衣下裳"搭配的"袴褶"或"褶袴"，实为短衣和裤，后者指"穿在上腿股至足部的套裤"（徐连达，2017：51），因其简便，不仅士庶通用，且男女皆穿。《杜甫诗》中就有这种上下搭配的装束，仅"衣裳"一词就出现 18 次，但泛指各种服装。

1. 特定人（群）的衣服

从歌舞升平的开元盛世，到兵荒马乱的"安史之乱"；从春风得意的左拾遗，到忍饥挨饿的漂泊客，杜甫一生经历丰富，见多识广，从他描写特定人（群）的衣服便可见一斑。有"簪裾斐斐，樽俎萧萧"中衣着光鲜的达官显贵；更有"五圣联龙衮，千官列雁行"中威仪天下的一代帝王；也有"江清歌扇底，野旷舞衣前"中卖笑为生的舞女；有"玄甲聚不散，兵久食恐贫"中浴血奋战的将士；也有"儒衣山鸟怪，汉节野童看"中追逐功名的书生等。

2. 彩色衣服

唐朝官民实行"品色衣"制度，是区分职位高低、身份贵贱的重要手段，所以杜甫有言"服饰定尊卑，大哉万古程"。缤纷的色彩在《杜甫诗》的服饰描写中共有 11 种：1 种为统称彩色衣服的"彩衣"；7 种与官品服色密切相关的"紫、白、绯、青、朱、黄、金"，诸如"户外昭容紫袖垂，双瞻御座引朝仪"和"玉几由来天北极，朱衣只在殿中间"；两种反应唐朝年轻女子衣着时尚的"红、翠"，像"天寒翠袖薄，日暮倚修竹"；还有一种"尘生彤管笔，寒腻黑貂裘"中的"黑"则是关于战国时期兼任六国之相的苏秦发迹之前常年游历在外贫困潦倒时的着装。

（二）衣料

除了以服色作为区分尊卑贵贱的标准，贞观年间又开始明确规定衣服的质料，以后历代承袭此制，或更为严格，所以安东篱（Antonia Finnane）说，"只关注衣服的款式而不关注其材质就忽略了中国服饰文化的一个重要方面"（Finnane, A., 2008：55）。据统计，《杜甫诗》中有 42 种有关衣料的诗赋，如"秋练""贝锦""绡绮""罗纨"等。

（三）纹样

衣着纹样体现了一个时期人们的审美倾向，《杜甫诗》中虽着墨不多，但亦有所体现。"花罗封蛱蝶，瑞锦送麒麟"不仅传承了经典的祥鸟瑞兽图案，同时也说明生活中常见的一些动物已经成为人们的欣赏对象，而《别李义》中"忆昔初见时，小襦绣芳荪"，表明唐代还流行一些植物花草纹样。《朝献太清宫赋》中"旷哉勤力耳目，宜乎大带斧裳"，则是指帝王礼服上黑白斧形的图案，"象征王者有能割断之果决"（纳春英，2009：169）。

（四）冠巾

《杜甫诗》共提及35种冠巾，规格最高的是帝王、贵族及卿大夫戴的礼冠"冕"。"冠"指仕子、贵族的礼冠，也可作为冠帽、头巾的统称，所以"儒冠"就是读书人戴的帽子；"黄冠"指黄色的帽子，在"上疏乞骸骨，黄冠归故乡"中则是指"野夫、道士之冠"　（杜甫，1979：565）。"巾"有多种形制，简单的仅是一张布帕，因其长宽皆与布帛的门幅宽度相等，故称为"幅巾"。其他较为复杂的有黑头巾"乌匼"，素麻制成的"白帻"，白鹭羽制成的"白接离"，黑色纱罗制成的"乌角巾"，陶渊明的"漉酒巾"及东汉末年揭竿而起的农民头上戴的"黄巾"。"帽"在巾的基础上演变而来，种类繁多，"黄帽""皂帽""乌帽""白帽"和"纱帽"在《杜甫诗》中都有记述。

（五）足服

"舄"是一种带有木底板的复底鞋，"闻道王乔舄，名因太史传"中的"王乔舄"源自王乔飞凫入朝的典故，亦作"王乔履"。"履"原指单底之鞋，后用作鞋子的统称（周汛、高春明，1996：290），有贵贱通着的"麻鞋"，如"麻鞋见天子，衣袖露两肘"，还有用葛藤、麻草等植物制成，常用于旅行的"青鞋"　（周汛、高春明，1996：303）。"屣"亦可作鞋履之泛称，但多指粗劣之鞋。

（六）发式

唐代女子的发式大致有"髻"和"鬟"两种。两者皆有高、低、圆、偏、单、双等不同的式样，不同之处在于髻为实心，鬟则为中空环形。唐代以高鬟、高髻最为盛行，"云髻""云鬟"皆因发式盘旋高耸，似缕缕云朵而得名。"髻鬟"连用泛指女子的发式。而未嫁之女，则梳"双鬟"，《负薪行》中"至老双鬟只垂颈"可以为证。唐代妇女还将鬓发整理成薄片之状，因轻如云雾，故谓之"云鬓"。儿童则束发成两角，左右各一，称作"总角"或"丱"。

（七）面妆

女子涂粉的历史由来已久，代指美貌女子的"粉黛"原意就是白粉和黑粉，白色涂面，黑色画眉。铅粉是白粉的一种，"朱铅"是胭脂和铅粉的合称，两者一起使用，称为"红妆"。唐时妇女也喜欢用纸、金箔片等物剪成各种花样贴于眉心，称为"靥"或"妆靥"，杜甫诗歌"野花留宝靥，蔓草见罗裙"说的就是此物。而《腊日》中的"口脂面药"则是朝廷赏赐的预防冻疮的养颜护肤品。

（八）配饰

1. 臂饰

《杜甫诗》仅言及一种臂饰——"钏"，它是将几个手镯合并在一起，由大到小制成一件臂饰，少则一圈、多则十几圈。因其多用金银制成，所以会出现"囊虚把钗钏，米尽坼花钿"的情况。

2. 头饰

《杜甫诗》中的头饰有钗、簪、簪花、花钿、步摇、胜六种。钗、簪都用来绾发，材质有金、玉、银、铜等多种，不同的是，钗为双股，簪为单股；钗专用于女子，簪则男女通用（纳春英，2009：115），而贫苦的负薪女只能"野花山叶银钗并"。《丽人行》中用薄薄的翡翠片制成的花叶"翠微盍叶"则属"步摇"类，随步履摇曳，因此得名。而最后一种"胜"有多种形制，大底以质料而别（高春明，2001：161），《杜甫诗》中"尊前柏叶休随酒，胜里金花巧耐寒"就是金胜。

3. 腰饰

古时腰带除了具有实用性，有些还具有装饰性，如"百宝装腰带，真珠络臂鞲"。带尾下垂的部分叫作"绅"，绅的长短是区分等级贵贱的一种标志。带身饰以金、玉等材料制成的牌饰，名"銙"，按其材质、数量区分等级（欧阳修、宋祁，1975：529）。腰带上除了悬挂具有实用性的手巾、装零碎细物的带子"囊"之外，还有装饰性的玉佩，如"腰下宝玦青珊瑚，可怜王孙泣路隅"。当然，刀、剑、箭之物则可兼具实用性和装饰性，或用之展示威武，或用之奋勇杀敌。

4. 其他配饰

《杜甫诗》中还有一些配饰没有言明佩戴的部位，像"侍婢卖珠回，牵萝补茅屋"。按照《中国衣冠服饰大辞典》（周汛、高春明，

1996）和《古代汉语词典》（《古代汉语词典》编写组，2002）的解释，大体分为五类：其一，玉石类：翠琅玕、昆山玉、琳琅、白环、玙璠、车渠、瑶碧、翡翠、寒玉、紫玉、白玉、碧玉、燕玉；其二，珠类：瑟瑟、大珠、明珠、宝珠、摩尼珠、泉客珠；其三，水晶：水玉；其四，翠羽；其五，珊瑚。

随着时间的推移，有些服饰名词已引申出其他意义，如"布衣"原指平民百姓最普通的廉价衣服，后借指平民。有些则需与其他动词搭配才构成引申义，如"挂冠"指辞官。具有引申义的服饰名词在《杜甫诗》中有以下几种：布衣、白衣、倒衣、拂衣、衣冠、弱冠、总角、童卯、挂冠、补衮、分袂、解袂、联袂、分襟、开襟、披襟、簪笏、簪缨、长缨、绂冕、轩冕、冠冕、曳裾、牵裾、搢绅、红妆、杖屦、青鞋、布袜等。在对每句中的服饰名词进行分析整理后，得到以下分类①，如图3－3：

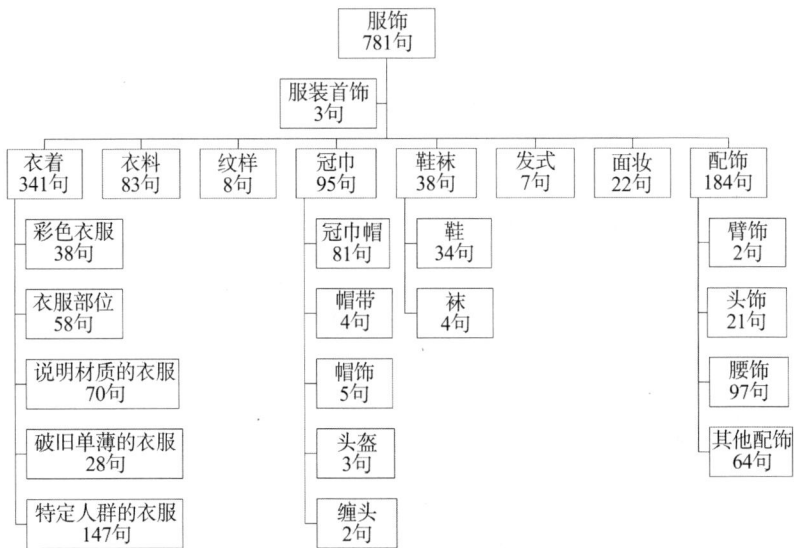

图3－3 服饰名词分类图

---

① 因有些诗句含有不同种类的服饰名词，如"黄帽映青袍"中既有属于"冠巾"的"黄帽"又有属于"衣着"的"青袍"，有些诗句中的服饰名词虽同属一大类，但又分属不同的子类，如"青鞋布袜从此始"中既有属于"鞋"的"青鞋"，又有属于"袜"的"布袜"，故图3－3中各子类数目之和大于总类数目。

五 《杜甫诗》中服饰名词的英译策略

杜甫诗赋中的服饰名词大都属于古旧名物或文化内涵深厚的词语。宇文所安在《杜甫诗》的"序言"中说此书主要针对那些有一定汉语基础，但却不足以读懂杜甫诗歌的读者（Owen，2016：LXXXI），所以他会尽可能地"从内容角度化解影响读者理解的词语"（文军、陈梅，2016），使译文更加简单明了、通俗易懂。具体采用七种方法，其分布如图 3 - 4：

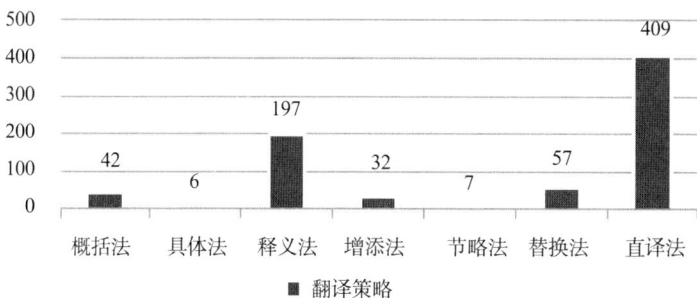

图 3 - 4　服饰名词翻译策略分布图

（一）概括法：用较为概括的词语翻译较为具体的词语，即用上位词翻译下位词或用整体翻译部分。请看《人日两篇（其二）》的颔联：

尊前柏叶休随酒，胜里金花巧耐寒。

In our cups cypress needles cease to go with our ale,

golden flowers in coiffures as artifice bear the cold. （Owen，volume 5：387）

原诗中的"胜"是古代女子的一种头饰，"以扁平的金、玉等材料雕琢而成，中为圆体，上、下两端为对称的梯形，佩戴时系于簪钗之首，横插于两鬓”（周汛、高春明，1996：409），后形制有所变异，如方胜、人胜等。这样繁复的描述很难在诗歌翻译中充分展现出来，即使可以，也会加重读者的阅读负担，所以译者舍弃其具体的形象，用上位词“coiffure”（头饰）进行翻译。再如《草堂》中的其中一联：

> 旧犬喜我归，低徊入衣裾。
>
> The old dog is happy that I returned,
>
> hanging around me he goes under my robes.（Owen，volume 3：
>
> 355）

上例中的“衣裾”指衣服前后的下摆或衣服的前襟（周汛、高春明，1996：259）。译者以整体的“robe”（袍子）来翻译原文中衣服的具体部位，既简洁清楚，又丝毫没有减弱原文想要表达的作者历经颠沛流离的逃难生活返回家乡时，旧犬对他的依恋之情。

（二）提译法：用较为具体的词语翻译较为概括的词语，即用下位词翻译上位词或用部分翻译整体。如下两例：

> 胡童结束还难有，楚女腰肢亦可怜。[《清明二首（其一）》]
>
> The finery worn by Hu lads is indeed here hard to find,
>
> the waists and limbs of Chu girls are also lovable.（Owen，volume 6：
>
> 73）
>
> 长日容杯酒，深江净绮罗。（《泛江》）
>
> The long days have room for a cup of ale,
>
> the deep River, figured satins clear.（Owen，volume 3：313）

第一例中，“结束”为衣裳、装束之意（杜甫，1979：1076），译者选用“finery”（高雅华丽的衣服、精美的饰物），将原文中的语义范围缩小。后例中的“绮罗”，泛指精致轻薄的丝织品（周汛、高春明，1996：494），译者用更加具体的“figured satins”（花缎）

来翻译。两者都将原文中的上位词翻译为下位词，是具体法之典范。

（三）释义法：用解释或注释的方式进行翻译。如《题柏学士茅屋》的首联：

碧山学士焚银鱼，白马却走深岩居。

The Academician of emerald mountains burned hissilver fish,

his white horse has galloped away, he himself dwells on a cliff.

（Owen，volume 5：359）

诗中的"银鱼"即为唐朝官员随身佩戴的"鱼袋"，唐制规定，三品以上饰以金，称金鱼袋；五品以上饰以银，称银鱼袋（欧阳修、宋祁，1975：525）。所以译者以脚注的方式解释了诗中主人柏学士的品级：The badge of an official of the fifth rank or higher（Owen，volames：359）。

又如《洗兵马》有"青袍白马更何有，后汉今周喜再昌"一句，宇文所安译为：

How again will we have the "green gown and white horse?"

the Latter Han and now the Zhou, we rejoice that they are again glorious. （Owen，volume 2：79）

"青袍白马"指南朝梁将领侯景发动的武装叛乱，因其骑白马，部下皆穿青衣，以此闻名，此处将"安史之乱"比作侯景叛乱。上文译诗采用直译的方式译出了原文的字面意思，但放在具体的语境中读者可能会不知所云，所以译者先以脚注的方式译出了"青袍白马"为叛乱的大意："The portent of a rebel who overthrows the imperial house"（Owen volume 2：79）。既简明达意，又不会使阅读长久中断。后又以补注的方式将典故蕴含的信息详加阐述："In the Liang there was a children's ditty that went：'Green silk and white horse come from Shouyang.' Hou Jing, who was later to rebel against the Liang, dressed in a green gown and rode a white horse to fulfill the prophecy. " (Owen, volume 2: 404)

（四）增添法：增加原文没有的或隐含的形象。如以下三例：

初筵阅军装，罗列照广庭。（《扬旗》）

At the start of the feast we review the troops in uniform,

lined in ranks, bright in the broad courtyard. (Owen, volume 3: 381)

白头无藉在，朱绂有哀怜。（《送韦书记赴安西》）

White-haired I have no one to care for me,

wearing red cords of office, you express sympathy. (Owen, volume 1: 97)

头上何所有？翠微盍叶垂鬓唇。（《丽人行》）

And what do they have on their heads? —

kingfisher-feather fine leaf tiaras dangling in tresses to lips. (Owen, volume 1: 117)

上文中的"军装"指军服。《杜诗详注》中诗歌题目下标注"严公置酒公堂，观骑士，试新旗帜"（杜甫，1979：1139），说明实为检阅军容，所以译者将其增译为"troops in uniform"。第二例中"绂"为古时系官印的丝带，按品级高低分为不同的颜色。唐制："御史赐金印朱绂"（杜甫，1979：134），可知诗中"朱绂"指的是兼任御史之职的韦氏，所以译者增加"of office"说明朱绂的用途，又增添"wearing…you"说明佩戴此物的人，将原文中隐含的信息显化出来。最后一例"kingfisher-feather fine leaf"已经充分表达出原文"翠微盍叶"的意思，但译者又在归化策略的指导下添加西方读者熟知的"tiaras"（冠状头饰），不仅符合杨氏姐妹身为贵妃、贵妇的身份，更加有助于读者理解。

（五）节略法：省略原文中难以理解的形象。如《北邻》的尾联：

> 时来访老疾，步屦到蓬蒿。
>
> At times he visits this sick old man,
>
> strolling over to my weed-grown abode. （Owen, volume 2：317）

"屦"同屐，意为木鞋，鞋底前后各装一竖直状的齿，以防雨天行走时跌滑，译者省去这一古旧的形象，只译出穿着木鞋所蕴含的走路的意思，不仅忠实于原文的内容，而且使读者理解更加顺畅。再如《赠李十五丈别》中的一联：

> 人生意颇合，相与襟袂连。
>
> Yet in human life temperament may coincide well,
>
> together we join sleeve to sleeve. （Owen, volume 4：215）

如果将原文中衣襟、衣袂的意思全部译出，在译文中则会显得冗余，所以译者只译出其中之一，却同样将原文意气相投时亲密无间的意思传达得淋漓尽致。

（六）替换法：用通俗易懂的词语替换原文中古旧的词语。如：

> 齐纨鲁缟车班班，男耕女桑不相失。［《忆昔二首（其二）》］
>
> Qisatins and Lu chiffons in continuous wagons,
>
> the men at plowing, the women at mulberries didn't fail their times. （Owen, volume 3：409）

"齐纨"指齐国出产的细绢，"鲁缟"指鲁地出产的素绢（周汛、高春明，1996：496），皆因质地精良而名重一时。"绢"在英语中没有对应的表达，所以译者分别将其替换为译入语读者熟知的"satin"（缎子）和"chiffon"（雪纺绸、尼龙绸）。再如：

松下丈人巾屦同，偶坐似是商山翁。(《题李尊师松树障子歌》)

The men under the pines wear the same turbans and sandals,

　　sitting in pairs they seem to be the old men of Mount Shang. (Owen，volume 2：21)

原诗中"屦"是用麻葛等物制成的鞋（《古代汉语词典》编写组，2002：841），如此古旧的名物对于今天的源语读者来说都非常陌生，更何况是对汉语不甚了解的目的语读者，所以译者用西方读者熟悉的"sandal"（凉鞋）来替换。又如：

幅巾鞶带不挂身，头脂足垢何曾洗。(《狂歌行赠四兄》)

The hairband and the cummerbund have never touched your body,

　　oily hair and dirty feet when have they ever been washed? (Owen，volume 4：69)

古时的"幅巾"为方形，使用时包裹发髻，系结于颅后或前额（周汛、高春明，1996：99），余幅后垂至肩膀或背部。"鞶带"是束衣的皮制大带，为古时官员的服饰。两者都是古代中国特有的装扮，译者分别将其替换为"hairband"（束发带，发箍）和"cummerbund"（男士晚礼服的宽腰带），尽管其形制和材料有很大区别，但前者都为束发之用，后者都为宽腰带，不失为两个好的译文。

（七）直译法：即字对字的翻译。因为有些尽管是古旧词语，但其意义在现代英语中有对应的表达，正如 Finnane 所言"中世纪时中国和欧洲的穿衣风格非常相似"（Finnane，A.，2008：20），故可以采用字对字翻译的策略。如下例所示：

乌几重重缚，鹑衣寸寸针。(《风疾舟中伏枕书怀三十六韵奉呈湖南亲友》)

My black leather armrest is sewn together in many places，

my raggedy clothes have been patched every inch. （Owen，volume 6：231）

"鹑衣"即破旧褴褛的衣服（周汛、高春明，1996：181），英语中形容词"破旧褴褛"和名词"衣服"都有对应的表达，所以可以采用直译的策略。又如：

越女红裙湿，燕姬翠黛愁。[《陪诸贵公子丈八沟携妓纳凉，晚际遇雨（二首）》]

Thered skirts of Yue girls are soaked，

the azure kohl of Yan wenches is forlorn. （Owen，volume1：129）

早期英国上层社会的妇女皆穿连衣裙，直到伊丽莎白一世初期，这种风气才彻底改变，分成了上衣和下裙（skirt）两种截然不同的服装（Elgin，K.，2005：10），而这一装束则是下层妇女自中世纪以来的惯常着装（Elgin，K.，2005：34）。红色更是古今中外司空见惯的一种颜色，所以译者采用了字对字直接翻译的策略。

（八）同一服饰名词翻译策略的灵活运用

值得一提的是，即使同样的服饰名词，译者宇文所安有时也会采取不同的翻译策略，如"襟"这个字的翻译：

（1）偷生长避地，适远更沾襟。（《南征》）

Saving my life，ever seeking a refuge，

I go off far，again soaking my gown with tears. （Owen，volume 6：45）

（2）出师未捷身先死，长使英雄泪满襟。（《蜀相》）

Ere "the army sent forth" was victorious，the man himself died，

it always makes bold-spirited men fill their clothes with tears.

（Owen，volume 2：299）

（3）开襟驱瘴疠，明目扫云烟。（《秋日夔府咏怀奉寄郑监李宾客一百韵》）

It opens gown's folds，drives off malarial haze，

sweeps away clouds and mist and makes the eyes see clearly.

（Owen，volume 5：197）

（4）拭泪沾襟血，梳头满面丝。（《遣兴》）

I wipe away tears，blood stains my lapels，

I comb my hair，white strands fill my face.（Owen，volume 2：309）

"襟"指"古代衣服的交领"（《古代汉语词典》编写组，2002：802），因传统汉服左右襟需交相叠压，由此得名，后引申为衣服的前幅。上面四个译文中，（1）（2）两句都采用"概括法"，但具体译文有别。（1）句将"襟"由衣着的部分翻译为整体的"gown"（长袍），既符合唐代男子穿袍、衫的习惯，也符合译入语读者的表达方式，例如，*Jane Eyre* 一书中就多次出现"gown"这个词。（2）句选用更加概括的"clothes"（衣服），同样表达出泪水浸湿衣襟的含义。尽管（3）（4）两句都采用替换法，但具体译文也不相同，（3）句译为"gown's folds"（袍子的折叠部分），符合袅袅秋风吹开衣襟的语境，因前一句诗是"秋风洒静便"。（4）句为"lapel"（翻领），是现代西方男子正式场合所穿的西服的一部分，很容易为读者所理解。又如"翠眉"这个词的翻译：

（1）翠眉萦度曲，云鬓俨分行。［《数陪李梓州泛江，有女乐在诸舫，戏为艳曲二首赠李（其二）》］

Dark brows make songs with a lilting trill，

cloudlike tresses divide strictly in lines.（Owen，volume 3：217）

（2）谁家挑锦字，灭烛翠眉颦。（《江月》）

Who was it sewed the words in brocade,

her dark brows knit as she put out the candle? （Owen，volume

4：331）

（3）云壑布衣鲐背死，劳人害马翠眉须。［《解闷十二首

（其十二）》］

Commoners of cloudy valleys，blowfish-backed with age，die；

they make people toil and harm horses to meet the demands of

dark brows. （Owen，volume 4：375）

（1）句中，诗歌题目已经说明歌声来自李梓州家的歌姬，所以译
者不再赘言，用直译法译出"翠眉"的意思。（2）句中"翠眉"的
主语与"挑锦字"的主语实为一人，如果不详加阐述，译文读者很
难品味出原文作者久客他乡，思念故土的情感，所以译者用释义法解
释了典故的含义："Su Hui wove a palindrome into an embroidery to be
sent to her husband away in the army. This may be simply referring to a gen-
eral case of a wife whose husband is off in service. " （Owen，volume 4：
331）（3）句中为了使译文读者领会统治者的荒淫好色，译者用释义
法阐释了"翠眉"的深层含义："That is，to satisfy the wishes of palace
favorites such as Lady Yang. " （Owen，volume 4：375）再如"补衮"
这个词的翻译：

（1）备员窃补衮，忧愤心飞扬。（《壮游》）

I served in court ranks，catching royal omissions，

worried and enraged，my heart soared. （Owen，volume

4：311）

（2）不才同补衮，奉诏许牵裾。（《赠李八秘书别三十韵》）

Untalented，I joined with you in repairing the dragon robes，

receiving a summons，I was permitted to tug the robe-hems.

（Owen，volume 4，321）

"衮"指龙袍，"补衮"引申为"补救皇帝的过失"（韩成武、张志民，1997：793）。（1）句中，译者采用直译法，字对字翻译出原文的引申义。而（2）句中，译者采用释义法，即用直译加注释的方式阐述了杜甫的职位和职责："Du Fu served with Li as a remonstrating officer, 'filling in' (repairing) what he saw were things overlooked in imperial deliberations."（Owen, volume 4：321）

同上述"补衮"一样，宇文所安在翻译这些具有引申义的服饰名词时大都采用直译法或直译加注释的释义法。直译法中，有些直译的是原文的引申义，如将"补衮"译为"catching royal omissions"，有些直译的则是原文的本意，如下例所示：

随肩趋漏刻，短发寄簪缨。(《奉送郭中丞兼太仆卿充陇右节度使三十韵》)

Shoulder to shoulder, I scurry at the appointed time,

in my thinning hair I lodgehatpins and ribbons. (Owen, volume1：313)

诗中的"簪缨"本是古代官吏的冠饰，故引申义为"为官"或"为官的人"，且多指高官显贵（《古代汉语词典》编写组，2002：1980）。译者采用直译法译出"簪缨"的本意，不精通汉语的读者或许不明白其为达官贵人的意思。笔者认为，不如直译出原文的引申义更为明白晓畅。

我们发现虽然宇文所安的汉语功底已臻化境，但下面两个例子说明译者对原文的理解也存在需要改善的地方：

棣华晴雨好，彩服暮春宜。(《和江陵宋大少府暮春雨后同诸公及舍弟宴书斋》)

The sugarplum fine in the clearing rain,

bright clothes are right for the end of spring. (Owen, volume 5：417)

杜甫诗中多次出现彩衣娱亲的老莱子，译者都用释义法予以解释。此处的"彩服"则指参加宴会的诸公和杜甫之弟杜位的衣服，译者依然注释为"Laolaizi"，似乎不妥，笔者认为不如改为"officials"更为恰当。又如：

旷哉勤力耳目，宜乎大带斧裳。（《朝献太清宫赋》）

Everlasting indeed! — such earnest labor of ear and eye,

most fitting! — the Grand Sash and the hatchet-patterned robes.

（Owen，volume 6：257）

尽管"裳"泛指衣服（Owen，volume 6：165），周汛、高春明认为"裳"是"一种专用于遮蔽下体的服装……进入汉代以后，渐为裙子所代替"（周汛、高春明，1996：264）。原文中的"斧裳"是唐朝天子和四品以上官员绣有斧形纹样的下裳，如《新唐书·车服志》记载天子十四种服装之一的"衮冕"即为"深青衣纁裳"（欧阳修、宋祁，1975：515），十二章在衣，包括斧头状花纹"黼"在内的四章在裳。这里的"纁裳"就指"红色的多褶大裙"（纳春英，2009：168）。所以译者将"斧裳"翻译为"hatchet-patterned robes"似不妥，笔者认为不如译为"hatchet-patterned skirts"更为贴切。

六 小结

目的论的代表人物汉斯·弗米尔（Hans Vermeer）认为"译文由其目的决定"（芒迪，2007：112）。宇文所安在这个观点的基础上又补充说翻译目的通常由译文的潜在读者决定（Owen，2016：LXXXI），所以他倾向于采用向目的语读者靠拢的归化策略，将《杜甫诗》中古旧的服饰名词翻译成明简单明了的现代英语，具体包括概括法、具体法、释义法、增添法、节略法、替换法及直译法七种策略。但为了照顾目的语读者的可接受性，在忠于原文内容的前提下，宇文所安也会根据具体的语境，用不同的策略翻译同样的词语。

第五节 《杜甫诗》中乐器乐曲的英译策略

一 引言

乐器乐曲具有鲜明的民族特色，又承载着深厚的文化意蕴和历史内涵，因此它们也成为翻译中的一个难点。卷帙浩繁的中国古典诗词中有大量关于乐器乐曲的描写，但鲜有学者对其英译策略进行探究，而专门针对杜甫诗赋中乐器乐曲英译策略的研究更是寥寥无几。本书以哈佛大学教授宇文所安 2016 年出版的《杜甫诗》全六卷为研究对象，从 1457 首诗歌、7 篇赋和 3 篇赋表中搜集到含有 290 处乐器乐曲的汉语诗赋，探究其英译策略。

二 《杜甫诗》中的乐器乐曲

杜甫诗赋中共出现 18 种乐器，本书参照《中华乐器大典》（乐声，2015）的分类，采用现代乐器分类法，将其分为弦鸣乐器、膜鸣乐器、体鸣乐器、气鸣乐器四大类，同种乐器的不同规格，亦略加阐释。

（一）乐器

1. 弦鸣乐器

杜甫诗赋中的弦鸣乐器皆为弹拨弦鸣乐器，在此范围之内，又有匣形弹拨弦鸣乐器科的琴、瑟、筝，以及梨形（半葫芦形）弹拨弦鸣乐器科的琵琶。

琴，又称玉琴、瑶琴，现代称古琴或七弦琴。面板多为桐木或杉木制，底板多为楠木或梓木制，全长约 120 厘米，肩宽约 20 厘米，尾宽约 15 厘米，背面有两个音槽："龙池"和"凤爪"，琴头一端有"岳山"，用以支撑琴弦。古琴不仅形制有别，琴弦数也不尽相同。从起初的五弦增加到七弦，自第一弦至第七弦分别为宫、商、角、徵、羽、少宫、少商七音。第一弦外侧镶有 13 个小圆形标志，称为"徽"，多用金、玉、贝等制成，用以标明琴弦音位。秦汉时期，琴乐备受文人推崇，被尊为"八音之首"（秦序，2015：191）。

瑟，中空长方形，瑟面稍隆起，多用榉木或梓木斫成，宽约40厘米，长150厘米以上者为大瑟，80至150厘米者为中瑟，80厘米以下者为小瑟（乐声，2015：34）。琴面首端有一长岳山，尾端为三个短岳山。弦数不一，以25弦者居多。每根弦下设有一个由木、骨角或象牙制成的雁柱，左右移动便可调节音高。《周礼·乐器图》记载，绘文如锦者，曰"锦瑟"（周和明、铁梅，2013：160）。瑟历史悠久，隋唐时用以伴奏清商乐，后世仅用于宫廷雅乐和丁祭音乐，民间不传。

筝，又称秦筝，长约160厘米，宽约25厘米，面板多为桐木制，形制与瑟相似，且都是一弦一柱，多弦多柱，一弦一音，按五声音阶定弦。不同的是筝有12、13根弦，后增至21根弦，12弦筝多用于宫廷雅乐，13弦筝在民间则十分盛行。古筝音质纯净，音色优美，音域宽广，唐代无论是王宫贵族抑或是平民百姓都甚为喜爱。演奏时，常用寸余长的鹿骨爪弹拨，有时与现代一样，戴义甲弹奏，所以杜甫诗歌中有云"银甲弹筝用，金鱼换酒来"。

琵琶构造复杂，主要由琴头、琴颈、琴腹构成，全长约100厘米，面宽约25厘米。琵琶出自胡中，为马上之乐（秦序，2015：195），汉代已有记载，所以杜甫有言"千载琵琶作胡语，分明怨恨曲中论"。当时的琵琶为四弦，圆盘长柄，柄上有十二柱，演奏时直抱，用拨弹奏。南北朝时期，五弦琵琶、梨形曲项琵琶传入中原，为横抱演奏。

2. 体鸣乐器

钟和磬都属于敲击体鸣乐器。编钟为平顶、无舌的合瓦形，由一系列大小不一的钟组成，悬挂在木架上，用木槌击奏。每一个钟都能清晰地发出相差大、小三度的两个基频音（秦序，2015：102），音色清脆、悠扬，可以合奏、独奏或为舞蹈、歌唱伴奏。寺庙钟为无舌的圆锥形，钟顶有钮，钟口齐平或呈花瓣状，声音洪亮，穿透力强，用于鸣响报时、召集众僧或祈祷祝福。

磬为曲折形或半圆形的石制板体乐器，悬挂于架上，用木槌击奏，其历史可以追溯到新石器时代。磬有特磬和编磬之分，特磬一磬一音，用于合奏或单独击奏。编磬枚数不一，大小不同，每磬一音，按一定音高排列。磬最初为民间乐器，后来则用于宫廷雅乐、宗庙祭祀。

簧，为板形弹拨体鸣乐器，常用竹片制成，所以又称"竹簧"，长约 10 厘米，宽约 1 厘米，簧舌长约 7 厘米，宽约 0.5 厘米。根据簧片数目的不同，有的称作多片竹簧，有的称作单片竹簧，有网针形、平头形、凸头形、锥形、管形等多种形制。

3. 膜鸣乐器

鞉，又称拨浪鼓。鼓柄为一根圆木棒，其顶端插入一面鼓的鼓框中，鼓框扁圆形，两侧系有珠状物，转动鼓柄，珠敲击鼓面而发声。不同民族的鞉大小不一，汉族的最大鼓面直径为 18 厘米，鼓腔厚度为 8 厘米，鼓柄长 35 厘米。鞉曾用于宫廷雅乐，后传入民间，现在多用作儿童玩具，或流动商贩招揽顾客的工具。此外，杜甫亲历旷日持久的安史之乱，所以其诗赋中也出现了为数不少的军鼓，如"故国犹兵马，他乡亦鼓鼙"。

4. 气鸣乐器

角为弯腔唇振体鸣乐器，秦汉时已在军中使用。除牛角等天然动物角外，也可用木、竹、铜、皮革等材料制成。角规格不一，全长约 40 至 70 厘米，无按音控，其音高依靠吹奏者的口型和气息控制。大者音色悠扬、浑厚；小者音色尖锐、高亢。

笛、箫、篪、笳都是单管边棱气鸣乐器。笛，亦称"竹笛""笛子"，起源于新时期时代的骨笛，自黄帝时起，竹笛逐渐取代骨笛，成为制作笛子的主要原料。汉武帝时称为横吹，唐代起又有大横吹与小横吹之别。唐代刘系制作了七星管笛，蒙膜助声（周和明、铁梅，2013：15），使笛子的音色变得更加清脆、明亮。竹笛通常有 1 个吹孔、1 个膜孔、6 个音孔，吹奏者依靠叉口吹法和气息控制来调节音高和转调。"东征健儿尽，羌笛暮吹哀"中的羌笛则是三孔竖吹乐器。

箫多为竖吹竹制乐器，长约80厘米。上端留有封闭竹节，开一小孔送气发音，有6音孔和8音孔两类。演奏技巧与笛相似，但远不如笛那样灵敏。箫不像笛那样要贴笛膜，所以其音量较小，音色较醇厚、余韵深长。乐声认为唐代的箫实为多管的排箫，是把长短不一的管子按音高顺序排成一列，每管一音，管数不等。排箫音色婉转、柔美。

篪是一种横吹竹管乐器，有底似笛。春秋战国时期，民间已广泛使用，唐宋以来，只用于宫廷雅乐，与箫（排箫）、瑟、编钟、编磬等乐器一起，在祀神或宴享时演奏。

笳为蒙古族乐器，所以又称胡笳，最初用芦苇叶卷成圆锥管形状或双哨片形状，首端压扁为哨片（乐声，2015：628）。后来管身改用芦苇秆制成，哨片与管身逐渐分离。汉朝的胡笳，管身开有三孔。唐代则盛行以羊角或羊骨为管，管身无孔且较短的哀笳，流行于塞北及河西走廊一带。演奏时，胡笳竖置，左手在下，右手在上。

埙为异形边棱气鸣乐器，历史悠久，原始社会便已出现。埙为空心陶制，由无音孔逐步演变为5音孔，其形制由不规则的卵形、橄榄形、球形等发展到统一的平底卵形，商朝晚期已基本定型。秦汉以后，主要用于宫廷雅乐，其中又有颂埙与雅埙之分。颂埙体形较小，状如鸡蛋，音响稍高；雅埙体形较大，状如鹅蛋，声音浑厚低沉，常与篪配合演奏（乐声，2015：651）。

筚篥，即觱篥，现代称管子，为单管双哨管气鸣乐器，由古代龟兹人创造，4世纪时传入内地，隋唐时在中原盛行。筚篥由管哨、侵子和圆柱形的空心管身组成。管身多用长茎竹或硬质木料制成，其上开有8个音孔。根据管身粗细和长短的不同，有大管、中管、小管之别，大管低沉洪亮；中管圆润嘹亮；小管尖锐高亢。

笙、竽都为多管簧管气鸣乐器，构造比较复杂。笙由笙角、笙苗、笙斗、簧片、吹嘴、腰箍等部件构成。笙苗插在方形或圆形的笙斗中，其长短依据发音的高低顺序而定，中下部用腰箍固定。笙苗中有可在簧框中自由震动的长方形簧片，是世界上最早使用自由簧的乐器（乐声，2015：736）。笙苗下端开有圆形按音孔，上端开有哑铃形或长方形出音孔，笙依据按孔发音、开孔阻音的原理演奏。隋唐时期，笙有 13 簧、17 簧、19 簧多种，是一种和声乐器，高音清脆，中音丰满，低音浑厚。

竽似笙而较大，簧数亦较多。春秋战国时期竽被尊为五音之长，在民间及宫廷都广为流行。隋唐时期，竽仅用于宫廷雅乐，宋代失传，其功能被笙取代。

西周时按制作材料的不同将乐器分为金、石、土、革、丝、匏、竹、木八类，称为"八音"，杜甫诗赋中的 18 种乐器涉及前七类。金有钟、编钟；石有磬、编磬；土有埙、角；革有鼓、鞉；丝有琴、瑟、筝、琵琶；匏有笙、竽；竹有笛、箫、篪、簧、筚篥。

（二）乐律

五声音阶，古代通常称为"五声"或"五音"，按音高顺序排列依次为：宫、商、角、徵、羽，相当于唱名 do，re，mi，sol，la。商音凄清悲凉，所以杜甫有言"清商欲尽奏，奏苦血沾衣"。

十二律又称六律六吕，是将一个八度音程按三分损益法分为 12 个不完全相等的半音，每半音为一律，分别标为黄钟、大吕、太簇、夹钟、姑洗、中吕、蕤宾、林钟、夷则、南吕、无射、应钟。单数六律称作"律"，又称"阳律"，双数六律称作"吕"，又称"阴律"，合称"律吕"（徐元勇，2015：50—51）。

（三）乐曲

1. 乐舞

《云门》，又名《云门大卷》，是歌颂黄帝功绩的乐舞，也是最早的礼仪性乐舞。《咸池》，亦名《大咸》，表演时有人模拟或化妆成百兽的样子，为唐尧时期的乐舞。《大韶》，又称《韶》《箫韶》，为舜时的乐官夔所作，是在琴、瑟、磬、鞉、笙、排箫等多种乐器的伴奏下而表演的盛大乐舞。《大夏》是歌颂大禹治水的乐舞。表演时舞者手执乐器蘥，头戴皮帽，身穿白裙，赤裸上身，是一种多段体乐舞。《大濩》是歌颂商汤伐桀的乐舞，为伊尹所创，是表现征战、厮杀的舞蹈。《大武》为歌颂武王伐纣的乐舞，由周公所编，共六段，分别表现武王出征，武王克殷，进军南国，征服南国，周公、召公分统东、西两方，以及班师回朝。以上六部乐舞在周初被统治者合称为"六代乐舞"，简称"六乐"，作为西周雅乐的重要组成部分，分别用于祭祀天神、地神、四望（日月星海）、山川、先妣、先祖。

"比讶渔阳结怨恨，元听舜日旧箫韶"中，"箫韶"借指玄宗开创盛世后迷恋的《霓裳羽衣曲》（韩成武、张志民，1997：716）。表演时，舞者上穿绣有洁白羽毛的衣服，下着彩云般的裙裳，共36段，主要有散序、中序、曲破三部分组成。散序6段，为乐器演奏部分，没有歌舞；中序18段，以歌唱为主；破曲12段，以舞蹈为主（司冰琳，2013：96）。

2. 乐曲

杜甫诗中提到的竹笛曲有《关山月》和《武溪深》，古琴曲有《流水》《白雪》《乌夜啼》《渌水曲》《凤求凰》。《高山》与《流水》是由伯牙创作演奏的纯器乐作品，本为一曲，唐朝分为两曲，不分段数，宋朝时《高山》分为4段，《流水》分为8段。《白雪》，相传为春秋时晋人师旷所作，《重修真传琴谱》中其歌词分为9段，分别为八荒无尘、万籁寂然、压梅留意、虚斋尚白、狂风碎玉、皓月欺光、弄声窗户、积玉堦除、曲高和寡。《乌夜啼》是南北朝时期的著名琴曲，其声哀怨，所以杜甫有言"琴乌曲怨愤，庭鹤舞摧颓"。《渌水》相传由东汉蔡邕所创，后李白借其名而描绘了渌水迷人的秋景。《凤求凰》用热烈奔放而又真挚缠绵的语言表达了汉朝司马相如对卓文君的倾慕和追求。

《西京杂记》记载，司马相如得势后，打算娶一位茂陵女子为妾，卓文君听闻消息后作《白头吟》欲与相如决绝（葛洪，2006：156）。虽然这一观点存在较大争议，但不容置疑的是《白头吟》与《梁甫吟》同属于汉代乐府民歌中的《相和歌》，是北方民歌经过艺术加工后的表演形式（司冰琳，2013：77）。《竹枝歌》是巴俞一带流行的民歌。《凤将雏》为吴地流行的民歌，汉至梁有歌，今已失传（杜甫，1979：2059）。

《诗经》为周代的乐歌集，其中"风""雅""颂"分别为民间歌曲、宫廷雅乐、祭祀乐舞三类不同的乐曲（司冰琳，2013：26）。杜甫诗"赏应歌枤杜，归及荐樱桃"中的"枤杜"即出自《小雅·枤杜》，表达了妻子对常年在外服兵役的丈夫的思念。

在对每处乐器乐曲分析整理后，得到分类图，见图 3 - 5。

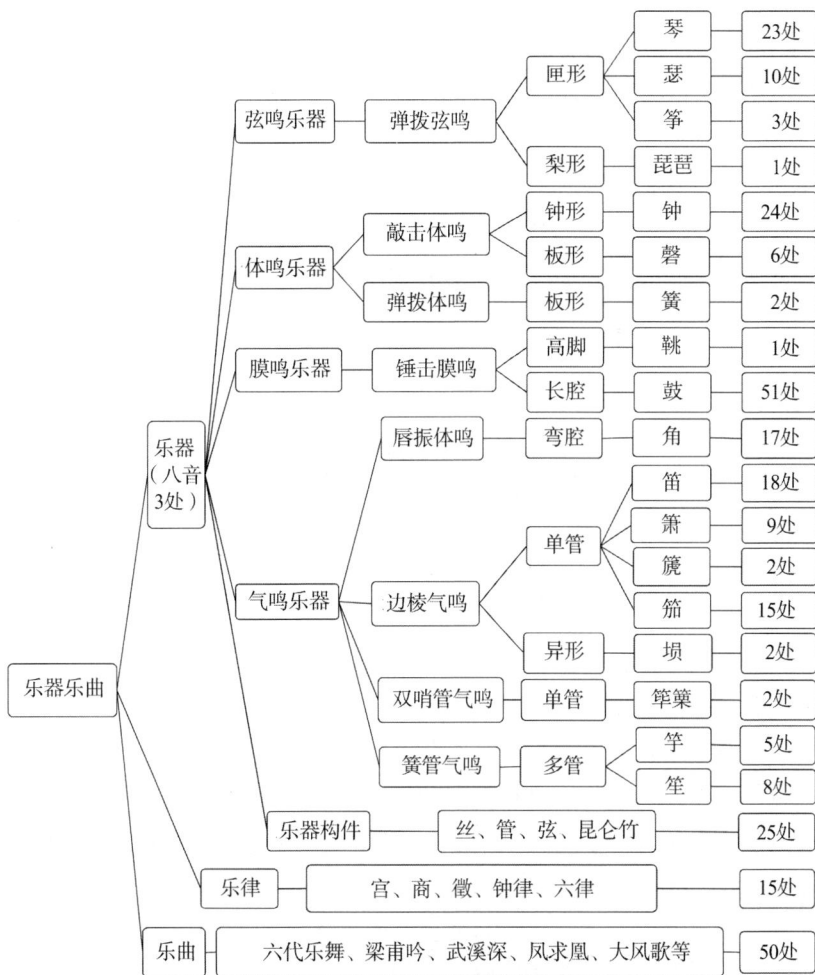

图 3 - 5　"乐器乐曲"分类图

三 《杜甫诗》中乐器乐曲的英译策略

《杜甫诗》中的乐器乐曲大都属于古旧名物或包含典故等在内的文化词语，宇文所安在《杜甫诗》的"序言"中说此书主要针对那些有一定汉语基础，但却不足以读懂杜甫诗歌的读者（Owen，2016：LXXXI），所以他将其转换成目的语读者较容易接受的词语。本书参照笔者对汉语古诗英译策略的分类（文军、岳祥云，2016），将《杜甫诗》中乐器乐曲的英译策略分为九类，见图 3 - 6。

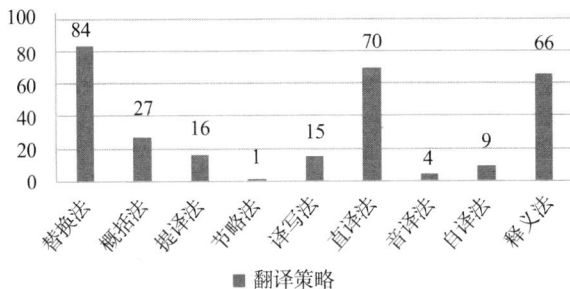

图 3 - 6 "乐器乐曲"翻译策略分布图

（一）替换法：用读者可以理解的词语代替原文中的古旧词语或典故。如：

地幽忘盥栉，客至罢琴书。（《过客相寻》）

The place so secluded I forget to wash and comb,

when the visitor comes, I put away zither and books. （Owen，volume 5：113）

作为人类口头和非物质文化遗产的代表作，中国的古琴及其艺术具有自身的独特性。齐特琴（Zither）则是奥地利最古老的乐器，琴体为扁平的木制共鸣箱，上有一个圆形的大音孔，4 或 5 跟旋律弦和多达40 条的伴奏弦（缪天瑞，1998：482）。宇文所安用齐特琴代替古琴，因为它们都是传统的拨弦乐器，都有扁平的木质音箱和数跟琴弦。二者的外形和演奏指法都有些许相似，所以不失为一个好的翻译。又如：

> 鼗鼓埙篪为之主，钟磬竽瑟以之和。(《朝享太庙赋》)
> Tambourines, drums, ocarinas, fifes are the leaders,
> bells, chimes, reed-organs, and zithers give harmony. (Owen, volume 6：267)

鼗、埙、篪、编钟、磬、竽、瑟都是中国的传统乐器，在英语中没有对等的表达，译者分别用铃鼓（Tambourine）、奥卡利那笛（Ocarinas）、法伊夫笛（Fife）、钟（Bell）、管钟（Chime）、簧风琴（Reed-organ）、齐特琴替换。因铃鼓是发源于古罗马时期的传统乐器，它和鼗一样都是蒙皮的打击乐器，且鼓身较小，鼓框为圆扁形。奥卡利那笛由卵形的管身和 1 个哨子形的吹嘴构成，且亦多为陶制，故其形制和材质与埙非常相似。法伊夫笛是 16 世纪流行于欧洲的木制横吹乐器，笛身开有 6 孔，类似于一个小型的长笛（Flute），所以与篪有很高的相似度。钟与整套编钟虽然数目差异较大，但其形制与编钟的单个钟体比较相似，且它们都是金属制的打击乐器。管钟由悬挂于金属架上的一组金属管构成，按一定音高排列，用锤子击奏，这与编磬的组成、排列和演奏方式较为相像。竽和簧风琴同属自由簧片乐器。瑟与齐特琴都是具有扁平木制音箱和数根琴弦的拨弦乐器。由此可见，译者所采用的替换法大都基于一定程度的相似性。

（二）概括法：用更加概括的词语翻译较为具体的词语，即用上位词翻译下位词。

> 不意书生耳，临衰厌鼓鼙。[《秦州杂诗二十首（其十一）》]
> I had not expected that this scholar's ears,
> would weary of war-drums in declining years. (Owen, volume 2：141)

"鼓"指大鼓,"鼙"指小鼓,为古时军中常用的乐器。此处译者将其概括为"war-drums",避免了"鼙"这一古旧词语可能给译文读者造成的阅读障碍,更加便于读者理解。

> 悲笳数声动,壮士惨不骄。[后出塞五首(其二)]
> Then from the sad pipe several notes stir,
> men in their prime are sad and not boastful. (Owen, volume 1: 227)

"pipe",牛津高阶解释为:"a musical instrument in the shape of a tube, played by blowing"(霍恩比,2009:1502)。因此,它可泛指任何简单的管状吹奏乐器。宇文所安用它翻译单管竖吹乐器——笳,即采用了概括法。

> 野客频留惧雪霜,行人不过听竽籁。(《楠树为风雨所拔叹》)
> Men in the wilds often lingered here, fearing the frost and snow,
> travelers did not pass it by, but listened to it's pipes and flutes. (Owen, volume 3: 41)

竽为失传已久的多管吹奏乐器,有 36 管、23 管、22 管等多种,皆分为前后两排,因其构造复杂,为方便读者理解,译者将其概括为管状吹奏乐器(Pipes)。

(三)提译法:与概括法相对,即用下位词翻译上位词。例如:

> 直北关山金鼓振,征西车马羽书驰。[秋兴八首(其四)]
> Straight north past fortified mountain skettle drums are thundering,
> from wagon and horse on western campaigns winged dispatches rush. (Owen, volume 4: 355)

定音鼓（Kettledrum），鼓身铜制，符合原文中"金鼓"的字面意思，即用下位词翻译上位词。且定音鼓是用包有弹性材料的鼓槌敲击发声，演奏方式与原文中的战鼓类似。此外，定音鼓尺寸较大，约70厘米，在西方历史上也曾用于军乐中，所以比较切合原文战鼓的意思。又如《暮秋枉裴道州手札，率尔遣兴，寄近呈苏涣侍御》中的两句：

> 倾壶箫管黑白发，舞剑霜雪吹青春。
>
> Drained jugs and pipes and fifes blackened my white hair,
>
> the dance of swords sent frost and snow blowing through green spring. （Owen, volume 6：139）

译文用下位词法伊夫笛（Fife）翻译原文中饯行宴上的各种管乐器，即采用了提译法。

（四）节略法：省去原文中的古旧名物或典故。如下例所示：

> 磬折辞主人，开帆驾洪涛。（《遣遇》）
>
> With a humble bow I took leave of my host,
>
> hoisted sail and rode the mighty waves. （Owen, volume 6：57）

"磬折"指人体弯曲如磬状，宇文所安省去这一古老的意象，而直接翻译为弯腰的意思，是为节略法之典范。

> 赏应歌杕杜，归及荐樱桃。[《收京三首（其三）》]
>
> In reward they will surely sing "Russet Pear",
>
> the return is in time to present cherries.

"杕"指孤立的样子，"杜"指赤棠梨（《古代汉语词典》编写组，2002：338），译文 Russet Pear 只取后者，省去"杕"意，即为节略法。

（五）译写法：译者在翻译过程中的写作，包括根据原诗元素又译又写，依据语境添加内容，以显化隐含的语义或实现文内连贯。如下三例：

> 操持纲纪地，喜见朱丝直。（《送韦讽上阆州录事参军》）
>
> In a place of upholding governance and order,
>
> I am happy to see one straight as a red zither string. （Owen, volume 3：401）
>
> 醉客沾鹦鹉，佳人指凤凰。[《陪柏中丞观宴将士二首（其一）》]
>
> Drunken guests, the parrot ale-mugs sloshing,
>
> fair women finger the phoenix zither. （Owen, volume 5：41）
>
> 中巴不曾消息好，暝传戍鼓长云间。（《秋风二首》）
>
> Never once from middle Ba is the news good,
>
> darkness carries sounds of garrison drums among the white clouds.
>
> （Owen, volume 4：349）

第一例中，杜甫用"朱丝"比喻韦讽为官正直，像绷得很直的琴弦那样，所以译文选用 a red zither string 将琴弦的意思显化出来。第二例为记录宴会之盛的诗歌，此处的"凤凰"指乐伎们弹奏的琴，名凤凰。译者将隐含的琴意显化译出，既符合语境，也更加有助于读者理解。最后一例中，"戍鼓"指日暮时传播的鼓声而非鼓，所以译者添加"sounds"使语义更加连贯。

（六）直译法：即字对字的翻译。因汉语中的某些古旧词语在现代英语中有对应的表达，所以可以采用直译的方法。例如：

> 清高金茎露，正直朱丝弦。（《赠李十五丈别》）
>
> Pure and high, the dew on the metal column,
>
> straight asa red silk string. （Owen, volume 4：217）

乌台俯麟阁，长夏白头吟。(《夏日杨长宁宅送崔侍御、常正字入京》)

Crow Terrace looks down on the Unicorn Tower,

through long summer days，the "Song of White Hair"．（Owen，volume 5：429）

宫中圣人奏云门，天下朋友皆胶漆。[《忆昔二首（其二）》]

For the Sage in the palace they performed "Gates of Cloud"，

and friends all over the world stuck together like glue．（Owen，volume 3：409）

第一例中，"朱丝弦"是现代英语中常见的事物，后两例中，"白头吟"和"云门"都为中国古代的乐曲名，但其字面意思在现代英语中有对等的表达，所以译者采用字对字翻译的直译法。

（七）音译法：用发音相同或相近的词语来翻译。请看下面两例：

比讶渔阳结怨恨，元听舜日旧箫韶。[《夔州歌十绝句（其三）》]

Recently we were shocked that at Yuyang such hate and resentment formed：

in those days of our Shun we were always listening to the old Xiao and Shao．（Owen，volume 4：165）

变方形于动植，听宫徵于砰磕。(《有事于南郊赋》)

It transforms the myriad forms of moving things and plants，

listening to the thunderous rumbling notes *gong* and *zhi*．（Owen，volume 6：287）

杜甫诗赋中多次出现乐舞《箫韶》和乐律宫徵，译者在前文已详加注解，这里仅采用音译法进行翻译。

（八）自译法：指译者在附翻译中对补充文字的翻译。如《赠裴南部，闻袁判官自来欲有按问》的首联：

尘满莱芜甑，堂横单父琴。

Dust fills the steamer at Laiwu,

in the hall is stretcheda zither at Shanfu.[3] （Owen，volume 3：281）

宓子贱，名不齐，译者将原文中仇兆鳌的注解"子贱为单父宰，弹琴不下堂而治"（杜甫，1999：1049）重新英译为"3：Fu Buqi was a virtuous regional official of Shanfu in antiquity. He sat in his hall and played the zither, and his region was transformed by his virtue"，以便使译文读者明白此处意在说明南部县令裴氏像宓不齐一样善于理政。又如《奉汉中王手札报韦侍御、萧尊师亡》中的一句：

处处邻家笛，飘飘客子蓬。

Everywhere, the flute from a neighbor's home,[7]

tossed alone, the traveler, a dandelion puff. （Owen，volume 4：317）

仇兆鳌对这句诗的解释为"向秀《思旧赋》为嵇康、吕安而作，其序曰：于时日薄虞渊，寒冰凄然。邻人有吹笛者，发音嘹亮。追思曩昔游宴之好，感音而叹，故作赋云"（杜甫，1979：1451）。宇文所安在直译的基础上又将原文的注释翻译为"7：The third-century writer Xiang Xiu heard a flute played from a neighbor's house and recalled his late friend Xi Kang, after which he wrote 'Fu on Thinking of a Former Friend'"，以使译文读者明白这里意在抒发原文作者对韦侍御、萧尊师的怀念之情。

（九）释义法：指对原文或译文字词的解释，常采用注释的方式。如以下三例：

胡骑中宵堪北走，武陵一曲想南征。（《吹笛》）

It can make Hu horsemen at midnight gallop off back to the north,

that melody of Wuling makes one think of the southern campaign. [2]

（Owen, volume 4: 337）

"武陵一曲"指《武溪深》，为马援南征时所作。译者用脚注的方式对这一典故做出解释，"2: This refers to "Wu Creek Deep" （武溪深），a flute piece attributed to the Eastern Han general, Ma Yuan on his campaign to the south"，以此表明原文作者是在寄托自己的漂泊之感，更加有助于目的语读者的理解。

得无中夜舞，谁忆大风歌。[《伤春五首（其五）》]

Could there not have been midnight dancing? —

who recalled "The Song of the Great Wind?" [2] （Owen, volume 3: 325）

《大风歌》为汉高祖刘邦所作，歌曰"大风起兮云飞扬，威加海内兮归故乡，安得猛士兮守四方!"，如若不加以解释，译文读者就会不知所云，所以译者用脚注的方式解释了此处是用《大风歌》感叹朝廷不倚重猛士的意思："2: Sung by the founder of the Han, in which he worried about finding soldiers to guard the empire。"

在51处采用释义法的乐器乐曲英译中，又可细分为"概括法 + 释义法""替换法 + 释义法""直译法 + 释义法""音译法 + 释义法"。如以下五例所示：

玉杯久寂寞，金管迷宫徵。（《听杨氏歌》）

The jade cups long lie silent,

and the metal pipes lose the melody. [3] （Owen, volume 4: 347）

归凤求凰意，寥寥不复闻。（《琴台》）

His purport — the homeward phoenix seeking its mate —[4]

is no longer heard in the vast silence. （Owen，volume 3：15）

埙篪鸣自合，金石莹逾新。（《奉赠萧二十使君》）

Ocarina and flute，their sounds combine,[8]

the luster of metal and stone gets ever fresher. （Owen，volume 6：181）

哀弦绕白雪，未与俗人操。[题柏大兄弟山居屋壁二首（其一）]

Moving strings，resounding with "White Snow,"[5]

are never performed for common men. （Owen，volume 5：362）

千载琵琶作胡语，分明怨恨曲中论。[《咏怀古迹五首（其三）》]

For a thousand years the pipa speaks the language of the Hu,

clearly her bitter resentment is told within the melody.[6] （Owen，volume 4：363）

第一例中，"宫徵"为古代五声音节中的两个音级，译者将其概括为"旋律"（Melody），后又用注释的方式解释了具体的含义："3：Literally 'miss the notes gong and zhi'"，即为"概括法 + 释义法"。第二例"凤求凰"这一汉代的古琴曲中，凤、凰原是两种五彩斑斓的鸟，后人将其解释为雌雄不同的同一种鸟，雄为凤，雌为凰。西方世界的长生鸟（Phoenix）无雌、雄异名的说法，其外形、起源、文化内涵等方面与中国的凤凰也不尽相同，但它们都有浴火重生的传说，都可以作为爱情的象征，所以译者将"凤"替换为"phoenix"，将"凰"替换成通俗易懂的"Mate"（伴侣）一词，又将琴曲后隐藏的故事用脚注的方式予以说明："4：'The Phoenix Seeks Its Mate' was a zither song that was attributed to Sima Xiangru，who was said to have composed it for Zhuo Wenjun"，为"替换法 + 释义法"。第三例中，译者将"埙"替换为形制与其相似的奥卡利那笛（Ocarina），而"篪"是一种底端封闭的横吹竹管乐器，类似竹笛，所以译者用西方的长笛（Flute）来替换。因埙与篪常常合奏，像兄弟般亲密和睦，所以译者用注释的方式给予说明"8 In the Classic of Poetry, these two instruments are played by brothers; hence Du Fu's relation to Xiao is the harmony of brothers and the music they make",也是"替换法＋释义法"。第四例字对字翻译出"白雪"的意思,又以注释的方式对这首琴曲的格调做出具体的说明,"5:'White Snow' is the exemplary piece of elevated music, understood by only those with the most refined taste",为"直译法＋释义法"。最后一例中,译文"pipa"与原文发音相同,为了避免目的语读者的不解,译者又以脚注的方式解释了其为何物,"The pipa was a Central Asian instrument",所以是"音译法＋释义法"。

（十）同一乐器乐曲翻译策略的灵活运用

对于同样的乐器乐曲,译者宇文所安有时采用了不同的翻译策略,如"箫"这种乐器的翻译:

箫鼓哀吟感鬼神,宾从杂遝实要津。（《丽人行》）

The mournful droning of pan-pipes and drums stirs the spirits and gods,

attendant guests throng around — this is truly the gate to power.（Owen, volume 1: 117）

箫鼓荡四溟,异香浹溁浮。（《奉同郭给事汤东灵湫作》）

Fifes and drums sweep over the sea-girt world,

strange aromas drift through the empty vastness.（Owen, volume 1: 223）

遂有冯夷来击鼓,始知嬴女善吹箫。（《玉台观（滕王造)》）

Next there is Pingyi coming to beat the drums,

now I know that the Ying daughter is good at playing the pipes.（Owen, volume 3: 329）

蛟龙缠倚剑,鸾凤夹吹箫。（《哭王彭州抡》）

Dragons wrapped around the sword you wore,

phoenixes were beside your pan – pipes. [5]（Owen, volume 4: 393）

如前所述，"箫"在唐代多指排箫，而不同形式的排箫在欧、亚、美洲都有出现，因此第一例中宇文所安采用"直译法"将其翻译为"pan-pipes"。因箫古今含义不同，第二例中译者将其看作现代的单管乐器，故用单管横吹乐器法伊夫笛（Fife）来替换，为"替换法"。第三例中，译者采用"概括法"将其翻译为管状乐器（Pipes）。最后一例中，译者采用"直译法 + 释义法"，在直译出排箫的意思外，又以脚注的方式解释了此处的箫指箫史，意在将王抡比作箫史，谓他与宗室结亲："5：This refers to Xiaoshi, who married the daughter of the Duke of Qin and rode away with her on a phoenix. Wang Lun was married into the imperial household。"又如笙、竽这两种乐器的翻译：

> 眼前列杻械，背后吹笙竽。（《草堂》）
> Before their eyes were lined up stocks and pillories,
> behind their backs reed organs were playing. （Owen, volume 3: 353）
> 万籁真笙竽，秋色正潇洒。（《玉华宫》）
> The myriad vents are the true ocarinas,[6]
> autumn colors are at their most brisk and aloof. （Owen, volume 1: 327）

笙、竽都依靠气流的作用，使簧片震动而发声，所以第一例中译者采用替换法将其翻译为发音原理与之相似的簧风琴（Reed Organ）。第二例采用"替换法 + 释义法"，将"笙竽"替换为卵形的奥卡利那笛（Ocarinas），又以注释的方式补充说明其为中国管弦乐队中的簧风琴："6：ocarinas, the sheng and yu, reed organs of a Chinese orchestra。"

四 结语

本节参考文军对汉语古诗英译策略的分类，具体分析了替换法、概括法、提译法、节略法、译写法、直译法、音译法、自译法、释义法九种策略在宇文所安《杜甫诗》乐器乐曲英译中的应用。研究发现，乐器的翻译多采用替换法，乐曲的翻译多采用释义法。释义法又可细分为"概括法＋释义法""替换法＋释义法""直译法＋释义法""音译法＋释义法"。有时为了更好地传达原文的含义和文化意蕴，译者也会灵活运用上述几种方法翻译同样的乐器乐曲。

第六节　《杜甫诗》中亭台楼阁的英译策略

一　引言

《杜甫诗》是由宇文所安耗时八年翻译的全球首部杜甫诗全译本，共分为六卷，包括杜甫 1400 余首诗。宇文所安是哈佛大学著名的汉学家，被称为"为唐诗而生的美国人"，成果颇丰，如《初唐诗》《盛唐诗》《中国文论》等。本书选取此本收录杜甫诗歌全集的著作为研究对象，具有一定的权威性和代表性，且六卷中均有涉及亭、台、楼、阁的翻译。之前对杜甫论文的研究少有以《杜甫诗》为参考对象，且研究文章多以诗歌整体的翻译策略为主，忽视了句子中最核心的成分——词语的翻译。研究词语翻译的文章也未曾有过涉及亭、台、楼、阁之类的建筑。

汉语古诗英译策略体系由译诗语言易化策略、译诗形式多样化策略、译诗词语转换策略和附翻译转换策略四部分组成。该体系从汉语古诗的语言、内容和形式三方面出发，针对汉语古诗特点而提出。该体系内的所有策略相互联系且有层级。考虑到四类建筑物均为名词，本书将重点讨论译诗词语转换策略。

二　亭、台、楼、阁的定义和分类

亭、台、楼、阁四种建筑物均为中国特色建筑，从古至今为文人骚客所青睐，杜甫在诗歌中也多次提到游历各处亭、台、楼、阁的所见所想。

（一）亭

根据《辞海》中的定义，亭是"一种开敞的小型建筑物。多用竹、木、石等材料建成。平面一般有圆形、方形、六角形、八角形、扇形等常设在园林中或风景名胜等处，供游客眺望、欣赏和休息"（辞海编辑委员会，1999）。

（二）台

台有三层含义。一是"高而平的建筑物，一般供眺望或游观之用。如瞭望台，亭台楼阁"。二是指"星名，与官名的'三宫'相应。见'三台'"。三是"古代官署名，如御史台。又旧时用为对高级官吏的尊称"（辞海编辑委员会，1999）。本书中的"台"是指其第一层含义。

由此可见，"台星""三台"等词语不属于本书讨论的内容，如《赠李八秘书别三十韵》一诗中"台星入朝谒，使节有吹嘘"中的"台星"，《秋日夔府咏怀奉寄郑监李宾客一百韵》一诗中"宫禁经纶密，台阶翊戴全"中的"台阶"，《奉送苏州李二十五长史丈之任》一诗中"星坼台衡地，曾为人所怜"中的"台"。

（三）楼

楼有两层含义：一是指"两层以上的房屋，楼房。如：大楼，高楼大厦"。也指"楼房的一层"（辞海编辑委员会，1999）。本书所指的"楼"是指其第一层含义。

（四）阁

阁通常使用的含义有以下几个：一是指"古代装置于门上以防门扇自关的长木"；二是指"中国的一种传统楼房"；三是指"搁置食物等的橱柜"；四是指"栈道"；五是指"中国古代中央官署名"。本书中所指的"阁"是其第二层含义。如《季夏送乡弟韶陪黄门从叔朝谒》一诗中"莫度清秋吟蟋蟀，早闻黄阁画麒麟"中的"黄阁"。

（五）台阁

古诗中经常会出现"台阁"一词，"台阁"一词在《辞海》中的解释为"东汉以尚书辅佐皇帝，直接处理政务，三公之权渐轻。尚书台在宫廷之内，故称。台阁往往与公府对举"。除此外，台阁还可指

"台与阁的并称。亦泛指亭台楼阁等建筑物";或是指"宋代酒库于每年迎引新酒时所举行的游艺活动"（辞海编辑委员会，1999）。本书中研究的"台阁"一词是"指台与阁的并称"，如《别苏徯》一诗中"岂知台阁旧，先拂凤凰雏"中的"台阁"不予讨论，而《赠李八秘书别三十韵》一诗中"风烟巫峡远，台榭楚宫虚"中的"台阁"则需要研究。

三 亭台楼阁英译策略研究

汉语古诗本身具有文化特殊性和形式特殊性，在翻译过程中会产生许多由于文化差异和历史差异而造成的文化缺失。因此译者需要采取多种翻译策略以缩小源语与目的语之间的差异。

汉语古诗英译策略体系由四种翻译策略组成，分为译诗语言易化策略、译诗形式多样化策略、译诗词语转换策略和附翻译转换策略四个部分。第一种策略解决的是译诗语言的选择问题，包括拟古化和当时化法两种策略；形式多样化策略关注的是诗歌翻译时的韵律和体裁问题，包括散体型、诗体无韵型、协韵型、借用型和自格律型五种策略；附翻译转换策略则针对的是翻译作品正文外的信息，包括自译、释义、赏析、研究与考据五种策略。亭、台、楼、阁属于建筑物中的名词范畴，因此本书将重点介绍译诗词语转换策略。

译诗词语转换策略用于诗歌中词语的翻译，此处的词语主要指的是：（1）古旧的名物；（2）包括意象、典故等在内的文化内容，词语翻译的各种方法等（文军、岳祥云，2016）。而古诗中"亭台楼阁"的翻译正属于词语的翻译。由于词汇层面语义的易变性和不同语言之间语言系统和社会文化的差异，在源语和目的语之间进行转换时，源语目的词语义不对等发生的概率自然会很高（夏廷德，2006）。为考虑目的语读者的阅读感受，在缩小文化差异的基础上更好地传达原文的意义，译者可以采用下面几种翻译方法：音译法、直译法、概括法、提译法、替换法、节略法、增添法、套译法、译写法、语气转换、视角转换。

从宇文所安《杜甫诗》可以发现，亭、台的翻译较为统一，而楼、阁的翻译方法不止一种，现将《杜甫诗》中所有亭、台、楼、阁的数量及翻译列于下表中。

表 3 - 3 　　　　　　　《杜甫诗》中亭、台、楼、阁统计表

名称	数量	翻译
亭	59	Pavilion，Station，Kiosk
台	49	Terrace
楼	92	Mansion，Tower，Building
阁	56	Gallery，Tower，Plankway，Hall，Pavilion

（一）音译法

顾名思义，音译法就是译者无法在目的语中找到对应词汇时采取的一种将词语的发音直接作为翻译文本的方法。这种方法经常用于人名和地名等表示名称类的词语翻译中。在实际数据中可以发现，译者在处理名字中没有实意或所属关系的建筑物时，通常选择音译的翻译策略。如《壮游》中的诗句：

东下姑苏台，已具浮海航。

I went down east to Gusu Terrace，

where a ship had been readied to sail on the sea. （Owen，2016：303 卷 4）

这两句诗中包含了"姑苏台"这一建筑，姑苏台始建于公子光即吴王阖闾时期，供当时吴国末代国君夫差娱乐。译者在翻译时直接将其音译为"Gusu Terrace"；

春歌丛台上，冬猎青丘旁。

I sang spring songs on Cong Terrace，

hunted in winter beside Green Mound. （Owen，2016：307 卷 4）

这首诗是杜甫在夔州时回忆数十年游历所做的自传，这两句诗中包含了"丛台"这一建筑物，"丛台"又名"武灵丛台"，始建于战国时期，供君王阅兵和观赏，现位于河北省邯郸市。又如《登岳阳楼》中的诗句：

> 昔闻洞庭水，今上岳阳楼。
> I heard long ago of Dongting's waters,
> and this day I climb Yueyang Tower.（Owen，2016：43 卷 6）

这首诗描写的是杜甫登上岳阳楼时的所见所感，这两句诗中包含了"岳阳楼"这一建筑物，岳阳楼又名巴陵城楼，始建于公元两百多年，现今位于湖南省岳阳市，是江南"三大名楼"之一，译者在翻译时直接将其音译为"Yueyang Tower"。

（二）直译法

直译法是指译者将原文中词汇按照字面意思翻译为目的语的一种翻译策略。如《晚晴》一诗中：

> 未怪及时少年子，扬眉结义黄金台。
> I do not blame those youths who, when their day comes,
> raise their brows and bond with friends on the Terrace of Gold.
> （Owen，2016：373 卷 5）

这首诗是杜甫在成都的草堂时所作，描写了雨过天晴后傍晚的风景。这两句诗中包含了"黄金台"这一建筑物，"黄金台"又名招贤台，始建于战国时期，现位于河北省保定市定兴县，为燕昭王招纳贤士之用。译者在翻译时根据其意将其译为"Terrace of Gold"。又如《木皮岭》一诗中：

> 首路栗亭西，尚想凤凰村。
> I set out on the road west of Chestnut Pavilion,

still envisaging Phoenix Village. （Owen，2016：267 卷 2）

这首诗描写的是木皮岭的壮丽的自然风景，这两句诗中包含了"粟亭"一词，但经考证"粟亭"实指古代"粟亭县"而非建筑物，现位于甘肃省徽县附近。而作者在此处按照字面意义将其误译为"Chestnut Pavilion"，可能会因文化差异使目的语读者误读，可以将其音译为"Suting County"。再如《王兵马使二角鹰》：

> 悲台萧飒石巃嵸，哀壑权柙浩呼汹。
>
> A dreary terrace in the whistling wind，rocks looming massive，
>
> a mournful ravine with forking trees，its wild shouts clamorous.
>
> （Owen，2016：49 卷 5）

这首诗是杜甫在夔州时为描写一只鹰所作，这两句诗中包含了"悲台"这一建筑物，"悲台"在这里并不是此建筑物的名称，而是诗人根据当时的情境和心情为其命的名，因此译者在翻译时将其中的感情色彩也翻译出来，直译为"A dreary terrace"，与下文当中的"a mournful ravine"相对应，对仗工整。

（三）概括法

概括法是指译者在翻译过程中使用更为概括的词语翻译原文中具体指代的词，即用上位词翻译下位词。如《前出塞九首》中的第三首：

> 功名图骐驎，战骨当速朽。
>
> Deeds of fame are pictured in the Royal Gallery-and the bones left from battle crumble swiftly. （Owen，2016：85 卷 1）

这首诗从一个征夫的视角出发，描写了在边疆从军时的辛酸与劳累。这两句诗中包含了"麒麟阁"这一建筑，"麒麟阁"典出《汉书》，是西汉时期汉宣帝为了表彰功臣而建，功臣的画像被放置此阁之中。

后来此典故用来形容历朝的功臣。译者在翻译"麒麟阁"时并没有把"麒麟"翻译出来，而是将此阁概括翻译成"the Royal Gallery"，更凸显了此阁的地位。

（四）提译法

提译法与概括法相对，是指用具体的词语来翻译较为概括的词语，即用下位词翻译上位词。如《过郭代公故宅》：

> 迴出名臣上，丹青照台阁。
>
> He stands out far above the famous officials,
>
> his portrait shines in the royal gallery. （Owen，2016：175 卷 3）

这两句诗中并没有直接写出建筑的名字，而是将其概括为"台阁"。"台"和"阁"本身都属于建筑，但如上文所写，此处的"台阁"一词是对这一类建筑物的泛指。译者在翻译此句时，应结合上下文来判断。此诗是杜甫经过唐代名将郭震故宅时为赞颂其功绩而写。"丹青"一词指的是古代的绘画，此处指郭震的画像，因为郭震有过许多丰功伟绩，因此诗人认为其画像应置于"麒麟阁"之中（"麒麟阁"是汉代皇帝为赞扬臣子功绩而建造的）。所以译者将"台阁"一词具体化为"the royal gallery"。再如《中夜》：

> 中夜江山静，危楼望北辰。
>
> Midnight, the mountains and river calm, from a high upper storey I gaze at the pole star. （Owen，2016：325 卷 4）

这首诗是诗人漂泊到夔州时所作，深夜诗人难以入睡，登高至西阁遥望长安，表达的是漂泊不定、为国担忧的情怀。此处的"危楼"不是指高大的楼，而是细指西阁的高层。因此译者在翻译此句时将"危楼"细化为"a high upper storey"，指代更为明确，因此是使用了提译法。另外《江月》：

> 江月光于水，高楼思杀人。
>
> River moon, beams in the water,
>
> in an upper storey longing kills one. （Owen，2016：331 卷 4）

这句诗中同样使用提译法翻译"高楼"，译文为"an upper storey"。

（五）替换法

替换法是指译者使用与目的语读者更为贴近的词语，翻译原文中目的语读者不易理解的古旧词语或典故，其目的是还原原文的表达效果，且缩小源语与目的语之间的文化差异，更关注目的语读者的阅读感受。如《投赠哥舒开府翰二十韵》中的诗句：

> 今代麒麟阁，何人第一功。
>
> In the Unicorn Gallery of this age
>
> what person is first in merit? （Owen，2016：141 卷 1）

这首诗是诗人为赞扬大将哥舒翰的功绩所作，这两句诗中包含了"麒麟阁"这一建筑物。"麒麟阁"的典故在上文已做出解释，此处杜甫是为了彰显哥舒翰的丰功伟绩而用的典故。译者在翻译时没有将其直译为"the Kylin Gallery"，而是将"麒麟"这一富有中国古代神话色彩的形象换成了"独角兽"，即"the Unicorn Gallery"，使用替换法可以使目的语读者更易接受其中的文化意象，减少文化障碍。又如《秋野五首》：

> 身许麒麟画，年衰鸳鹭群。
>
> I vowed that I would be painted in Unicorn Gallery,
>
> in years now infirm, with the flocks of egrets and ducks. （Owen，2016：230 卷 5）

这句诗对"麒麟阁"的翻译同样使用了替换的翻译策略。再如《夜雨》：

天寒出巫峡，醉别仲宣楼。

When the weather gets cold I will leave the Wu Gorges,

　　then drunk, depart from Wang Can's tower.（Owen，2016：171 卷
5）

这首诗是杜甫在夜雨中所作，表达了对恋人的思念。这两句诗中包含
了"仲宣楼"这一建筑和典故。东汉末年，"建安七子"之一王粲因
抑郁不得志而登楼作赋——《登楼赋》，后人为纪念王粲为其修建此
楼。王粲，名粲，字仲宣，因此名为"仲宣楼"。考虑到部分读者不
明此典故且对王粲的字不熟，因此将"仲宣楼"这一典故替换为其
本名，"Wangcan's Tower"。

（六）节略法

节略法指的是译者在翻译过程中将原文内容或意义部分删除或简
化，以减少目的语读者因文化和语言的差异而导致的理解障碍。在研
究《杜甫诗》的过程中可以发现译者使用节略法翻译的内容，一般
都是带有中国古代文化色彩的词语，不易被目的语读者接受，且删掉
不会影响意义传达的内容。如《崔驸马山亭宴集》一诗题目的翻译，
该诗描写的是杜甫在崔驸马即崔惠童的山池中参加宴会的情景。本诗
的题目中包含"崔驸马山亭"这一建筑物，译者在翻译时将题目译为
"A Banquet at Escort Cui's Mountain Pavilion"（Owen，2016：153 卷
1），将"崔驸马山亭"译为"Cui's Mountain Pavilion"，省略了"驸
马"这一文化词，在不影响原文意义传达的基础上更考虑了读者的感
受。又如《白帝城楼》：

江度寒山阁，城高绝塞楼。

The river crossing, plank walkways up the cold mountain,

　　walls high, a tower on this furthest frontier.（Owen，2016：363 卷
5）

这首诗是杜甫再次来到白帝城楼时的所见所思，这两句诗中包含了两个建筑物，一个是"寒山阁"；一个是"绝塞楼"。"寒山阁"指的是山脚下的西阁，"绝塞楼"是指"白帝城的城楼"。然而译者在翻译时没有译出西阁，而只译出了"plank"，省略了"西阁"这一古代建筑物，以使读者更易理解诗句。

（七）译写法

译写法是指译者在翻译时对原文内容的改写和基于上下文的添加，补充读者无法获取的隐含信息或语义之间的关系。如《第五弟丰独在江左，近三四载寂无消息，觅使寄此二首》第二首诗中的诗句：

> 影盖啼猿树，魂飘结蜃楼。
> My shadow cleaves to trees where the gibbons howl,
> but my soul wafts where ocean mirages form. （Owen，2016：347
> 卷4）

这首诗是杜甫为打听五弟的消息而作，表达的是对他的思念和关切。这两句诗中包含了"结蜃楼"一词，但"结蜃楼"不是指实物，根据《杜甫诗全译》中的解释，"结蜃楼：海边多蜃气，结象以为楼台，故名。此指杜甫五弟所在之江左"（韩成武、张志民，1997：820）。因此译者在翻译时并没有选择直译的方法，而是将其改译为"where ocean mirages form"，将"魂"与"楼"之间的关系补充完整，使读者能够清晰地理解这句诗的含义。又如《赠翰林张四学士》：

> 赋诗拾翠殿，佐酒望云亭。
> Writing poems in the Hall of Gathering Kingfisher Feathers,
> attending drinking bouts at the Pavilion for Gazing at Clouds.
> （Owen，2016：67 卷1）

这是杜甫赠给当时的翰林学士张垍的一首诗，在赞扬其远大前程的同时也希望能得到他的帮助。这两句诗中有"望云亭"这一建筑物，属于宫内的建筑。译者在翻译"望云亭"时并没有直接译，而是把该亭的用途及名字的由来补充翻译出来，即"Pavilion for Gazing at Clouds"。

（八）语气转换

语气转换是指译者为了突出重点表达而在翻译时做出的对原文的语态或者是语气的转换。

如《承沈八丈东美除膳部员外，阻雨未遂驰贺，奉寄此诗》：

> 天路牵骐骥，云台引栋梁。
>
> A fine steed is led to Heaven's roads,
>
> a roof-beam is brought to Cloud Terrace.（Owen，2016：161 卷
> 1）

这首诗是杜甫为沈东美所作，时为其生日，诗人因雨而无法当面祝寿，所以作此诗。这两句中描写了"云台"这一建筑物，译者在翻译这两句诗时使用了被动语态，而未遵循原文的主动语态，"骐骥被牵往天路，栋梁被引到云台"，这里是为了突出"骐骥"和"栋梁"两个词，将主人公放在句首位置，表达对沈东美的赞美。

（九）注释法

注释法包括文本外注释和文本内注释两种方法，译者在翻译《杜甫诗集》时最常使用的是文本外注释，即使用脚注或尾注的方式为目的语读者提供文本内隐含的信息或背景信息，以减少阅读障碍。如《咏怀古迹五首》中第二首：

> 江山故宅空文藻，云雨荒台岂梦思。
>
> His former house by the river and mountains, nothing but his literary flourishes,
>
> the overgrown terrace of "clouds and rain", surely not thought up in dream.（Owen，2016：363 卷 4）

这五首诗是杜甫分别为赞颂庾信、宋玉、王昭君、刘备、诸葛亮五位名人所作，诗人将他们和自己的身世联系起来，表达了怀才不遇的惆怅与无奈。第二首诗描写的是宋玉，宋玉是战国末期著名的辞赋家，才华出众却也抑郁不得志。这两句诗中包含"云雨荒台"这一建筑。"云雨荒台岂梦思"一句出自宋玉之作——《高唐赋》，讲述了楚国一位君主与巫山之女相会的故事，这位君主在睡梦中梦见巫山之女，她告诉君王自己的身世和故事，自己朝为云而暮为雨，常年于阳台之下，也就是此处所指的"云雨荒台"。君王醒来之后发现梦中的一切都成了现实。此典故对读者而言有一定的难度，且是诗歌理解的关键。因此译者在此注释："This refers to the preface to the 'Poetic Exposition on Gaotang' attributed to Song Yu. There we read how the King of Chu was visited in a dream by the Goddess of Wu Mountain. On taking leave, she told him that she was the clouds of dawn and the evening rain every day by the Terrace of Light (the 'terrace' here)."（Owen，2016：363 卷 4）再如《咏怀古迹五首》中第三首：

一去紫台连朔漠，独留青冢向黄昏。

Once she left the Purple Terrace she went throughout the Northland desert, and left only the Evergreen Tomb alone facing the twilight.（Owen，2016：363 卷 4）

第三首诗的描写对象是王昭君，中国古代四大美女之一。这两句诗中包括"紫台"这一建筑物，"紫台"是汉朝皇宫，"一去紫台连朔漠"讲述的是昭君出塞，为和亲而远嫁匈奴时的悲凉，借景抒情，借"紫台"表达远离故乡而去往异国他乡的无奈。为使读者更好地体会诗的主旨，译者采用注释法补充了"紫台"的文化背景信息，"Purple Terrace is the Han palace"（Owen，2016：363 卷 4）。

（十）两种翻译方法相结合

在具体的翻译实践中，每一种翻译策略不全是孤立存在的。译者为了更好地传达原文意义，有时会选择多种翻译策略相结合的翻译方法。

1. 直译加注释法

在翻译亭、台、楼、阁时，译者经常使用直译法，然而直译法一般无法精准地传达原文的意义，会给读者带来阅读障碍，因此译者一般在直译处加注，提供文化信息。在实际的翻译实践中，注释法往往是与其他翻译方法结合使用的。如《秋日寄题郑监湖上亭三首》中的第三首诗：

> 暂阻蓬莱阁，终为江海人。
> For the while cut off from Penglai Pavilion,
> you become at last someone of river and lakes. (Owen，2016：227 卷5)

这是诗人赴荆州时为秘书监郑审而作的三首诗，这两句诗中包含了"蓬莱阁"这一建筑物，诗中的"蓬莱阁"指的不是位于山东省蓬莱市的建筑物，根据《杜甫诗全译》一书解释，"蓬莱阁"是指"汉洛阳南宫内之东观，为宫中藏书、著书之处"。当时学者称东观为道家蓬莱（韩成武等，1997：989）。唐人因以蓬莱阁喻指秘书省。这里追述郑审曾任秘书少监。因此为防止读者混淆两物，译者在翻译时在文本外做出了注释："The imperial library"。（Owen，2016：227 卷4）又如《秦州见敕目薛三璩授司议郎毕四曜除监察与二子有故远喜迁官兼述索居凡三十韵》一诗：

> 独惭投汉阁，俱议哭秦庭。
> I alone am ashamed to have jumped from the tower of Han,
> we all discussed weeping in the courtyard of Qin. (Owen，2016：197 卷2)

这两句诗中包括了"汉阁"这一建筑物，即"天禄阁"，是西汉时期的图书馆。"汉阁"典出《汉书》，讲述的是王莽时期扬雄为逃避追查而投阁之事，后用来形容文人无端获罪，受到牵连，此处诗人以扬雄自比。因此，为使读者更清楚感知其中的联系，译者补充了信息，在文本外做了注释："Suspecting that Wang Mang's agents had come to arrest him, the great Han intellectual Yang Xiong jumped from an upper storey of the palace library to avoid them and seriously injured himself. Qiu takes this as referring to Du Fu trapped in rebel-occupied Chang'an."（Owen，2016：197 卷 2）

2. 音译加直译法

有些建筑物的名称较长且复杂，如名字中既包含地点又表明用途，译者在翻译此类建筑物时往往采用地名音译，用途直译的方法。如《巴西驿亭观江涨，呈窦使君二首》一诗的题目，"Watching the River Flood at the Pavilion at Baxi Post Station, Presented to Prefect Dou"（Owen，2016：225 卷 3），这首诗描述的是诗人与窦使君在"巴西驿亭"喝酒时所见之景。在翻译"巴西驿亭"时，译者将其分为两部分分别采用了音译和直译的方法翻译。

3. 替换加注释法

如上文所述，替换法是指译者使用与目的语读者更为贴近的词语翻译原文中目的语读者不易理解的古旧词语或典故，其目的是还原原义的表达效果且缩小源语与目的语之间的文化差异，更关注目的语读者的阅读感受。因此在使用替换法时，往往需要使用注释法补充背景文化信息。如《季夏送乡弟韶陪黄门从叔朝谒》一诗：

莫度清秋吟蟋蟀，早闻黄阁画麒麟。
Don't pass all clear autumn to the singing of the crickets,
   you will soon hear that the Chancellery Director will have a portrait
in Unicorn Hall. （Owen，2016：135 卷 5）

这首诗是杜韶陪同杜鸿渐赴朝时杜甫所作，表达了对其美好的祝愿和期盼。这两句诗中包含了"麒麟阁"这一建筑物，"麒麟阁"在上文中已有介绍，译者使用替换法将其译为"Unicorn Hall"，考虑到目的语读者缺少对中国古文化和历史的了解，因此译者在文本外给出了注释："In recognition of his achievements。"（Owen，2016：135 卷 5）又如《奉贺阳城郡王太夫人恩命加邓国太夫人》一诗中：

> 可怜忠与孝，双美画骐驎。
>
> I am touched by how loyalty and filiality，both lovely things，
>
> will be painted in Unicorn Gallery. Where the portraits of meritorious officials are hung.（Owen，2016：359 卷 5）

这句诗对"麒麟阁"的翻译同样使用了替换法加注释法的翻译策略。

（十一）同一词语的不同的翻译策略

宇文所安在处理亭、台、楼、阁的翻译时运用了多种翻译策略，对同一建筑物的翻译也不止一种方法。下文则以"望云亭"和"剑阁"为例进行讨论。

1. 望云亭

在《赠翰林张四学士》一诗中有：

> 赋诗拾翠殿，佐酒望云亭。
>
> Writing poems in the Hall of Gathering King fisher Feathers，
>
> attending drinking bouts at the Pavilion for Gazing at Clouds.
>
> （Owen，2016：67 卷 1）

诗中对"望云亭"的翻译为"the Pavilion for Gazing at Clouds"，是为与上句中"拾翠殿"相对应，前后对应，突出此亭的用途，使用了译写法。

在《秦州见敕目薛三璩授司议郎毕四曜除监察与二子有故远喜迁官兼述索居凡三十韵》一诗中有：

> 焚香淑景殿，涨水望云亭。
>
> Burning incense in Pure Light，
>
> brimming waters at Cloud-gazing Pavilion.（Owen，2016：197 卷 2）

译者在此处对"望云亭"的翻译与上例不同，将其翻译为"Cloud-gazing Pavilion"，使用了直译法这一翻译策略。

2. 望乡台

"望乡台"与"望云亭"的翻译方法大体相同，以下两首诗分别使用了译写法与直译法翻译，此处不再做赘述。如在《送舍弟颖赴齐州三首》一诗中，译者使用了译写法：

江通一柱观，日落望乡台。

The river passes through to One Pillar Pavilion,

the sun sets on Gazing Homeward Terrace. （Owen，2016：21

卷4）

而在《诸将五首》一诗中，则采用了直译法：

正忆往时严仆射，共迎中使望乡台。

Now I recall how in times gone by with Vice-Director Yan,

together we welcomed the court envoy at the Terrace for Gazing

Home. （Owen，2016：237 卷4）

四 结语

本节选取宇文所安翻译的《杜甫诗》为对象，以古诗英译策略体系为理论支撑，研究译者在翻译亭、台、楼、阁时为补偿翻译损失而使用的翻译策略。纵观六卷译文可以得出以下结论：（1）译诗词语转换策略可以有效帮助译者弥补翻译损失，传达原文的文本信息、修辞手法、语言风格及思想文化，具有实用性；（2）译诗词语转换策略中包含的九项策略均有其适用的词语类型，其中音译法、直译法、概括法、提译法、替换法、节略法、译写法几项翻译策略最为常用；（3）诗歌内容、形式和语言的特殊性决定诗歌中词语的翻译往往不会只局限于一种策略，换言之，每项策略都不是通用的，译者在翻译过程中为做到信、达、雅，必须将每项策略联系起来，如结合使用多种策略等方法；（4）译者对同一个对象的翻译方式具有多样性的特点，译者选用何种翻译策略与上下文义、韵律与句式均有关系。

本节的研究对象为《杜甫诗》中的亭、台、楼、阁，而中国传统建筑分类众多，本节只选择了部分建筑物为研究对象，古诗中描写的城、寺、堡、轩、榭、廊、坊等其他类型的建筑的翻译有待进一步研究，为古诗英译词语转换策略提供范例支撑。

第四章　杜甫诗歌英译的多维研究

第一节　杜甫《石壕吏》翟译本的
翻译转换研究

一　引言

20 世纪 50 年代以来，用语言学方法进行翻译研究呈现出百花齐放的态势，翻译转换理论便是其中的奇葩。维奈（Vinay）和达贝尔内（Darbelnet）在他们合著的《英法比较文学体》中提出了词性转换、调节、仿造词语和借词等术语（Munday，2001：56—57）。"转换"概念的正式提出是在约翰·坎尼森·卡特福德（John C. Catford）1965 年出版的《翻译的语言学理论》一书中。卡特福德认为"转换"是指原语进入译语过程中离开形式的对应，其中形式对应被卡特福德定义为译语的任何范畴在译语的机体里所占的位置与原语范畴在原语的机体里所占的位置尽可能"相同"（卡特福德，1991：39）。显然，形式对应只是一种近似关系，在汉英两种差异巨大的语言之间尤其如此。继卡特福德之后，许多学者继续对翻译转移进行了研究，如波波维奇、鲁文·兹瓦特（Munday，2001：63）和后来的图里（Munday，2001：111—118），其中，鲁文·兹瓦特的模式虽然很详尽，但由于过于烦琐，可操作性并不强。而卡特福德的翻译转换理论相对简单明了，用于在句子及以下层面的详细分析，可操作性强，且国内已有学者研究该理论并用来分析具体的语料。根据笔者粗略统计，在中国知网上，专门探讨卡氏翻译转换的文献有 30 篇，如李德超（2005 年）对翻译转换理论的发展进行了综述，林铃（2009 年）详细地介绍了卡氏翻译转换理论并列举了具体的英译汉句子加以分析，郑淑明和曹慧（2011年）探讨了卡氏转换理论在科技英语汉译中的应用等。这些分析都证明卡氏的翻译转换理论适于分析英汉互译。

然而，纵观国内对卡氏翻译转换理论的研究，可以发现该理论还未被用于诗歌翻译这一体裁。诗歌是以形达意，也就是说，诗歌对于形式的要求极高，尤其是中国的古典诗歌。而卡氏的翻译转换理论以牺牲形式对等而着重强调意义和内容的传达，那么，它是否适合诗歌翻译的分析呢？本文特以一个个案研究来回答这一问题。这里笔者选取的是翟理斯所翻译的杜甫的《石壕吏》。一方面，杜甫诗歌在中国家喻户晓，可谓中国古诗的代表，《石壕吏》知名度高，影响力大；另一方面，翟理斯是英国著名的汉学家，对杜甫诗歌在英语国家的传播有着重要的贡献，这也是笔者为什么要选这首诗及其英译本的原因。

二　卡氏翻译转换理论简介

卡氏的翻译转换理论是在其著作《翻译的语言学理论》中的第十二章介绍的（卡特福德，1991：85—96）。转换理论分两种：层次转换和范畴转换。其中范畴转换又分为四种：结构转换、类别转换、单位转换和内部结构转换。

（一）层次转换：层次转换是指处于一种语言层次上的原语单位具有处于不同语言层次上的译语翻译等值成分。有四个语言层次：音位、字形、语法和词汇，其中音位和字形这两种语言层次之间是不可译的，且这两种语言层次与字形或是语法之间也是不可译的，因此层次转换只能发生在语法和词汇之间。

（二）范畴转换：范畴转换是指翻译过程中形式对应的脱离，具体包括四种转换方式。1. 结构转换：结构转换是汉英翻译之间最常见的转换，可以发生在所有等级上，具体表现为句子成分的增加或减少及句子中各成分顺序的改变，如英语的被动句变为汉语的主动句，否定句变为肯定句等。

2. 类别转换：韩礼德将类别定义为"根据其在相邻高一级单位

结构中的作用而划分的特定单位成分的组合"。于是当译语单位的翻译等值成分是一个与原语单位处于不同类别的成分时，便发生了类别转换。在这里，针对汉英这两种语言，笔者将其定义为词性的转换，只针对词，排除短语或词组，否则容易与单位转换混淆。

3. 单位转换：单位转换其实就是等级转换，即原语中某级上一个单位的翻译等值成分为译语不同等级上的单位这样一种形式对应的脱离。

4. 内部体系转换：当原语和译语具有形式上大致对应的结构，而翻译时需要在译语体系里选择一个非对应的术语时，即为内部体系转换。

三 翟译《石壕吏》的翻译转换分析

翟理斯在英译《石壕吏》时，为了方便英语国家的读者，他没有选择直译的方式，译文中的所有地名都被省略了。尤其值得注意的是，翟理斯为了向英语读者传达一种相似的诗歌的形式，做到了句句押韵，在形式上与杜甫诗歌原文有一定程度的相似性，他的译文能够与原诗句句对应，而卡特福德的翻译转换理论是用于分析句子及句子译下层面的，因此在这里选择翟理斯的译文比较便于分析。以前对卡特福德翻译转换应用的研究都是先列举两个英汉对照的句子，然后分析句子中所出现的转换，不直观，且所列举的例子都比较典型，不具有普遍性。笔者特将《石壕吏》全诗逐句进行分析，将五类翻译转换的分析结果归类，并以表格的形式加以呈现，如表4-1。

表4-1 《石壕吏》翻译转换逐句分析表

原诗	结构转换	类别转换	单位转换	内部体系转换	层次转换
1. 暮投石壕村，There, where at eve I sought a bed	原诗结构：状语+动补短语；译文结构："adjunct + subject + predicator + complement"	"There"对应石壕村，汉语的名字转换成了英语的副词	"暮"对应"at eve"，汉语的名词转换成了英语的短语。汉语中的动词"投"译成英语子句"I sought a bed"	无	无

续表

原诗	结构转换	类别转换	单位转换	内部体系转换	层次转换
2. 有吏夜捉人， A pressgang came, recruits to hunt	原诗结构：动宾短语套主谓短语的连动句；译文结构："subject + predicator + complement"，"捉人"变成了英语倒装句"recruits to hunt"	存现动词"有"被译文中动词"came"替代	无	无	无
3. 老翁逾墙走， Over the wall, the goodman sped	原诗结构：连动句；译文结构：倒装句，"adjunct + subject + predicator"	无	原诗中动词"逾墙"这个动词被翻译成了"over the wall"这样一个介词短语	无	无
4. 老妇出门看， And left his wife to bear the brunt	这句是意译，无法用翻译转换理论来分析				
5. 吏呼一何怒！ Ah me! The cruel serjeant's rage!	原句为连动句，译文结构："感叹句 + 名词短语"	原诗中"怒"为动词：愤怒，暴怒；译文中的"rage"为名词	原句中动词"呼"转换为译文中的感叹句"Ah me!"	无	无
6. 妇啼一何苦！ Ah me! How sadly she anon!	原句结构：主谓宾，译文为感叹句	原诗中"苦"是名词，在译文中变成副词"sadly"；原句的"妇"是名词，而译文中变成了代词"she"	原句中动词"啼"转换为译文中的感叹句"Ah me!"	无	无
7. 听妇前致词， Told all her story's mournful page	原句是兼语句，即动宾短语套上一个主谓短语，"听妇"为动宾短语，而"妇前致词"为主谓短语，译文是一个省略主语的动宾短语	原诗中"妇"转换成了译文中的"her"这样一个物主代词	原句中的"词"变成译文中的"story's mournful page"这样一个名词短语	无	无

续表

原诗	结构转换	类别转换	单位转换	内部体系转换	层次转换
8. 三男邺城戍， How three sons to the war had gone	原句是主语＋补语＋谓语的倒装句；译文结构："adjunct + subject + predicator"	无	原文中的"戍"是服役的意思，为动词，在译文中译为"to the war"这样一个短语	无	无
9. 一男附书至， How one had sent a line to say	原句：连动句；译文结构："adjunct + subject + complement"	无	原句中"一男"为偏正短语，译文中以代词"one"代替	无	无
10. 二男新战死 That two had been in battle slain	原文结构："主语＋状语＋谓语＋补语"；译文为上一句的从句部分，由"subject + predicator + complement"构成	无	"二男"则与上句中的"一男"一样，用代词"two"；原句中动词"战"被译文中短语"been in battle"代替	无	原句中的"新"被译文中的"had been"代替，即以英语语法过去完成时代替汉语的一个词
11. 存者且偷生， He, from the fight had run away	原句结构："主语＋状语＋谓语＋宾语"；译文结构："subject + complement + predicator"	无	原句中的"存者"为偏正短语，译文中以代词"he"替代	无	无
12. 死者长已矣！ But they could never come back again	原句结构："主语＋状语＋谓语"；译文结构："conjunction + sub-ject + predicator + complement"	无	原句中的偏正短语"死者"在译文中对应代词"they"；"已"为动词，在译文中用动词短语"never come back"替换	无	无

续表

原诗	结构转换	类别转换	单位转换	内部体系转换	层次转换
13. 室中更无人， She swore was all the family	这句也是完全的意译，无法用翻译转换理论来分析				
14. 惟有乳下孙， Except a grandson at the breast	原句为动宾结构，译文为一个介词短语	原句中"乳下孙"的"乳下"为前置形容词短语，而译文中"at the breast"在所修饰译文后，为后置副词短语	原句中"惟有"这一动词短语在译文中用介词"except"替代	无	无
15. 有孙母未去， His mother too was there, but she	原句是否定句，而在译文中变成了肯定句；原句前半部分为独立成分"有孙"，后半部分为主谓结构，译文仅仅只有一个主谓结构	无	无	无	无
16. 出入无完裙， Was all in rags and tatters drest	原句是否定句，译文是肯定语句	无	无	无	无
17. 老妪力虽衰， The crone with age was troubled sore	原句结构："偏正短语+谓语"；译文结构："主谓补结构"	无	原句中的形容词"老"在译文中变成了短语"with age"	无	无
18. 请从吏夜归， But for herself she'd not think twice	这句也是意译，无法用翻译转换理论分析				
19. 急应河阳役， To journey to the seat of war	原句为连动短语，译文为动词不定式	无	原文中的动词"役"在译文中被名词短语"the seat of war"代替	无	无

续表

原诗	结构转换	类别转换	单位转换	内部体系转换	层次转换
20. 犹得备晨炊， And help to cook the soldier's rice	原文结构："状语 + 谓语 + 宾语"；译文结构："conjunction + predicator + complement"	无	原句动词"备"在译文中被译为短语"help to cook"	无	无
21. 夜久语声绝， The night wore on and stopped her talk	原句结构："状语 + 主语 + 谓语"；译句为两个子句	无	原句中副词"久"在译句中变为动词短语"wore on"	无	无
22. 如闻泣幽咽， Then sobs upon my hearing fell...	原句为连动句；译句为部分倒装，其结构为："conjunction + subject + complement + predicator"	语句中的动词"泣""咽"被译为名词"sobs"	语句中的动词"闻"在译文中变成了动词短语"upon my hearing fell"	无	无
23. 天明登前途， At dawn when I set forth to walk，	原句为连动句；译句结构："adjunct + subject + predicator + complement"	无	原句中的子句"天明"在译句中变为短语"at dawn"	无	无
24. 独与老翁别！ Only the goodman cried farewell！	原句结构为"补语 + 谓语"；而译句结构为："subject + predicator + complement"	无	原句中的动词"别"在译句中变为短语"cried farewell"	无	无

为使上表内容更加清晰，特对各类转换进行分析。

（一）结构转换

从表 4 - 1 可以发现，全诗大部分诗行都有结构转换，这是因为英语与汉语两种语言体系之间的差异大，英语重形合，汉语重意合，在翻译时形式对应背离的情况当然也就数不胜数。而汉语重意合的特点在古典诗歌中更加明显，中国古诗形式简单明了，通常英语的一句话才能表达古诗中一个词的意思，再加上其中不乏倒装、省略和各种感叹词、语气词的运用，译者在翻译中国古诗时就更难做到形式对应。

通过分析《石壕吏》英译，笔者认为导致该诗英译中结构转换的原因主要有五个方面。

（1）原诗主语的省略，英译中主语的增补。在原诗中有 12 句没有主语，但读者一看便知其主语是什么，而英语的特点是主语突出，译文中有 6 处增补了主语：分别是第 1、13、16、18、23 句，其他没有增补主语的有的是承接上一句的主语，比如第 19、20 句，有的是将主语调换了，比如第 24 句，原句的主语应该是诗人本人，也就是"我"，而翟理斯在翻译时将其换成了"the goodman"。

（2）原诗中连动句的使用。这也是汉语不同于英语的一大特点，连动句即为连用的两个或两个以上的动词或动词短语共同陈述一个主语，而英语中一句最多只能有一个谓语动词。诗中的连动句有：第 2、3、5、9、19、22、23 句。

（3）原诗与译诗倒装结构的运用。虽然汉语和英语都有倒装句，但是汉语中倒装的使用比英语少，且其倒装的方式也不尽相同。在该诗中，原文出现倒装的为第 8 句，而译文中运用倒装的有：第 1、2、3、8、11、22 句。

（4）原诗与译诗中肯定和否定的使用。这也是汉英翻译中常见的结构转换类型。诗中第 15、16 句，汉语的否定句转换成了英语的肯定句。

（5）感叹句、感叹词的运用。这在诗歌中比较常见，尤其是在英文的诗歌中，诗人常用感叹形式来抒发感情。在该诗中有第 6、7 句，原诗的"一何"，译句中用了"Ah me!"。

以上仅是笔者通过分析《石壕吏》及其英译而归纳出的汉译英中结构转换出现的主要原因，并不能代表所有的汉英翻译，但也有一定的借鉴价值。如前所述，结构转换无非两种：句子成分的增加和句中成分顺序的变化。而这在汉英翻译中比比皆是。

（二）类别转换

首先解释一下在前文中类别转换里提出的将其定义为词性转换的原因。在分析这首诗时，笔者发现，卡氏的《翻译的语言学理论》一书中有一个关于类别转换的例子有些不妥："a medical student = un étudiant en médecine"，这里的"medical"的等值成分很显然是"en medicine"这样一个短语，因此将它归为单位转换似乎更为合适，而按照卡特福德所说，"medical"转换成了"medicine"这样一个名词，因此将其归为类别转换，这看似合理，但其实是很牵强的。因此笔者在分析《石壕吏》时，特别注意了这个问题。凡是出现短语的，笔者都将其归为单位转换，只有不同词类之间的转换才归为类别转换，也许这也是为什么在上表中类别转换比较少的原因。该诗中一共出现了7处类别转换，有一处是由于翟理斯为了方便英语读者将地名全部省略所导致的，即在第1句中，以副词"There"代替"石壕村"。

（三）单位转换

从表4-1中我们可以看出，单位转换也是比较多的，在全诗的24句中出现了18句，仅次于结构转换。这里笔者将汉译英中的单位转换分为两类：（1）汉语的下级层次转成英语的上级层次（汉语的单词转换成英语的短语或是句子，抑或是汉语的短语转换成英语的句子）；（2）汉语的上级层次转成在英语中的下级层次（汉语的句子转换成英语的短语或句子，抑或是汉语的短语转换成英语的单词）。

出现第一种类别转换的主要原因是在中国古典诗歌中，通常一个字就代表一个意思，即语义和语音是对应的，这个字可以作为动词、名词、副词等，通常情况下，英语要用短语、词组、甚至一句话来表达汉语一个字的意思，这时就出现了单位转换，在《石壕吏》及其英译中，第1、3、7、8、10、12、17、19、20、21、22、24，共有12处是这种情况。比如第一句：

暮投石壕村

There，where at eve I sought a bed

"暮"这一个字在这里是副词，作状语，而英语要用短语"at eve"才能表达；"投"仅一个字，表示"投宿"，而英语要用一个小句"I sought a bed"来表达。第二种单位转换相对来说比较少，有第9、10、11、12、14、23句，其中除了第14、23句，其他都是汉语的偏正短语转换为英语的代词，比如第9句中"一男"译为英语代词"one"。第23句是汉语的句子转换为英语的短语，这是因为汉语重意合的特点，没有特定的句法，两个词也能构成句子，比如第23句中的"天明"就是一个句子，而在英语中用短语"at dawn"就能表达了。单位转换在汉英翻译中出现的概率问题还有待以后继续通过语料库的方式验证。

（四）内部体系转换

从表4-1中我们可以看到内部体系转换没有出现，这也是由于汉英这两种语言巨大的差异性引起的，在两种语言之间很难找到相对应的体系，当然也有一个特例，比如英语的代词"you"和汉语代词"你""您""你们"之间的转换。

（五）层次转换

层次转换在汉英翻译中也很少见，而在诗歌中则更少，因为在汉英翻译中，可能出现的层次转换就是英语的时态用汉语的词汇代替，或是英语中的单复数以汉语的词汇来表示，而这在这种叙事诗中更少见，因为诗歌的字数本来就少，很少有诗人专门用词语表达过去、将来或是正在进行这样的时间状语。在表4-1中可以发现有一处层次转换，即第10句中"新"被译成了英语过去完成时"had been"。

四　结语

通过上述分析，笔者发现卡氏翻译转换理论在汉英诗歌翻译中是可行的，且结构转换出现的频率最高，几乎每句都有，其次是单位转换，在证实其可行性的同时，笔者也发现了一些问题。

第一，卡氏翻译转换理论只能运用于句子及以下层面，对于语篇、语用层面的转换束手无策。可是在翻译中我们通常会碰到许多完全意译的句子，比如在《石壕吏》这首诗的英译中第4、13、18句就是完全的意译，无法用卡氏翻译转换理论对其加以分析，因此有必要对该理论加以完善。

第二，类别转换与单位转换之间的界限有待进一步厘清。笔者在前面已经提到将词性的转换归为类别转换，而将其他不是在一个层面的转换归为单位转换，它们之间的联系与区别有待进一步厘清。

本节的研究由于语料仅限于杜甫《石壕吏》的翟译本，上述研究结论尚有待更多的语料和进一步的研究加以证实。

第二节　从翻译质量评估模式评宇文所安译《茅屋为秋风所破歌》

一　引言

进入 20 世纪后期，翻译理论研究突飞猛进，取得了巨大成就，其中朱莉安·豪斯（Julian House）的《翻译质量评估模式》（*A Model of Translation Quality Assessment*）及其修订本《翻译质量评估——修订的模式》（*Translation Quality Assessment：A Model Revisited*）（House，1997）两书在翻译评估领域具有重大影响。豪斯的这两本著作依据系统功能语言学理论，为我们提供了一套系统的翻译质量评估模式，使得翻译评估有据可依。

杜甫作为中国古代最伟大的诗人之一，对其诗歌的研究不计其数。但据笔者查询 CNKI，对于《茅屋为秋风所破歌》英译本的研究只有《曲解与误译——评宇文所安之英译〈茅屋为秋风所破歌〉》一篇，且是从读者反映论和功能对等方面来阐述的，并没有从语域角度进行分析。本节拟从豪斯的质量评估模式来分析评估宇文所安的《茅屋为秋风所破歌》英译本，希望能够丰富对杜甫诗歌翻译的研究。

本节首先对豪斯的翻译质量评估模式进行简介，接着将其模式运用到对宇文所安《茅屋为秋风所破歌》的英译分析中，从而对宇文所安的《茅屋为秋风所破歌》英译本做出评价。

二　朱莉安·豪斯的翻译质量评估模式简介

翻译质量评估的施行取决于对翻译质量的定义，对翻译质量的不同定义和认识导致对译文质量评价的大相径庭。不同的翻译观产生不同的翻译标准、不同的翻译策略和方法，也因此导致不同的翻译质量概念和不同的翻译评估方法（司显柱，2005）。

在豪斯看来，对等是两种语言之间意义的存留，在原文到译文的转换过程中，原文的语义、语用及语篇方面的意义得到了保留。基于此，豪斯把翻译定义为"翻译即用语义、语用等值的译文文本取代原文文本"（House，1997：30）。她将原文和译文从情景语境的角度，划分了八个可以操作的情景维度进行比较。而之后豪斯又提出了修订模式在系统功能语言学、语篇分析等理论基础上，从三个不同层面：语言/文本、语域和文类对原文和译文进行分析，从而确定文本的功能。其中的语域层面引用了韩礼德的语域三要素：语场、语旨和语式，并修改了原模式中的八个情景维度，保留在这三要素之中。其中语场是指主题内容和社会行为；语旨是指参与者的关系，其中包括社会角色关系，即作者、译者和读者在社会权利、社会立场、情感因素等方面的关系，也包括文本作者的时代、地理位置、社会地位及对文本内容的个人观点等；语式则是作者/译者与读者参与文本的渠道，如口语或书面语，以及参与程度，如对白、对话，等等。豪斯从三个层面去分析这些维度的方法体现在文本中的语言对应物上：词汇、句法及篇章，从而确立了文本的语域特征。如图4-1所示。

豪斯模式的应用大致可以分为四个步骤。首先，对原文进行语域、体裁的分析，得到一个关于文本功能的框架，包括概念功能和人际功能两个部分。其次，基于原文将译文和原文的文本功能框架进行比较分析，对出现的错误和不匹配进行说明。再次，归类文本为显性翻译或隐性翻译。显性翻译指原文本依赖于源语文化，在源语文化中享有独立的地位，其译文不易与原文对等，读者只能通过译文"窃阅"原文；隐性翻译指原文本不依赖于源语文化，在源语文化中不享有独立的地位，译文与原文在功能上对等，隐性翻译需要应用文化过

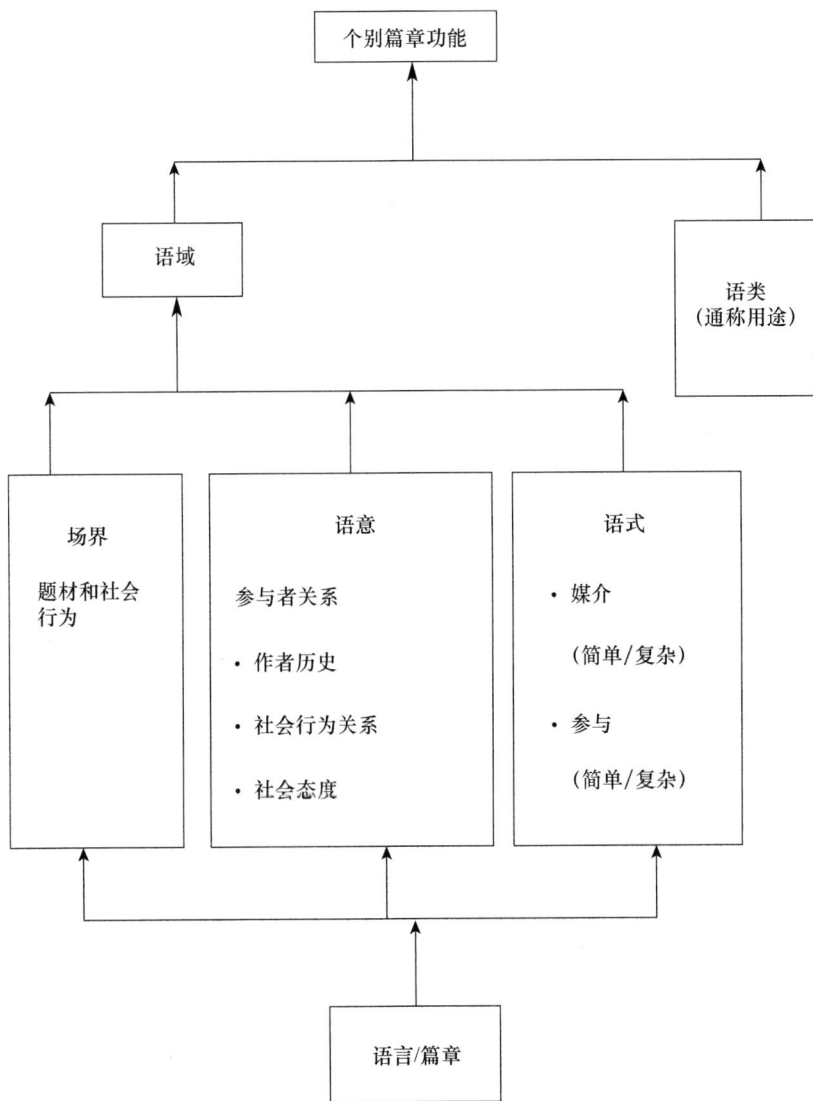

图 4 - 1　原文与译文对比分析图（芒迪，2007：130）

滤器来修正文化因素，以便让读者觉得译文就是原文（Baker，2004：199）。最后，则是陈述翻译的质量。

三　用质量评估模式分析评价《茅屋为秋风所破歌》英译文

（一）原文语篇的分析

1. 语场

语场是指正在进行的社会活动的本质，比如活动的场所、话题，文章的内容或者主题。从语篇类型来看，原文为诗歌，是杜甫旅居四川成都草堂期间创作的。诗中描述的是秋天时节，突然狂风大作，卷走了诗人茅屋上的茅草，而是夜又下起了倾盆大雨，诗人屋漏无干处，处于一种受寒受冻的窘境；而后诗人却笔锋一转希望能有万千广厦大庇天下寒士，体现了诗人忧国忧民的情怀。本诗主要分为两部分，一是叙事，记叙了诗人的茅屋为秋风所破、无法避雨的窘迫；二是抒情，抒发了诗人放宽视野、不抱怨自身淋雨受冻而希望天下贫寒之士皆能有遮风挡雨的地方的情怀。而原文作为一首诗歌，其主要功能是记述诗人身上发生的事情和抒发诗人的情感。

2. 语旨

语旨是参与者的关系，其中包括作者与读者在社会权利、社会立场、情感因素等方面的关系，也包括文本生产者的时代、地理位置、社会地位及对描述内容的个人看法。另外，还包含社会态度，分正式、协商和非正式三种风格（House，1997：108）。

首先，社会角色关系。《茅屋为秋风所破歌》中出现的人物有诗人、南村群童、娇儿、天下寒士。本来秋风卷走屋上茅草就使诗人发愁，结果南村群童却公然抱茅而去，而娇儿又睡姿不好，蹬破被子，这使得诗人的处境雪上加霜。而在此窘迫的情状下，诗人却不自哀自怨自己处境悲凉，反而为天下寒士考虑，愿自己能有大屋万千，为天下寒士提供庇护，而且若自己的愿望得以实现，诗人自己在破屋中受冻致死也心甘情愿。最后这部分为全诗的精华，将本诗从知识分子感时伤怀之作提升到忧国忧民的高度。诗中南村群童和娇儿是导致诗人处境愈显凄凉的重要原因，而天下寒士则是诗人关心的对象。

其次，作者的个人立场。《茅屋为秋风所破歌》写于公元761年，当时安史之乱还未平定，民不聊生。诗人由自身遭遇联想到战乱以来的万方多难，忧心天下人的命运，借此诗抒发了自己忧国忧民的情怀。

最后，这篇诗歌的社会态度是非正式的，诗中以描述诗人亲身经历和自己的思想过程的方式来达到抒情的目的。诗中语言朴实简练、明白易懂，并透出浓浓的乡村生活气息。

3. 语式

语式是作者和读者参与文本的渠道，即媒介，如口语或书面语；或参与程度，如独白、对话等（House，1997：108）。显然，原文属于书面语。

诗歌语言是在一般语言的基础上提炼而成的，比大众语言更精练、更生动和更富感染力，同时诗歌尤其是古代诗歌往往十分重视押韵和节奏，诗歌的美有很大一部分就体现在它的形式美，因而诗歌翻译一直是翻译的难点。《茅屋为秋风所破歌》属于古代文言诗歌，可以从句式、押韵、措辞三方面来考察其特点。（1）句式短小，有单独成句，也有两三个小句为一个完整句子的。（2）该诗并无贯穿全篇的韵脚，但是小节内部押尾韵。如第一节的"号""茅""郊""梢""坳"都押"ɑo"的音。其次还有"铁""裂"；"间""颜"；"屋""足"等押韵。（3）措辞方面，原诗主要采取直白易懂的简单句，作者意在通过叙事来抒情，所用都为浅显易懂同时又感染力十足的词汇。如"风怒号""老无力""忍""公然"等。

4. 原文体裁

原文的体裁是诗歌，诗中的叙事都是为抒情服务的，诗人作诗的目的主要是抒发情感。

（二）原文与译文的比较

1. 语场比较

总体来说，译文的选词都很恰当，将原文所要表达的信息都表现了出来，但也存在个别地方选词或表述与原文有出入，出现了概念意义或人际意义的偏离现象。在接下来的部分，本节将把这些偏离列出并分析。为使表述清晰明了，本节对《茅屋为秋风所破歌》的原文和宇文所安译文按行数进行了编号，其中原诗24行，译文47行。

茅屋为秋风所破歌

（1）八月秋高风怒号，（2）卷我屋上三重茅。

（3）茅飞渡江洒江郊，（4）高者挂罥长林梢，

（5）下者飘转沉塘坳。（6）南村群童欺我老无力，

（7）忍能对面为盗贼。（8）公然抱茅入竹去，

（9）唇焦口燥呼不得，（10）归来倚杖自叹息。

（11）俄顷风定云墨色，（12）秋天漠漠向昏黑。

（13）布衾多年冷似铁，（14）娇儿恶卧踏里裂。

（15）床头屋漏无干处，（16）雨脚如麻未断绝。

（17）自经丧乱少睡眠，（18）长夜沾湿何由彻！

（19）安得广厦千万间，（20）大庇天下寒士俱欢颜，

（21）风雨不动安如山！（22）呜呼！

（23）何时眼前突兀见此屋，（24）吾庐独破受冻死亦足！

My Thatched Roof is Ruined by the Autumn Wind（by Stephen Owen）

（1）In the high autumn skies of September（2）the wind cried out in rage,

（3）Tearing off in whirls from my rooftop（4）three plies of thatch.

（5）The thatch flew across the river,（6）was strewn on the floodplain,

（7）The high stalks tangled in tips（8）of tall forest trees,

（9）The low ones swirled in gusts across ground（10）and sank into mud puddles.

（11）The children from the village to the south（12）made a fool of me, impotent with age,

（13）Without compunction plundered what was mine（14）before my very eyes,

（15）Brazenly took armfuls of thatch, （16）ran off into the bamboo,

（17）And I screamed lips dry and throat raw, （18）but no use.

（19）Then I made my way home, learning on staff, （20）sighing to myself.

（21）A moment later the wind calmed down, （22）clouds turned dark as ink,

（23）The autumn sky rolling and overcast, （24）blacker towards sunset,

（25）And our cotton quilts were years old （26）and cold as iron,

（27）My little boy slept poorly, （28）kicked rips in them.

（29）Above the bed the roof leaked, （30）no place was dry, （31）And the raindrops ran down like strings,

（32）without a break. （33）I have lived through upheavals and ruin

（34）and have seldom slept very well, （35）But have no idea how I shall pass （36）this night of soaking.

（37）Oh, to own a mighty mansion （38）of a hundred thousand rooms,

（39）A great roof for the poorest gentlemen （40）of all this world,

（41）a place to make them smile, （42）A building unshaken by wind or rain,

（43）as solid as a mountain, （44）Oh, when shall I see before my eyes

（45）a towering roof such as this? （46）Then I'd accept the ruin of my own little hut

（47）and death by freezing.

"八月"（原诗 1 行）被宇文所安译为了"September"（译文 1 行），当然这是因为考虑到中国农历历法和公历的差别，但是农历八月并不一定是公历九月，因此此处出现了概念偏离；"下者飘转沉塘坳"（原诗第 5 行）中的"塘坳"指的是池塘和洼地，而译文中将其翻译成了"mud puddles"（译文第 10 行），只有洼地的意思，而没有池塘的意思，这可视为概念偏离；"欺我老无力"（原诗第 6 行）中的"欺"应该是欺负的意思，而译文中将其翻译为"made a fool of"（译文第 12 行），是愚弄、欺骗的意思，又是一处偏离；"忍能对面为盗贼"（原诗第 7 行）被翻译成"Without compunction plundered what was mine"（译文第 13 行），毫无羞愧地抢走了我的东西，并非完全忠实于原文的意义；"公然抱茅入竹去"（原诗第 8 行）被译为"Brazenly took armfuls of thatch，ran off into the bamboo"（译文第 15、16 行），原句只说顽童们抱着茅草走了，并没有提到每个人抱多少，而译者在翻译时增加了一个"armful"，双手合抱之量，与原文不符；"自经丧乱少睡眠"（原诗第 17 行）中的"少睡眠"被译为"have seldom slept very well"（译文第 34 行），原文说的是睡眠数量少，而译文说的是睡眠质量不好，出现了意义偏离。总结得出，译文与原文共有 6 处偏离（分别位于原诗第 1、5、6、7、8、17 行）。

2. 语旨比较

在社会关系方面，"娇儿恶卧踏里裂"（原诗第 14 行），这里诗人只说自己的孩子睡姿不好，但没有提到几个孩子，更没有提到是男孩女孩，而宇文所安在翻译时将其翻译为"My little boy"（译文第 27 行），既明确了孩子数量，又明确了孩子性别，与原文社会关系有偏离。而社会关系的其他方面则未发生改变。

在作者个人立场方面，译文完整地表达了诗人的情感，诗人深陷艰难困苦的境地，仍忧心时局和天下寒士命运的忧国忧民情怀，在译文中都被很好地表现出来了。例如"呜呼！何时眼前突兀见此屋，吾庐独破受冻死亦足"（原文第 22、23、24 行）被译为"Oh，when shall 1 see before my eyes a towering roof such as this？Then I'd accept the ruin of my own little hut and death by freezing"（译文第 44、45、46、47

行）。不过，该句抒发的情感强度略微有些降低，但还算不上偏离。

3. 语式比较

原文直白易懂的风格在译文中得到了很好的保留，译文也多是一些简单词汇。但是由于原诗创作于一千多年前，有一些词是古汉语独有的，而译文中个别词语的翻译没有体现年代的差异。如文中的第一人称有"我"，也有"吾"，但译者都将其翻译成"I"，可视为一种偏离。

原文中一共有 24 个小句，但译文却有 35 个小句，说明译者对一些句子进行了拆译。例如"南村群童欺我老无力"被译为"The children from the village to the south made a fool of me, impotent with age"。但在翻译中，由于不同语言的本质差别，这种句法结构的差异往往不视为偏离。

在押韵方面，译文实现了部分押韵，如"September""river"、"tips""trees"、"mine""eyes"、"staff""myself"等，虽然没有做到完全押韵，但考虑到英汉两种语言的巨大差异，做到这般对于译文来说已属不易。

4. 体裁比较

译文保留了原文诗歌的体裁形式，译者将古汉语诗译为英文诗，既保留了诗中的信息，又保留了诗歌的形式，甚至实现了一些押韵，这对于汉英诗歌翻译而言已经颇为出色。

（三）译文文本的归类

由于原文本《茅屋为秋风所破歌》依赖于源语——汉语文化，在源语文化中享有独立的地位，这篇译文应该归类于显性翻译。杜甫被称为"诗圣"，是中国最伟大的诗人之一，且这篇《茅屋为秋风所破歌》是其代表作之一，宇文所安在翻译过程中也追求尽量贴近原文的风格和思想。当然，译者在翻译过程中也采取了一些"文化过滤"手段，即将明显不是目的语文化中的事物用目的语文化中的事物来代替，例如作者用"gentlemen"来代表中国文化中的"士"，其实两者的意义并不相同，但为了让译入语读者理解，这样翻译也是可以接受的。

（四）对译文质量的评价

翻译虽然以语篇为活动平台，但翻译实践却是整体语篇的有机组成部分，即在小句、句群上进行。这种微观小句层面的操作实际上是微观与宏观相结合，因为对具体小句的翻译是建立在对其所处语篇的整体把握基础之上的。因此，要对译文的质量做出科学、全面的评价，除了要对译文里的小句一一分析，以找出与原文偏离的所有例子外，还必须自上而下地从整体语篇的高度，对前述微观小句层面的意义偏离予以审视（司显柱，2005：64）。要追求译文与原文在概念意义和人际意义上的整体对等，有些偏离是合理的；而由于英汉两种语言的本质差异，一些偏离又是不可避免的，因而在对译文进行质量评估时就必须剔除这些"假偏离"。在上文分析出的 6 处偏离中，有一些偏离是可以剔除的。

"忍能对面为盗贼"（原诗第 7 行）被翻译成 "without compunction plundered what was mine"（译文第 13 行），如果字斟句酌的话，其意义并非完全对等，但是从整体来看原文和译文意义相同，诗人说那些小孩"为盗贼"就是指他们抢走了自己的茅草，与 "plundered what was mine" 意义一致，因此此处的偏离现象可以忽略。"自经丧乱少睡眠"（原诗第 17 行）中的"少睡眠"被译为 "have seldom slept very well"（译文第 34 行），此处诗人讲到自己由于国家动乱而"少睡眠"，自然是因为忧国忧民而夜不能寐，睡不好，而并非没有时间睡觉，译者此处将此点明晰化，更能表现诗人心忧国家无法安眠的情绪，因此此处偏离也可以忽略。再者，译文中将"我"和"吾"都译为"I"是不得已而为之的，古代汉语中"我"和"吾"可以同时使用，而英语中却没有同时表示第一人称单数的两个代词，此处这样译也无可厚非，因而这里的偏离也可以忽略。在原先分析得出的 8 处偏离中去掉这 3 处，剩下 5 处。因此，宇文所安的《茅屋为秋风所破歌》译文一共有 5 处偏离。

从以上分析来看，译文在总体上实现了与原文概念功能和人际功能的一致。有一些不匹配对译文总体质量没有造成较大影响。最后统计出来的 5 处偏离，其中语场方面有 4 处，语旨方面有 1 处，这些不匹配并没有影响诗歌整体意义和情感的表达。因此，通过豪斯"翻译质量评估模式"对《茅屋为秋风所破歌》宇文所安译本进行分析评估，得出的结论是：该译文质量当属上乘。

四 小结

豪斯的翻译质量评估模式为我们对译文进行质量评估提供了一个完整的体系。在该理论的指导下，本文对宇文所安英译杜甫《茅屋为秋风所破歌》译文进行了分析和评估，得出的结论是：该译文和原文相比存在几处意义上的偏离，但这并不影响译文传达作者的情感，实现诗歌表情的目的。总体来说，宇文所安的译文质量较优。同时，本节利用豪斯翻译质量评估模式对《茅屋为秋风所破歌》英译本进行实证分析，可以丰富对该模式的认识，鼓励将该模式系统运用到翻译批评中。

第三节 贝尔曼理论下《兵车行》
两译本对比分析

一 引言

唐朝著名诗人杜甫以其精湛的诗艺备受推崇，被世人尊为"诗圣"。杜甫的诗歌在中国古典诗歌中的影响非常深远，有"诗史"之称。《兵车行》这首诗则鲜明地体现了其诗歌被称为"诗史"的特征。《兵车行》用诗歌的艺术形象反映历史现实，表达了诗人的是非见解和爱憎分明之情。这首诗千百年来不仅深受中国读者的喜爱，也受到了许多汉学家和翻译家的青睐，并被译成多个版本传播到世界各地。

诗歌的翻译相对于其他体裁的翻译来说，难度较大，"诗歌是翻译中失去的东西"（许渊冲，2003：110—111），因此，译者在翻译诗歌的过程中往往会遇到一些关于翻译策略或翻译方法的问题。在选择翻译原则或翻译策略时，很多情况下，译者会选择归化的策略，采用意译的翻译方法（Venuti，1995：20），忽略外来词的"异"，尽可能让读者安居不动而引导作者去接近读者（Schleiermacher 1813/1992：42）。这种归化译文实质上是"根据种族中心主义思想，迫使外语文本符合目的语文化的价值观"（Venuti，1995：20）。受到自身文化和语言影响，这样的翻译将原文以透明、流畅和隐形的方式直接转化成通俗易懂的译文，使译文的异质性成分减少到最少。这样，读者可以清晰明了地理解诗的内涵，但不可否认，这种做法其实阻碍了世界各国各地区文化的交流。面对"顺化"（naturalization）的翻译［即韦努蒂（Venuti）提出的"归化"］，贝尔曼（Berman）感到十分痛心，"翻译行动恰当的伦理目标是原原本本地接受异质性"（Berman，1985/2000：286）。他大力提倡异化的翻译策略，要求保持文化的异域特征，认为采用归化策略的译者在翻译过程中存在 12 种变形倾向，只有对译者的工作进行精神分析式的解析，使得译者知道这些倾向，才能消除这些力量。

本节通过运用贝尔曼的变形倾向对杜甫《兵车行》的两个英译文本进行对比分析，试图去验证这两个译本是否凸显了贝尔曼的变形倾向，并试图证实采用直译的翻译手段是如何禁得住"异"的考验，突出源语文本的异域身份，避免受译语文化意识形态的主宰的。笔者认为正是这种另类的异域文化姿态使异化翻译能够彰显原文的语言和文化差异，发挥文化重构的作用，帮助目的语受众更好地理解《兵车行》这首诗和其具体背景下的中国文化，让那些偏离"本族中心主义"的译文得到认可，从而能使译者在文化交流的历史上能够更好地发挥自己的作用。

二　贝尔曼的否定分析与肯定分析

安托瓦纳·贝尔曼（Antoine Berman，1942—1991 年）是法国著名的理论家、历史学家、翻译实践家，还是拉美文学及德国哲学的翻译家，通常被认为是第一位翻译伦理的代言人，他以其一贯的哲学立场而闻名译学界。1981 年，他正式提出"翻译伦理"一词，强调翻译伦理需要思考主体间的互有责任关系（the Responsibilities of Intersubjectivity），呼吁尊重译者的权利。贝尔曼主张摒弃翻译中的种族中心主义，反对通过变形、改编等方式对译本进行"本土化"（Naturalization），所以他提倡异化翻译和通过直译的翻译策略来实现异化翻译，保持文化的异域特征，并指出了译者在翻译活动中的 12 种变形倾向，以此来提示译者在当今社会中充当的重要角色。贝尔曼的主要理论代表作《异的考验：德国浪漫主义时期的文化与翻译》（1984年）对美国翻译理论家劳伦斯·韦努蒂也有很大的影响，正是韦努蒂于2000年把贝尔曼的论文《翻译及对异的考验》翻译到英语世界，使之在英语译界广为人知。

（一）否定分析

主张以目的语文化为归宿的"归化派"提出译文不仅要克服语言的障碍，还要克服文化的障碍，而译者的责任之一就是避免文化冲突。韦努蒂（Venuti，1995年）认为，对归化这种遵守目标语言文化的主流价值观，公然对原文采用同化手段，从而导致译者在翻译中采用透明、流畅的风格来最大限度地淡化原文的陌生感的翻译策略，使译文看起来根本不是译文。因而他大力倡导异化翻译，主张翻译在一定程度上保留原文的异域性（Foreignness），在译文中保留源语文化，才能真正地让译者"显形"，使读者意识到自己阅读的是一部来自外国文化作品的译本。

其实韦努蒂的这些思考与讨论在很早之前就引起了已故的法国著名理论家贝尔曼的注意。他在《异的考验》中就曾表示出对"顺化"的翻译策略来排解翻译中的异质性趋势感到非常遗憾，为人们拓展了翻译研究的视角。在这部著作中，他以德国一些著名文学家，如歌德等的翻译实践活动及对翻译的思考为例，考察了文学翻译对促进世界各民族文化所作的贡献，并就文学翻译的任务、性质、方法做了较为深入的探讨。同时贝尔曼还在译文批评领域进行了积极的探索，他认为对译文的分析与比较决不能只限于文体的比较，而应该涉及作者、译者、读者、文化背景等各个方面。贝尔曼（Berman，1985/2000：286）认为译文中通常有一个"文本变形系统"，阻止异质性的通过。他把这种对变形形式的分析称作"否定分析"（Negative Analytic）。否定分析关心的是种族中心（Ethnocentric）主义和兼并主义（Annexatimist）的翻译，以及超文本（Hypertextual）翻译（混合、模仿、改编及自由写作）。在这样的翻译中，变形力量被毫无节制地运用。在他看来，译者自然不可避免地要接受民族中心主义力量的影响，因为这些力量决定了"翻译的欲望"与译文的形式。因此，为了探索这些力量对译者翻译过程中造成的巨大影响，让译者能够清楚地了解这些力量并征服这些力量，贝尔曼将这种力量以 12 种"变形倾向"的形式归纳总结出来，旨在提示译者在翻译的过程中减少变化的倾向。

（二）12 种"变形倾向"

贝尔曼提出的 12 种"变形倾向"可以按词汇单位和语篇单位大致分为两类（芒迪，2007：212—214；姜丽娟，2010；严绚叶，2012）。从词汇单位来看，有质的弱化、量的弱化、内在意指网络的破坏、方言网络或异国情调的破坏、短语及习语的破坏。从语言篇章的角度来看，有澄清、扩展、理性化、高贵化、原文节奏的破坏、语言结构的破坏及语言叠加的抹杀等。

1. 质的弱化：用"声音不洪亮，或相应地缺乏'意指'或'像似'特征"的目的语对等词，去替换原词或表达法。贝尔曼所说的"像似"或"像似性"，指的是形式和声音与意义有某种联系的词汇量的弱化。量的弱化：翻译中词汇变化的丧失。内在意指网络的破坏：译者需要意识到整个文本中形成的词汇网络，这些词汇单独来看可能并不重要，但它们为文本增添了一种内在的统一性和意义。方言网络或异国情调的破坏：本土语言从本质上来说相比于文明语言更加自然、更加形象，对于方言的抹杀是文本的极大损害；按照人们对于方言的某些固定的理解，来对它进行强调异国情调化也可能通过用当地的语言来译外国口语以达到通俗易懂的目的，这也是对原文的破坏。短语及习语的破坏：贝尔曼认为，用目的语"等值词"替换习语或谚语的做法，是"民族中心主义"的。玩弄"等值词"是对外语文本话语的侵袭。

2. 澄清：包括明晰化，这种倾向"致力于把原文中不愿意说清楚的事情说清楚"。扩展：贝尔曼认为，译文常常比原文长，这种现象可归因于扰乱节奏的"空洞的"明晰化、超额翻译及扁平化；这些添加的成分唯一的作用是降低了作品"声音"的清晰度。理性化：主要影响句法结构，包括标点、句子结构和语序，还包括理性化的抽象性、用名词形式翻译动词，以及概括的倾向。高贵化：指有些译者改进原文，以更优美的风格加以重写的倾向；在贝尔曼看来，这样做的结果是，原文的口头语言和无形的复逻辑消失了；同样具有破坏效果的是，原文译文因为用通俗语言而过于"受欢迎"。原文节奏的破坏：指遭词序和标点的变形破坏。因为小说是成篇推进的，所以对于小说翻译来说，破坏其原有的节奏还是很难的。但是相比之下，诗歌和话剧就更加脆弱了。因为任何变形的翻译都很有可能极大地破坏原文的韵律。比如，对标点符号的任意修改。语言结构的破坏：原文在句子构建和结构方面可能是有系统的，译文却倾向于"非系统"；译者可能会采取一系列的技巧，如理性化、澄清和扩展等，虽然使译文语言上更同质化，但也使其更加"不连贯"，因为原文的系统性被破坏了。语言叠加的抹杀：文本中共存两种或两种以上的共同语，语言的重叠会受到翻译的挑战。原文中本土语言和共同语之间，潜在语言和表层语言之间存在的张力与融合的关系经常会被消除。

（三）肯定分析

基于否定分析，贝尔曼提出了与之相抗衡的肯定分析，这是他提出的处理译文中异质性成分所需要的翻译类型，并将它叫作直译。贝尔曼所主张的翻译伦理就是尊重原作、尊重原作中的语言和文化差异，其翻译伦理目标就是通过对"他者"的传介来丰富自身，为达到以上目标所采取的翻译方法就是翻译文字或直译。他所倡导的"直译"的"直"与传统意义上的字对字翻译的直译不一样，这里的意思是紧贴文本的意思，翻译时在语言上下功夫，一方面恢复作品特定的意指过程（这种过程不局限于意义）；另一方面改造目的语（Berman，1985/2000：297）。

贝尔曼这种对译入语读者毫不妥协的态度也成就了他作为西方翻译史上"新直译主义"（New literalism）主要代表人物的地位。我们不妨把读者大致分为三大类：一类是受过良好教育的；一类是略能识字的；剩下一类是识字无几的。针对第一类读者，贝尔曼坚持认为要让译者不能向他们"屈服"，为他们翻译流畅通顺的译文，要保留译文原本的文化特征，对原文作者及目的语读者负责，让他们去接近作者，细心咀嚼译文，去理解原文国家中的异域色彩，将原文文化中的异质性展示出来。贝尔曼认为，唯其如此，才能实现其著名的"在译入语的语言和文化中，把'他者'当作'他者'来承认和接受"的伦理目标，进而实现对"自我"的丰富。（Berman，1985/2000）

三　基于贝尔曼理论对《兵车行》两译本的分析

（一）《兵车行》与《兵车行》的英译研究

《兵车行》是杜甫的名篇，为历代所推崇。这首诗讽世伤时，揭露了唐玄宗长期以来的穷兵黩武，连年征战，给人民造成了巨大的灾难，充满了非战色彩，具有深刻的思想内容，其艺术价值也很突出。诗的开头七句为第一段，刻画了军人家属送别儿子、丈夫出征的悲惨情景，描绘了一幅震人心弦的送别图。"道旁"十四句为第二段，通过设问，役人直诉从军后妇女代耕，农村萧条零落的境况。"长者"十四句为第三段，写征夫久不得息，连年征兵，百姓唯恐生男和青海战场尸骨遍野，令人不寒而栗的情况。全诗把唐王朝穷兵黩武的罪恶，揭露得尽致淋漓。诗寓情于叙事之中，在叙述中张弛有度，前后呼应，严谨缜密。

据笔者统计，《兵车行》这首诗的英译比较流行的有 7 个版本。国内主要是许渊冲翻译的 Song of the Conscripts，国外巴德、弗来彻、宾纳、哈特（Henry H. Hart）、艾思柯及欧文都对这首诗进行过完整的翻译（吕叔湘，2002；郝稷，2012）。而笔者在中国知网上发现，对于本诗英译的研究极少，只有一位作者从译者的诗性认知模式这个角度探讨过这首诗的翻译（张昕琼，2011）。鉴于中国知网上有关贝尔曼的理论研究也为数不多，笔者认为从贝尔曼理论角度分析《兵车行》这首诗能够为诗歌翻译，尤其是叙事诗的翻译研究提供一个新的视角，同时进一步丰富贝尔曼否定分析理论的具体主张，为译者的翻译活动提供新的思考。

（二）《兵车行》两译本分析

本节选取了弗莱彻和艾思柯翻译的版本。打算通过分析这两位译者采取的不同翻译策略，以贝尔曼的理论为基础，对比两译文，试图验证贝尔曼的 12 种"变形倾向"是否存在于翻译中，并进一步证实肯定分析在翻译中译者的显性体现，让读者接近作者，并经受"异"

的考验。笔者将以表格的形式呈现《兵车行》中贝尔曼 12 种变形的表现，以期给读者更直观鲜明的印象，如下表（见表 4 - 2）：

表 4 - 2　　　　《兵车行》原文及译本变形表现统计表

原诗及译文	质的弱化	量的弱化	内在意指网络的破坏	方言网络或异国情调的破坏	短语及习语的破坏	澄清	扩展	理性化	高贵化	原文节奏的破坏	语言结构的破坏	语言叠加的抹杀
1. 车辚辚，马萧萧，行人弓箭各在腰												
弗莱彻： Chariots rumble and roll; horses whinny and neigh. Footmen at their girdle bows and arrows display						√						
艾思柯： Lin! Lin! Chariots jangle; Hsiao! Hsiao! Horses snort; Men move forward; at his hip each wears arrows and bow												
2. 爷娘妻子走相送，尘埃不见咸阳桥												
弗莱彻： Fathers, mothers, wives, and children by them go—'Tis not the choking dust alone that strangles what they say	√								√			
艾思柯： Fathers, mothers, wives, children, all come out to say farewell; Dust in clouds: they cannot see the near-by Hsien Yang Bridge												

续表

原诗及译文	质的弱化	量的弱化	内在意指网络的破坏	方言网络或异国情调的破坏	短语及习语的破坏	澄清	扩展	理性化	高贵化	原文节奏的破坏	语言结构的破坏	语言叠加的抹杀
3. 牵衣顿足拦道哭，哭声直上干云霄												
弗莱彻： Their clothes they clutch; their feet they stamp; their crush blocks up the way, The sounds of weeping mount above the clouds that gloom the day							√		√			
艾思柯： They drag at the men's coats, fall beneath their feet, obstruct the road, weeping; Sound of weeping rises straight; divides the soft white clouds												
4. 道旁过者问行人，行人但云点行频												
弗莱彻： The passers-by inquire of them, "But where do you go?" They only say: "We're mustering—do not disturb us so."						√	√					
艾思柯： On the road, passers-by question the marching men; Marching men reply; ' Dots against our names; we are hurried away												

原诗及译文	质的弱化	量的弱化	内在意指网络的破坏	方言网络或异国情调的破坏	短语及习语的破坏	澄清	扩展	理性化	高贵化	原文节奏的破坏	语言结构的破坏	语言叠加的抹杀
5. 或从十五北防河，便至四十西营田												
弗莱彻： These, fifteen years and upwards, the Northern Pass defend; And still at forty years of age their service does not end	√						√			√		
艾思柯： Followers who are ten years and five, go North to guard the river; When they reach four tens, go West to dig encampment fields												
6. 去时里正与裹头，归来头白还戍边												
弗莱彻： All young they left their villages-just registered were they- The war they quitted sees again the same men worn and gray	√										√	
艾思柯： On leaving, Village Senior wraps a cloth about their head; On returning, their hair is white; they have continuously kept watch at frontiers												

续表

原诗及译文	质的弱化	量的弱化	内在意指网络的破坏	方言网络或异国情调的破坏	短语及习语的破坏	澄清	扩展	理性化	高贵化	原文节奏的破坏	语言结构的破坏	语言叠加的抹杀
7. 边庭流血成海水，武皇开边意未已												
弗莱彻： And all along the boundary their blood has made a sea. But never till the world is his, will Wu Huang happy be						√	√					
艾思柯： At frontier territories blood flows like waters of the sea; To open those frontiers is the unceasing desire of the Mili-tary Emperor	√											
8. 君不闻汉家山东二百州，千村万落生荆杞												
弗莱彻： Have you heard-in Shangtung there two hundred districts lie All overgrown with briar and weed and wasted utterly	√								√			
艾思柯： Does my Lord not hear? —the Han Clan have two hundred prefectures East of the Moun-tain; In a thousand hamlets, a myriad abodes, brambles, alders grow			√									

续表

原诗及译文	质的弱化	量的弱化	内在意指网络的破坏	方言网络或异国情调的破坏	短语及习语的破坏	澄清	扩展	理性化	高贵化	原文节奏的破坏	语言结构的破坏	语言叠加的抹杀
9. 纵有健妇把锄犁，禾生陇亩无东西。 10. 况复秦兵耐苦战，被驱不异犬与鸡 弗莱彻： The stouter women swing the hoe and guide the stubborn plough, The fields have lost their boundaries—the corn grows wildly now. And routed bands with hunger grim come down in disarray. To rob and rend and outrage them, and treat them as a prey	√						√					
艾思柯： Propriety is outrages; the stronger women grasp the hoe, the plough; Grain springs on dykes, in fields; divisions East and West are wiped out, Moreover, soldiers of Ch'in again endure hardships of battle; They submit to being driven on, as though they did not differ from dogs or fowls							√					
11. 长者虽有问，役夫敢伸恨 弗莱彻： Although the leaders question them, the soldiers' plaints resound									√			
艾思柯： Even if the elders ask questions, How dare conscript soldiers express resentment	√											

原诗及译文	质的弱化	量的弱化	内在意指网络的破坏	方言网络或异国情调的破坏	短语及习语的破坏	澄清	扩展	理性化	高贵化	原文节奏的破坏	语言结构的破坏	语言叠加的抹杀
12. 且如今年冬，未休关西卒。 13. 县官急索租，租税从何出？												
弗莱彻： And winter has not stopped the war upon the western bound. And war needs funds; the Magistrates for taxes press each day. The land tax and the duties—Ah! How shall these be found												
艾思柯： Thus it is in the winter of this very year: West of the Pass arming of soldiers does not cease. The Official of the Central District urgently seeks taxes in kind; Where shall they come from, rentals, taxes in kind						√	√					
14. 信知生男恶，反是生女好 15. 生女犹得嫁比邻，生男埋没随百草												
弗莱彻： In times like these stout sons to bear is sorrow and dismay. Far better girls—to marry to a home not far away. But sons! —are buried in the grass! —your Tsaidam's waste survey							√			√		

续表

原诗及译文	质的弱化	量的弱化	内在意指网络的破坏	方言网络或异国情调的破坏	短语及习语的破坏	澄清	扩展	理性化	高贵化	原文节奏的破坏	语言结构的破坏	语言叠加的抹杀
艾思柯： We must admit, giving birth to sons in bad; All is changed: giving birth to daughters is good. A daughter is born: we still can give her in marriage—keep her as a neighbor; A son is born: he is buried without rites among the one hundred grasses												
16. 君不见青海头，古来白骨无人收 17. 新鬼烦冤旧鬼哭，天阴雨湿声啾啾												
弗莱彻： The bones of those who fell before are bleaching on the plain. Their spirits weep our ghosts to hear lamenting all their pain. Beneath the gloomy sky there runs a wailing in the rain	√							√	√			
艾思柯： Does my Lord not see? -at the head of the Green Lake, White bones have lain since early ages, and none to gather them. New ghosts are perplexed at wanton ill-usage; old ghosts cry; Dark sky, wetting rain; sound of their cries-chiu! chiu			√									

表4－2将《兵车行》这首诗分成17个分句，并对弗莱彻和艾思柯的两个英译版本进行逐句分析。从表中我们可以归纳出以下三点。

1. 弗莱彻和艾思柯在翻译这首诗时都或多或少地发生了变形。具体来看，第17句诗中弗莱彻在第15句诗中发生了不同的变形倾向；而艾思柯则在6处发生了不同的变形倾向，其中两处是由于对"君"理解错误造成的同一种变形倾向。因此可以看出弗莱彻和艾思柯在翻译这首诗时有着不同的翻译策略，弗莱彻重于接近读者，让读者更好地理解作品，而艾思柯则倾向于直译，保持原诗的"异"。

2. 从表4－2中，可以直观地看到贝尔曼理论的12种变形倾向在这首诗中的具体表现：扩展有8处，质的弱化有7处，澄清有4处，高贵化有3处，理性化有3处，内在意指网络的破坏有2处，原文节奏的破坏有2处，量的弱化有1处，以及语言结构的破坏有1处。由此可见，在诗歌翻译中，首先，由于题材的特殊性，译者往往倾向于将诗歌解释清楚便于读者理解，从而易产生扩展、质的弱化和澄清这三种变形倾向。其次，由于文化背景以及母语的差异，两位学者在翻译《兵车行》时缺乏一定的时代背景知识和语言知识，有些细节翻译错误或是省略不译，从而产生了量的弱化和内在意指网络的破坏等变形倾向。再者，如前文所说，诗歌区别于其他文学作品最大的特点在于其特殊的文体结构，因而译者在翻译诗歌时很容易产生改变诗歌结构的倾向，并试图让译文还原诗歌的意境或音响效果，从而产生了高贵化、语言结构的破坏和原文节奏的破坏等变形倾向。

3. 仔细比较弗莱彻和艾思柯的译文，我们仍然不难发现二者在第7、8、9、11句诗和第16句诗中都发生了变形，其中第9句诗二者都发生了扩展的变形。因而，可以推测译者在理解中国古汉语文字时存在着偏差，具体表现在称谓"武皇""长者"、地名"山东"及特殊词汇"君"的用法。

以上笔者主要对这首诗的英译变形倾向做了一个系统的描述，接下来我们看几个具体的实例。

例1. "车辚辚，马萧萧，行人弓箭各在腰。"（英译见表4－2中第1句）

原诗开篇描写了战车铃响，战马嘶鸣，远征的壮丁正将背着弓箭赴战场的悲凉情景。对于诗中"行人"二字的翻译，弗莱彻将其翻译成"Footmen"（步兵），而艾思柯就是直接翻译成"Men move forward"（前行的人）。相对于艾思柯的翻译，弗莱彻清楚地表明了原诗中行人的身份。在原诗中本来含糊隐晦的"行人"在译文文本中译者却极力明晰化，把原文不希望明确的意义明确，从而表现出了贝尔曼提到的"澄清"倾向。而艾思柯则采取直译的方式将原诗中的拟声词"辚辚"和"萧萧"用"Lin! Lin!"和"Hsiao! Hsiao!"表现，更有音响效果，增加了文字的感染力，而"行人"用"Men move forward"翻译出来，贴近原诗的意蕴，并保留了原诗的异域风格。

例2. "爷娘妻子走相送，尘埃不见咸阳桥。"（英译见表4 - 2中第2句）

这句诗主要描绘了一幅震人心弦的送别图，诗中"尘埃不见咸阳桥"展现了马车扬起的灰尘遮天蔽日的情景。弗莱彻将这句诗翻译成"Tis not the choking dust alone that strangles what they say"（不仅仅是尘埃呛进喉咙，让他们说不出话来），译者想要表达的不仅仅是尘埃，还有难舍的离别的心情让这些妻儿父母一度哽咽，难说分别。一个简单的句子中弗莱彻不仅使用了双关的手法，还给读者留下想象的空间，表面上显得文章更加高雅，更有风采，却对原诗造成了改写。译者摒弃了原诗作者朴素简单的表达方式，而选择用更富文学色彩的语句来进行翻译，牺牲了原文的风格，产生了高贵化的变形。同时，我们也可以看到，译者可能对"咸阳桥"缺乏背景了解，如果译出来可能无法给外国读者传达任何地理位置的信息，所以采取了浅化的手法，以另一种表达方式传达原诗的意思，也凸显出了贝尔曼的质的弱化的变形倾向。而艾思柯的译文，不仅保留了原诗固有的结构，同时也传达出了原诗中尘埃遮掩了人们的视线，模糊了"咸阳桥"的意味。"Hsien Yang Bridge"保留了浓烈的中国风味的文化意象，译者尽量传递了中国古典文化中"不可磨灭"的部分（钱进2010：4）。

例3. "或从十五北防河，便至四十西营田。"（英译见表4 -2中第5句）

这句诗主要描写了出征的壮士将所有的青春都耗费到驻守边疆和

无尽的战争中，诗人借用汉乐府常用的对话形式，将武皇开边以来人民饱受的征战之苦集中在一个老兵身上，设为"道旁过者"与他的回答之词，概括了从关中到山东，从边庭到内地，从士卒到农夫，广大人民深受兵赋徭役之害的历史和现实。诗中有明显的韵律结构，如表示时间的转换"十五"到"四十"，也有表示方位的"北"到"西"，还有表示身份的"士兵"到"农夫"。弗莱彻在翻译这句诗的时候改变了原诗的这种对应转换，将第二句翻译为"And still at forty years of age their service does not end"表达了壮士服务祖国的生涯无止境。这种译法虽然表现出了原诗中潜在的意义，但是破坏了原文节奏，产生了原文节奏的破坏的变形倾向。而艾思柯的译文则可以明显地感受到时间方位和身份的一系列转变，比较贴近原诗表达的意境，可以让读者细心咀嚼译文，更好地接近作者。

例4. "君不见青海头，古来白骨无人收。新鬼烦冤旧鬼哭，天阴雨湿声啾啾！"（英译见表4-2中第16、17句）

诗的最后两句以鬼哭呼应开篇的人哭，悲惨的场面、寂冷阴森的情景令人不寒而栗。诗中的"青海头"，即青海边，因唐朝在数十年间和吐蕃的战争大都在这一带发生，唐军死亡很多，故作为"鬼哭"的场所。弗莱彻在翻译的时候没有将"青海头"翻译出来，造成了词汇的缺失，呈现了质的弱化的变形倾向。这一倾向同时也表现在"无人收"这一词汇上。但诗人在上一句的"生男埋没随百草"的英译中"But sons！-are buried in the grass！-your Tsaidam's waste survey！"提到了"Tsaidam's waste survey"，笔者认为译者是为了使韵脚"plain，pain，rain"保持一致，不惜改变诗的原意，将"青海头"和"无人收"的信息在上一句中译出，从而破坏了原文的节奏。相比较，艾思柯尽管没有像弗莱彻翻译的那样押韵，音美上略显逊色，但能从这样直观的翻译中很清晰地看见白骨嶙峋、阴森可怕的场景。此外，弗莱彻并没有将"君"译出来，而艾思柯译为"Your lord"却是对"君"的意思产生了误解。原诗作者并没有说清使用"君"这个词的原因，但可以从整首诗看出来这里的"君"并不是儿子，也不是皇帝，实则是指前文的"道旁过者"。由此可以看出译者在翻译的时候产生了质的弱化、高贵化、原文节奏的破坏和内在意指网络的破坏的变形倾向。

四 小结

本节基于贝尔曼的否定分析理论提出的 12 种变形倾向，探讨了弗莱彻和艾思柯翻译的《兵车行》的两个英译版本，采用例句分析的方法，验证了这两个翻译版本中是否存在变形现象。根据以上四个典型例句，文章得出弗莱彻的翻译中明显存在着澄清、高贵化、质的弱化、原文节奏的破坏、扩展和内在意指网络的破坏等变形倾向，而艾思柯的翻译大体经受了"异"的考验，采取直译的翻译手段将原诗的风格、结构及异域特色保留下来。另外本节专门选择了两个均为外国人的翻译的版本，也进一步说明了贝尔曼的变形倾向思想不仅仅存在于源语言的译者中——他们基于本族文化中心，忽视外来的"异"而采用归化的策略来维护民族地位和文化——同样也会存在于目标语的译者中。而贝尔曼的翻译变形理论的目的就是提醒译者们翻译时切记"存异"，不要仅仅为了让译文读者更易于理解而单方面去"求同"，更要尽可能地反映源语文化内涵，尊重源语表达方式，同时尽量尊重原作者希望表达的意思及采用的语序和句子结构。

第四节　杜甫诗歌英译副文本研究

一　副文本及其研究

翻译研究的对象和素材日益多元化，例如除了对翻译的文本本身的研究之外，还包括翻译研究的外部资料如翻译评论、书信、广告、访谈、日记、公开演讲等。而在翻译的文本本身（可称为"纯文本"）和翻译研究的外部资料中间，还存在第三种类型的资料，即副文本。"副文本"的概念，原是法国文论家杰拉德·热奈特于 20 世纪 70 年代提出的，指的是"在正文本和读者之间起着协调作用的、用于展示作品的一切言语和非言语的材料"［the verbal or other materials（prefaces，postfaces，titles，dedications，illustrations）and a number of other in-between phenomena that mediate between the text and the reader and serve to "present" the work］（Genette，1997：1）。热奈特还对副文本进行了进一步的分类，包括两大次类型副文本：（1）边缘或书内副文本（Peritext）；（2）后或外副文本（Epitext）。前者包括诸如作者姓名、书名（标题）、次标题、出版信息（如出版社、版次、出版时间等）、前言、后记、致谢甚至扉页上的献词等；后者则包括外在于整书成品的、由作者与出版者为读者提供的关于该书的相关信息。如作者针对该书进行的访谈，或由作者本人提供的日记等（Genette，1997：5）。本书所探讨的副文本主要是指边缘或书内副文本类型（Peritext），包括序跋、封面、标题、献词、插图、注释等。

副文本相对于文本而言，用中国古代文学的术语来表达，就是文本本身叫作"白文本"（Pure or Blank Text），其后增加的部分大多数是副文本。

二　杜甫诗歌英译的副文本研究

（一）杜甫诗歌译本及语料选择

据不完全统计，仅国外译者翻译的汉诗选译本中的杜甫诗歌、杜甫诗歌专集及与其他著名诗人的合集至少已有 70 余种。[①] 这 70 余种译作可以分为三种类型：一是杜甫诗歌英译的独立译本；二是杜甫与其他诗人的合集；三是收于诗文集中的杜甫诗歌。由于第三类种类庞杂（如 Anthology，Companion 等），收录的杜甫诗歌数量不一，不便分析，因此本书的语料将选择前两类，共计 15 种，其中杜甫诗歌独立译本 12 种，与其他诗人的合集 4 种（见表 4 - 3）。

---

① 本节研究的语料只涉及在国外出版以及国外译者翻译、在国内出版的汉诗英译选集和杜甫诗歌专集，所以这里的数据没有包含国内译者在国内出版的译著，如吴钧陶的《杜甫诗英译一百五十首》（陕西人民出版社 1985 年版），许渊冲的《杜甫诗选》（河北人民出版社 2006 年版）等，更没包括国内数量巨大的汉诗选译本（如已有若干英译本的《唐诗三百首》）。

（二）杜甫诗歌英译副文本分析

本书的研究将集中于边缘或书内副文本（Peritext），后或外副文本（Epitext）将另文讨论。依据前人的研究，书内副文本主要包含以下类别：封面（cover，表4－3中标为1）、版权页（title page，表4－3中标为2）、译者署名（name of the author，表4－3中标为3）、标题（titles，表4－3中标为4）、献辞、题词（dedications and inscriptions，表4－3中标为5）、前言（译者前言、他人前言）（original prefaces, other prefaces or introduction，表4－3中标为6）、内标题（interlinear titles，表4－3中标为7）、注释（notes，表4－3中标为8）、插图（illustrations，表4－3中标为9）、生平简介（biography 表4－3中标为10）、参考书目（bibliography，表4－3中标为11）、索引（index，表4－3中标为12）等。杜甫诗歌译本的副文本情况如下（见表4－3）：

表4－3　　　　　　　　杜甫诗歌译本中副文本要素统计表

Tr. item	1	2	3	4	5	6	7	8	9	10	11	12
Underwood	√	√	√	√	√	√	√	√	√	√		
Ayscough（1929）	√	√	√	√	√	√	√	√	√	√	√	√
Ayscough（1934）	√	√	√	√	√	√	√	√				√
Rewi Alley	√	√	√	√		√	√					
David Hawks	√	√	√	√		√	√	√				√
吴钧陶	√	√	√	√		√	√	√	√			
Sam Hamill	√	√	√	√		√	√	√				
David Hinton	√	√	√	√		√	√	√		√	√	√
Burton Watson（library of Ch. Classics）	√	√	√	√		√	√	√				
许渊冲	√	√	√	√		√	√					
David Young（2008）	√	√	√	√		√	√	√			√	
Arthur Cooper	√	√	√	√		√	√			√	√	√
J. P. Seaton	√	√	√	√		√	√					
David Young（1990）	√	√	√	√		√	√			√		
Vikram Seth	√	√	√	√	√	√	√	√				

上表是对 15 种文本所有副文本要素的统计，由于有些要素特点不明或只是格式的要求（如版权页、译者署名），所以本书不做分析。下面对其他主要要素的特点进行探讨。

1. 封面（cover）

阅读时往往读者首先接触封面，因此能对读者产生较大的影响。杜甫诗歌英译文本中，在封面上一个最大的特点是着意突出中国古典元素，如库柏的封面是唐代仕女图，而艾黎的封面则是一艘漂泊的小船。前者突出了古代（尤其是唐代）的概念，后者则强调 "Tu FU, Guest of Lakes and Rivers"（Ayscough，1934 副标题）。色顿（J. P. Seaton）的封面有汉字，特色鲜明。

2. 标题（titles）

在标题页中，比较有特色的是艾思柯（1929）（见图 4 - 2），色斯（Vikram Seth）两种（见图 4 - 3）。艾思柯（1929），书的标题比较长，比较细。色斯的标题有汉字，突出了汉语元素，给读者以强烈的印象。

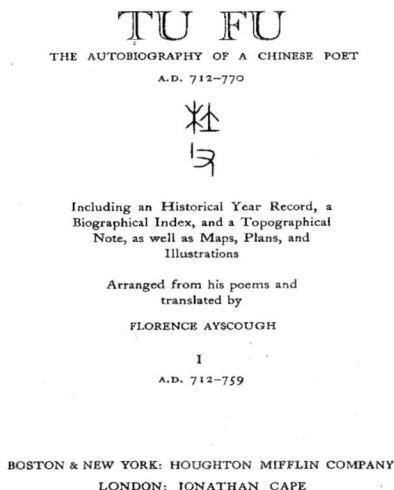

TU FU
THE AUTOBIOGRAPHY OF A CHINESE POET
A.D. 712-770

杜甫

Including an Historical Year Record, a
Biographical Index, and a Topographical
Note, as well as Maps, Plans, and
Illustrations

Arranged from his poems and
translated by

FLORENCE AYSCOUGH

I
A.D. 712-759

BOSTON & NEW YORK: HOUGHTON MIFFLIN COMPANY
LONDON: JONATHAN CAPE

图 4 - 2　Ayscough（1929）

VIKRAM SETH

Three Chinese Poets

三位中國詩人

Translations of poems by
Wang Wei, Li Bai, and Du Fu

📖 HarperPerennial
A Division of HarperCollinsPublishers

图 4 – 3　Vikram Seth

3. 献辞、题词（dedications and inscriptions）

在有献辞的文本中，色斯的献辞颇具特色，是以一首诗的形式献给 Yin Chuang 的，全诗如下：

To Yin Chuang

Professor Chuang, whose stern pen drew

Red rings around my puerile scrawling,

I hope this book appears to you,

If not appealing, not appalling.

Enthusiastic and sardonic,

Exacting, warm, and too soon past,

Your classes, once my daily tonic,

Have borne eccentric fruit at last.

4. 前言（preface, introduction）

前言是副文本中信息最为丰富的内容之一，不少杜甫诗歌译本都有前言，内容涉及面广，信息丰富。详见本书下一节"杜甫诗歌英译本译序探究"。

5. 内标题（interlinear titles）

内标题常常标明编者对杜甫诗歌的选择和安排，上述文本中比较有特色的是编年体的安排，如在艾思柯（1929、1934），亨顿的作品等，通过内标题，读者可以对杜甫的生平有一个粗略的了解。

6. 注释（notes）

杜甫诗歌译本的注释主要可以分为两大类：文内注释和文末注释。文内注释包括诗解和脚注。如《夜宿左氏庄》（Burton Watson）。文末注释也分两种，一是在一篇文本末的注释，如库柏，二是注释集中在全书末。当然也有将文内注释与文末注释结合运用的实例，如欧文的《杜甫诗》，详见本书"《杜甫诗》注释研究"一节。

7. 插图（illustrations）

插图可以分为几类：一是地图，如在亨顿的"Tu Fu's China"这可以形象地描绘杜甫一生游历、生活的轨迹；二是插图，有杜甫像，更多的是与诗歌的内容和意境相关的插图（见图 4－4），其显著特点是具有中国味和古典味，如在艾思柯（1929 年）的作品中，插图达到了 55 幅，富有古典味。

图 4－4 杜甫像

8. 生平简介（biography）

对杜甫生平的介绍，分几种形式，有的专文介绍，如吴钧陶的译者序，专文介绍杜甫；有的在前言中介绍杜甫，如汉弥尔、安德伍德。

除上述副文本因素外，有的文本还增加了其他要素，如大卫杨

（2008）的作品，书后有"acknowledgements""about the translator, a note on the type"；库柏的译著有"acknowledgements""pronunciation of Chinese words and names""note on the Chinese calligraphy"等，它们的最大特色是对相关中国元素的诠释。

三　杜甫诗歌英译副文本的功能分析

杜甫诗歌英译具备如此多的副文本因素，无疑它们承载了相应的文本和信息功能。概略而论，这些功能表现在三个方面。

（一）扩展功能

大家知道，所谓的副文本，是相对于纯文本而言的。这里的扩展功能，指相对于纯文本，副文本在篇幅和内容上的扩展。如亨顿（1988）的作品，全书共"XⅧ + 173 页"（合计 191 页），选译的杜甫诗歌 127 首，共 113 页。换言之，本书的纯文本为 113 页，副文本为 78 页，从篇幅上扩展了约 40.00%。此外，在内容上，其副文本包括描绘杜甫游历轨迹的地图"Tu Fu's China"（1 页）、杜甫诗歌编年的内标题（contents，1 页）、介绍杜甫诗歌（Tu Fu's Poetry）、中国诗歌（Chinese Poetics）和翻译（Translation Principles）的介绍（Ⅶ-ⅩⅥ）、题记（1 页）、杜甫的生平简介（Biography，18 页），分阶段介绍了杜甫诗歌的注释（Notes，29 页）原则、"Finding List"（3 页）、"Bibliography"（2 页）、"Index of Titles and First Lines"（5 页）。通过副文本，译者给读者提供了诸多与杜甫生活的社会时代背景，杜甫的生活与诗歌创作相关的信息，对杜甫诗歌语言、意象等的解释等信息，有助于读者对杜甫诗歌的认识与理解。

（二）补充功能

补充功能更多的是针对纯文本信息进行的补充，其表现方式更多的是用注释等。如《夜宿左氏庄》（Writing Poems after Dinner at the Zuos'）有两条脚注（David Young，2008：p. 3）：

（Hung 1）Candles were sometimes used to time a poetry contest. *Fan Li's Boat*：refusing rewards for his services to the state, Fan

Li （ca. fifth century BCE） climbed into a little boat and sailed a-
way. Already the alternative life makes its appearance.

而华兹生（2002：3）对同一首译诗的脚注则是：

（1）The *qin* is a horizontal stringed instrument like a zither or
Japanese *koto*.

（2）Du Fu recalling his youthful wandering in the region of Wu
on the southeast coast. Throughout his poetry，the boat is a powerful
symbol of freedom and escape.

上述注释，对杜甫原诗中的"烛""扁舟""琴"及本诗的背景进行
了说明，补充了这些词语背后的文化内涵，有助于读者对全诗的理
解。这类注释方式在杜甫诗歌英译中颇为常见，如亨顿的作品选译了
127 首杜甫诗歌，在注释部分，共有 206 条注释。应该说，这一功能
涉及对原文文本的阐释，对任何译本而言都是颇为重要的。

（三）深化功能

所谓深化功能，系指通过副文本各种要素的综合运用，强化了杜
甫诗歌英译的中国元素、古典元素等，使读者从感官到内容都深化了
对其诗作的理解。如霍克斯对每首诗都采用以下模板进行介绍："原
诗（注音）—主题—形式—注解—翻译型"（title and subject、form、
exegesis、translaition）。作者对每一首诗的处理都遵照了一定的体例：
首先录原诗，并在每个汉字的下面逐一注音；第二个部分名为"题目
与主题"；第三个部分名为"形式"；第四个部分名为"注解"；最后
一部分是全诗的英译。以《春望》为例，如第一行"国破山河在"
下面加了汉语拼音的注音"Guó pò shān-hé zài"；第二部分是"题目
与主题"（title and subject），对题目中的"春"和"望"分别做了解
释，并对本诗的写作背景和主题进行了扼要介绍（1976：46）。而在
"形式"（form）中则介绍了"五律"的构成（1976：46—47）。第四
部分的"注解"是对原诗先逐句直译（若必要，则再解释其中的要

点），如第一行：

Guó pò shān-hé zài

State ruined mountains-rivers survive

最后一部分的"翻译"也颇有特点：霍克斯采用的是用散文翻译诗歌，主要目的是传达原文的意思，如《春望》的译文是：

Spring Scene

The state may fall，but the hills and streams remain. It is spring in the city：grass and leaves grow thick. The flowers shed tears of grief for the troubled times，and the birds seem startled，as if with the anguish of separation. For three months continuously the beacon-fires have been burning. A letter from home would be worth a fortune. My white hair is getting so scanty from worried scratching that soon there won't be e-nough to stick my hatpin in！

副文本要素的大量增加，其实也都是为作者阐明该书的目的服务的，即帮助那些对中文一无所知或知之甚少的英语读者们了解一些中国诗的真实面貌及其运作方式。这意味着《杜诗初阶》（*A little primer of Tu Fu*）成为一个向英语读者传递中国语言和诗歌风貌的特殊窗口，其中语言是为诗歌欣赏服务的。

四 小结

上文通过对 15 种杜甫诗歌译本副文本的分析，说明副文本在构成译本中必不可少，具有重要的研究价值。此外，本节还阐释了其三方面的功能，它们与译者的翻译目的息息相关。当然，在此领域，还可以从其他方面展开研究，如同一译者对同一作品的复译，可以比较其副文本的异同，阐释其原因；另外，还可以比较不同译者翻译同一文本时副文本的异同，从主观选择和客观效果等方面进行阐述。

第五节　杜甫诗歌英译本译序探究

一　引言

在杜甫诗歌英译不断发展的过程中，杜甫诗歌英译研究也逐渐得到重视。在 CNKI 的检索中，可以得到上百篇关于"杜甫诗歌翻译""杜甫诗歌英译"的论文。然而这些针对杜甫诗歌英译的研究，大部分局限于对某一首或几首诗歌英译的研究，例如对《登高》一首英译诗的研究就有 18 篇；对杜甫诗歌译者的研究论文很少。从宏观层面，综合对比分析不同译者在译诗过程中涉及的翻译思想、原则、策略等方面的研究数量不多。笔者认为，若以译者的序言为语料，综合分析译者在杜甫诗歌英译过程中体现的翻译思想，采用的翻译策略、方法或技巧，总结其规律，有利于拓展杜甫诗歌英译研究的视野。

二　译序与副文本

译序属于副文本。"副文本"这一概念，是法国著名的叙事学理论家杰拉德·热奈特于 20 世纪 70 年代提出来的，是指"围绕在作品文本周围的元素，包括序、跋、标题、题词、插图、图画、封面及其他介于文本与读者之间促进文本呈现的元素"（Hermans，2007：44）。副文本包围并延长正文本，与正文本一起构成文本。副文本对翻译研究具有重要作用，它"为深刻理解译作的产生与接受提供了价值参考，是翻译史研究中一个主要的史料来源"（Hermans，2007：47）。

"序言"，据《辞海》解释，"亦作'叙'，或称'引'，是说明书籍著述或出版意旨、编次体例和作者情况等的文章；也可包括对作家作品的评论和对有关问题的研究阐发"（辞海编辑委员会，1999：1029）。热奈特指出，序言的作用在于"确保读者以正确的方式阅读"（to ensure that the text is read properly）（1997：197）。译序作为序言的一种类型，是译者通过与读者对话的形式，向读者介绍原作、原作者、翻译经过和意图等内容。

译文序言对翻译研究具有重要作用。图里（Toury）把译作的序言跋语（Statements Made by Translators）看作重构翻译规范的重要超文本（Extratextual）资源（Toury，1995：65）。英国翻译理论家巴斯奈特（Bassnette）认为，通过研究某一时期译者在序言中对翻译的比喻可以探讨当时的翻译观（陈德鸿、张南峰，2000：190）。法国比较文学家梵·第根（Paul van Tieghem）在其专著《比较文学论》中肯定了译者序文的研究价值，认为它们会告诉读者许多"关于每个译者的个人思想及他所采用（或自以为采用）的翻译体系"等"最可宝贵的资料"（谢天振，2003：52）。孙昌坤指出，翻译传统上被看作一项"隐形"的活动，但译作序言跋语则可以让译者"现身"。因为译者就是从这里开始了与译文读者的对话，在这个平台上对自己的翻译活动做出观察与反思、表露自我身份、袒露自己对翻译的认识、对原译语文化的理解、对读者审美趣味的把握（2005：128）。许宝强和袁伟在《语言与翻译的政治》一书中指出，"几乎所有关于翻译的思考都是以译者前言的形式附在具体文本里的"（2001：161）。李锋概括了翻译文本序跋的三种价值，这三种价值也基本包括了译文序（跋）所包含的内容：（1）文献价值，"（序跋）的很多内容就是对原作的补充，包括对原作品的版本情况、原作在世界各国的流传情况、原作者的事迹等，这些资料的存在凸现译本序跋的文献价值"；（2）理论价值，包括译学理论和文学批评，"译本序跋是译者翻译之后的总结性文字，除了对作品本身进行概述和评价之外，还回忆了自己翻译的动机、过程等，因而对于研究译者的译学思想是大有裨益的"；（3）文本价值，不论是译者自己，还是代作序跋的人，大多都是文章好手，往往能在感悟作品之时，用精妙的文字将其表达出来。（2008：122－126）

由此可以看出，译序作为副文本的一种形式，从中可以挖掘在译文中无法明言的翻译思想和理论资源，同时可以将"隐形的译者"展现在读者面前，具有重要的研究价值。然而，长期以来，译者序言通常被视为翻译研究的参考文献，而不是单独的研究对象；大量的序跋集也仅仅作为史料而出现，缺乏对其进行系统的研究。从译序入手，分析译者通过译序所传达的内容，并重点研究杜甫诗歌译者的翻译思想及在翻译过程中运用的翻译原则、策略、技巧，具有很大的可操作性及研究价值。

三　语料数据与分析

本书选取了 37 本（全部包含译序）与杜甫诗歌英译有关的译著，其中国外译者所著 26 本，国内译者所著 9 本，中外译者合著 2 本。根据出版形式将它们分为三类：一是杜甫诗歌英译的专集；二是杜甫与其他诗人的合集；三是包含杜甫诗歌的诗文集。这 37 本译作的分类见表 4 - 4。在这些译序中，有 33 篇为译者或编者本人作序；3 篇为他人作序（孙大雨、唐一鹤、杨宪益和戴乃迭）；1 篇既包括他人作序，也包括译者本人序（W. J. B. Fletcher, Gems of Chinese Verse）。

译者本人作序的内容是本书的研究重点；在杜甫与其他诗人的合集、含杜甫诗歌的诗文集这两类译著中，有关杜甫诗歌翻译的内容是本书的研究对象，其他内容则不作论述。部分译著的译序由几个部分组成，如格雷姆（A. C. Graham）的 *Poems of Late Tang* 的前言部分包括 "Preface" "Additional Preface" "The Translation of Chinese Poetry"；又如库柏的 *Li Po and Tu Fu* 的译著中前言包括 11 个部分，分别为诗人生平、时代背景、唐诗特点、采用的翻译方法等，在本文中将这些内容统一概括为"序言"。

在综合分析 36 本译著的译序后，发现译序内容不尽相同。有些译者的序言篇幅短小，如《唐诗三百首》（王玉书，2004），译者在序言中用 500 字左右的篇幅简单介绍了自己对诗歌和译诗的兴趣；译者还指出个人出版此书的目的是"我希望在我的译作之后，有感兴趣者也来试译唐诗，陶冶情趣，使这一中华文化瑰宝的英译作品更臻完善"。而有些译序的篇幅较长，而且内容丰富，如库柏的 *Li Po and Tu Fu*，译序共 86 页（全书共 249 页），包括 11 个部分，内容涵盖了译者对李白、杜甫两位诗人的介绍，唐朝时代背景介绍，《诗经》《楚辞》、民谣和韵步的阐述及详细的翻译方法。可以说，此译作的译序是一部汉语诗歌和两位诗人的"小百科"式论述。

表 4 – 4

类别	杜甫诗歌英译专集	杜甫与其他诗人的合集	包含杜甫诗歌的诗文集
数量	4	4	19
书目名称	1. Burton Watson，*The Selected Poems of Du Fu* 2. Florence Ayscough，*Tu Fu，Guest Of Rivers and Lakes* 3. A. R. Davis，*Twayne's World Authors Series-Tu Fu* 4. Stepehn Owen，*The Poetry of Tu Fu* 5. David Hinton，*The selected poems of Tu Fu* 6. Sam Hamill，*Facing the Snow* 7. Florence Ayscough，*Tu Fu，the Autobiography of a Chinese Poet* 8. Worthley Underwood &Chi Hwang Chu，*TU Fu，Wanderer and Minstrel Under Moons of Cathel* 9. William Hung，*Tu Fu，China's Greatest Poet* 10. David R. Mc Craw，*Du Fu's Lament from the South* 11. David Hawks，*A Little Primer of Tu Fu* 12. David Yong，*Tu Fu，A Life in Poetry* 13. Jonathan Waley，*Spring in the Ruined City-Selected Poems of Tu Fu* 14. 吴钧陶，《杜甫诗英译150首》	1. Seth，*Three Chinese Poets* 2. David Yong，*Five Tang Poets* 3. JP Seaton & James Cryer，*Bright Moon and Perching Bird Poems by Li bai and Tu Fu* 4. Cooper，*Li Po and Tu Fu*	1. Peter Harris，*Three Hundred Tang poems* 2. Rexroth，*One Hundred Poems from the Chinese* 3. Eliot Weinberger，*New Directions Anthology of Chinese Poetry（translated by others）* 4. A. C. Graham，*Poems of Late Tang* 5. Cyril Birch，*Anthology of Chinese Literature* 6. J. P. Seaton & James Cryer，*The Shambahala Anthology of Chinese Poetry* 7. Florence Ayscough &Amy Lowell，*Fir-Flower Tablets：Poems Translated from the Chinese Books* 8. W. J. B. Fletcher，*Gems of Chinese Verse* 9. Stephen Owen，*An anthology of Chinese Literature，Beginnings to 1911* 10. Red Pine，*Poems of the Masters，China's Classic Anthology of Tang and Sung Dynasty Verse* 11. 唐一鹤，《英译唐诗三百首》 12. 王玉书，《王译唐诗三百首》 13. 张廷琛、魏博思《唐诗一百首》 14. 杨宪益、戴乃迭，《唐诗：汉英对照》 15. 孙大雨，《英译唐诗选》 16. 许渊冲，《唐诗三百首》 17. 石民，《诗经楚辞古诗唐诗选》 18. 徐忠杰，《唐诗二百首英译》 19. 许渊冲、陆佩弦、吴钧陶，《唐诗三百首新译（共39位译）》

表 4 – 5　　　　　　　　　　对 37 本译著译序内容的分类与数据统计

内容	翻译之外					翻译之内				
	时代背景	杜甫介绍	杜甫诗歌特点	汉语/汉诗特点	选诗依据/编排方式	翻译目的	翻译原则	翻译策略	翻译技巧/方法	其他
数量	11	15	6	12	6	11	13	9	17	11
举例	David Yong	David Young, Stephon Owen	Burton Watson	Ayscough, A. C. Graham	David Yong	Sam Hamill	Ayscough	Seth	Aycough A. R. Davis	Underwood, Eliot Weinberger

注：如"时代背景，11"表示，共有 11 本译著的译序提到了关于时代背景的内容。

　　总体而言，译序的内容可以分为"翻译之外"和"翻译之内"两部分。"翻译之外"包括译者对杜甫生平、唐朝时代背景、杜甫诗歌特点、汉语语言特点、选诗依据等内容的阐释。在杜甫诗歌英译专集、杜甫与其他诗人合集这两类译本中，译者倾向于在序言中用较长的篇幅介绍杜甫，呈现杜甫的整体生命历程和重要生活经历，将杜甫这位"中国最伟大诗人"的形象展现在当代读者面前。杜甫的诗歌真挚写实，深刻反映了唐朝由盛转衰的历史和社会面貌，因而在译序中，时代背景也经常被提及。

　　在诗歌编排方面，有的译者选择编年形式，有的则按题材或体裁分类。在诗歌选材上，除欧文以外，其他译者均对节选杜甫诗歌进行翻译。大卫杨在译序中说明他选取的诗歌是与杜甫人生经历相关的（2008：XIV）。在现存的杜甫 1400 余首诗中，他选择了 170 首翻译，而这 170 首诗都是杜甫人生历程的展现，在时间和空间上重构了杜甫的人生；与此相同，艾思柯也提到主要选取与杜甫生平有关的诗来译，"let his poems tell his story"（1934：10）；华兹生（则提到自己只选取了杜甫的）"诗"来译，而没有选取杜甫的词、赋则提到自己只选取了杜甫的（2002：XVII）；戴维斯则在 *Twayne's World Authors Series-Tu Fu* 中表示，杜甫的很多诗篇幅长且难懂，他主要选取了比较简单和流行的诗歌来译（1971：7 – 8）。

　　在翻译杜甫诗歌之前，很多译者会向读者介绍汉语的语言特点，以此作为读者了解杜甫诗歌语言的铺垫或者用来解释自己采取的翻译策略。例如格雷姆在"序言"中写道：汉语缺少曲折变化，在词法上依靠词序和介词、副词排列组合；汉语是单音节词，每个汉字是由指示意义的"形旁"和指示发音的"声旁"构成；"形旁"赋予汉字实际意义和联想意义，也由于汉字"象形的特点增强了诗歌的视觉感"。另外，汉语诗歌的特点也经常被提及，包括语言、技巧、题材、风格、体裁、境界等（1965：13—17）。华兹生（2002 年）在"序言"中概括了杜甫诗歌的特点：杜甫十分擅长八行律诗；在语言上，杜甫极擅长运用多种韵律结构和形式，语言风格既有高雅之言也有通俗之语，既引经据典又直截了当。

四　从译序看杜甫诗歌英译

从表 4 - 5 可以看出，除了"翻译之外"，"翻译之内"是译者在译序中重点阐述的对象，包括翻译理念及具体的翻译方法。表 4 - 5 将涉及具体翻译操作方面的内容分为了翻译原则、翻译策略和翻译技巧/方法，因翻译界对这几个概念分类一直存在争议，故此处特作简单分类说明：译者翻译思想的体现归为翻译原则，宏观层面解决翻译问题的方案归为翻译策略，基于原则、策略等采取的实际操作方式归为翻译技巧/方法。

（一）翻译原则

翻译通常被视为一项"隐形"的活动，译者处于"隐身"的地位；而译序则成为译者与读者交流的媒介，成为译者阐述个人思想、表达翻译认识的平台。从表 4 - 5 可以看出，在译序中出现翻译原则的内容共有 13 处。

一直以来，忠实被视为译者的天职；译作是否忠实于原作，是检验译作优劣的标准，也是检验译者是否成功翻译的重要尺度。如奈达和泰伯多说，"忠实的译文可使接受语读者产生与源语读者读原文的体验基本相同的反应"（Nida and Taber，2004：203）。在杜甫诗歌译著中，多位译者在译序中表达了"忠实"（fidelity，faithfulness）的翻译理念，如吴钧陶（1985：20）"to be as close as possible to the original

is the crux of the matter"（尽量贴近原诗的内容）；艾思柯和洛威尔，
"they（the translations）are as near the originals as we could make them"
（尽力使得翻译贴近原作）（1921：XVIII）；汉弥尔，"I have tried to
say in a line what the original says in a line"（传达原诗表达的内容）；
华兹生（2002：XXII）（1988：III），"endeavored in most cases to stick
as closely as possible to the wording and lineation of the original"（在绝大
多数情况下，尽可能与原诗用词和轮廓一致）。

（二）翻译策略

然而，绝对的忠实是无法实现的，译者主体性是翻译实践中不可
避免的因素。翻译的"文化转向"出现之后，翻译研究开始重视译
者主体性，否认译者"仆人"的身份和"绝对服从"的翻译观。解
构主义的实践者韦努蒂曾说，"译文是永远不可能'忠实'于原文
的，多少总是有点'自由'发挥。它的本体从来不确定，总是存在
对原文的增减。它也从来不可能是透明的表述，而只能是一种诠释的
转化，把外语文本里的多义与歧义显露出来，又代入同样多面、同样
分歧的意义"（转引付仙梅，2014）。

英汉两种语言差异之大、汉语古诗独特的语言和结构特点，使
得译者在翻译时不可能字字对应、句句对应，而必须调整策略，灵
活处理。形式与内容、诗体与散体之争是多数译者在译序中所论述
的翻译策略。

1. 形式与内容

杜甫极其工于律诗创作，其诗格律紧严，章法整饬，对仗工整，
又擅用押韵，抑扬顿挫，这无疑给翻译带来了极大的困难。因此，翻
译要追求与原诗的形式对应，抑或追求内容的传达，也成为译者关注
和思考的问题；很多译者在译序中就阐释了对这一问题的思考，并明
确了自己翻译时的选择，通过表4-6可以对比译者在此问题上的观
点和采取的策略。

表 4 - 6

译者	重视原诗形式	译者	重视传达诗歌内容
Seth	The joy of poetry for me lies not so much in transcending or escaping from the so-called bonds of artifice or constraint as in using them to enhance the power of what is being said（以形式增强内容）	William Hung（1952）	I try, therefore, to convey only Tu Fu's thought and spirit, and cease to worry over form（重在传达杜甫思的想精神，忽视诗歌形式）
Owen	Our aim is to call attention to groupings such as stanzas, couplets and rhyme units of song lyric, and to create a recognizable structure of differences（增强对诗节、诗对、韵律的关注）	Seaton	Message—content and not form, is the point of poetry（诗歌重要的部分是内容）
W. J. B. Fletcher	I have usually followed closely the original form of the poems, frequently keeping their meter, but fear that I have lost much of their nuancesand fragile delicacy（保留原诗的形式和韵步）	许渊冲（2000）	这种"再创"不是内容等于形式，或"1＋1＝2"的科学方法，而是内容大于形式，"1＋1＞2"的艺术方法。
Hamill	I have addressed Tu's forms by translating the techniques more often than the syllabic count, retaining his couplets and his parallelism whenever possible（强调杜甫的技巧，尽可能保留对句和排比）	David Hinton	Although I have tried to remain faithful to the content of Tu Fu's poems, I have made little attempt to mimic the formal or linguistic characteristics of the originals（不模仿原诗的形式和语言特点）
David R. Mc Craw	To reproduce as closely as possible Du Fu's complex polyphony of meaning, imagery and formal features（尽可能贴切的重构杜甫诗歌的内容、意象和形式特点）	Lowell & Ayscough	It is more important to reproduce the perfume of a poem than its metrical form, and no translation can possibly reproduce both（传达原诗的意蕴比传达韵律形式更重要）

由表 4-6 的数据可以看出，译序中形式与内容得到的关注度几乎平分秋色。一些译者采取了"内容大于形式"翻译策略，在这种理念的驱使下，译者在翻译操作中不会将押韵、格律等杜甫诗歌的形式特点复制到英语语言中；一些译者则认为杜甫诗歌格律严谨、抑扬顿挫，是区别于其他诗人而被赞为"中国最伟大诗人"的重要原因，因此翻译时不可忽略形式特点。

2. 诗体与散体

唐诗翻译史上一直有诗体和散体之争。有些译者认为以诗译诗能够体现唐诗的形式之美，是一种忠实的再现，例如吴钧陶提出"要比较完美地接近原著的精神和面貌，就必须尽最大努力接近原著的精神和面貌。原著是艺术品，仿制品也必须是艺术品；原著是诗，最好不要把它翻译成散文"（1985：31）。而有些译者则认为以散体译诗则能更加准确地反映原诗的内容，如洪业（1952 年）和霍克斯将诗歌翻译成了散文体；而大卫杨（2008）则采取了一种中间方式，即把汉语诗歌翻译为一种包含对句、极少添加标点的自由诗节。这种方式使得译者既可以保留原诗的特点，又避免了诗体翻译形式上的桎梏和不自然。

3. 翻译技巧/方法

翻译技巧/方法是译者在翻译理念的指导下，达到翻译目的的具体操作。针对层出不穷的翻译问题，译者会尝试不同的翻译方式。在此笔者重点讨论了译序中提及的几个问题。

4. 典故的翻译

典故，是指诗文中引用的历史故事和有来历出处的词语。运用典故是杜甫诗歌的一大特点，黄庭坚曾评论杜甫诗"无一字无来处"。典故承载着丰富的文化内涵和联想意义，而汉语典故在英语文化中没有对应表达，英美读者若要理解典故，必须参考详尽的典故释义。但在诗歌翻译中，是否需要将典故完全翻译出来？很多译者在译序中明确指出对于典故的翻译采取了忽略不译的方式，例如 Ayscough（1929 年）提到，"我译此书的目的是展示杜甫的人格，而将重点关注典故翻译可能会弱化这一目的，因此我将大部分典故忽略不译"。格雷姆指出即使翻译出典故，也并不足以让它发挥作用、引起非汉语读者的共鸣；在诗歌集的翻译中，除非典故重复出现，否则最好忽略典故的翻译。亨顿提到，除了对全诗的意义有重要作用的典故，其他典故都不做重点解释；如何处理典故的翻译是一个细节性、学术性问题，与翻译诗歌没有关系。这些译者都认为将重点放在典故翻译上是没有必要、可能有损整体翻译效果的，这与典故的复杂性、解释的烦琐性不无关系。

与此不同的是，宇文所安的六卷《杜甫诗》，保留了典故的翻译。他在译序中没有明确地说明对典故翻译的态度，但是提到"some sup-plementary information is often useful in understanding a poem"（Owen，2016：LIX）。在实际翻译中，他主要采用了脚注和文末附注的方式对典故加以解释，对出现频次较高的典故，统一列在每卷的附录中（共70 条）。

典故翻译与译者翻译目的存在着密切联系，宇文所安的《杜甫诗》是杜甫诗歌第一本完整的英文译作，开学界之先河，译者意图将1400 余首杜甫诗歌完全展现在英语读者面前，典故作为诗歌的重要信息，自然也应该是翻译的范围。但如艾思柯译 *Tu Fu, the Autobiography of a Chinese Poet* 之时，杜甫诗歌翻译还处在初探阶段，其目的自然不是详尽地解释复杂的典故；又如格雷姆的 *Poems of Late Tang*，杜甫诗歌翻译只是全书的部分内容，也不会将典故作为重点来翻译。

5. 押韵的处理

由于汉语具有声调且为单音节词，汉语诗歌因此容易押韵，有抑扬顿挫的效果。而英语没有声调，很难模仿汉语原诗的押韵和节奏。下表可以总结译者在译序中提到的处理押韵的方式。

表 4 - 7

译者	Lowell&Asycough	David R. McCraw	Seth	吴钧陶	Cooper
保留押韵		保留押韵	押韵是诗的特色，尽量保留押韵	每两行一个押一个韵，个别几首是一韵到底	尽量保持与原诗相同的押韵方式
不保留押韵	汉语诗歌的押韵和节奏不可译				

对于在译序中阐明要保留押韵的译者，我们选取库柏、色斯和吴钧陶三人所译《春望》来看他们对押韵的处理。

春望

国破山河在，城春草木深。

感时花溅泪，恨别鸟惊心。

烽火连三月，家书抵万金。

白头搔更短，浑欲不胜簪。

表 4 - 8

Cooper	Seth	吴钧陶
LOOKING AT THE SPRING-TIME In fallen States hills and streams are found, Cities have Spring, grass and leaves abound; Though at such times flowers might drop tears, Parting from mates, birds have hidden fears: The beacon fires have now linked three moons, Making home news worth ten thousand coins; An old grey head scratched at each mishap, Has dwindling hair, does not fit its cap	The state lies ruined; hills and streams survive Spring in the city; grass and leaves now thrive, Moved by the times the flowers shed their dew, The birds seem startled; they hate parting too. The steady beacon fires are three months old, A word from home is worth a ton of gold, I scratch my white hair, which has grown so thin, It soon won't let me stick my hatpinin	As ever are hills and rills while the Kingdom crumbles, When springtime comes over the Capital the grasss crambles Blossoms invite my tears as in wild times they bloom; The flitting birds stir my heart that I'm parted from home For three months the beacon fires soar and burn the skies, A family letter is worth ten thousand gold in price A scratch my head, and my grey hair has grown too thin, It seems, to bear the weight of the jade clasp and pin

从中可以看出，库柏、色斯和吴钧陶保留了押韵，且每两行一个韵。与原诗稍有不同的是，原诗第 2、4、6、8 句押韵，在译诗中采取了第 1 句和第 2 句，第 3 句和第 4 句，第 5 句和第 6 句，第 7 和第 8 句分别押韵的方法。

6. 排比/对仗的处理

杜甫诗歌格律紧严，对仗工整，律诗的每两行之间有语法、意义相互对应。在翻译时，一些译者选择保留排比和对仗，如格雷姆指出，如果在英语中运用排比，就必须用到单词的重复，使得翻译显得刻板、单调。尽管这样，排比还是有必要保留的，因为这是原诗的特点。汉弥尔指出，他尽可能地保留杜甫的排比、对仗手法，因为这是诗歌特点的体现。但同时译诗中的排比和对仗与原诗并不完全相同。一些译者选择舍弃原诗的排比和对仗，如亨顿指出，汉语的单音节词承载了很多意义，所以排比/对仗随处可见，并使得诗歌产生一种整体、平衡的感觉，但这是无法在英语中复制的，若要在翻译中复制这种手法，原本富含丰富意义的汉字就会变得简单、单调（1988：XIII）。色斯指出，对仗是汉语诗歌的特色，但他选择放弃严格、规则的排比、对仗，而运用自然的英语句法，如此以避免不连贯、刻板的翻译。其实，排比/对仗的处理，也反映了译者在总体上更加重视译诗的形式或内容。

7. 其他

除以上几个部分外，译序中还包含很多其他翻译方法的阐述。例如库柏（1973：82—83）在译序中介绍了自己对音节的处理方式：他将七言诗的"4 + 3 = 7"的音步转化为英语的"6 + 5 = 11"个音节；将五言诗的"2 + 3 = 5"的音步转换为"4 + 5 = 9"个音节，各增加了 4 个音节。库柏表示这种音步的调整会对用词产生影响，不得不根据音步而删减词语，造成一些细节的缺失。

又如艾思柯在 *Tu Fu, the Autobiography of a Chinese Poet* 中指出，汉字是一种象形文字，笔画的组合实际上是复杂思想的图画呈现。汉字由简单的字组合而成，这些简单的字都有着各自的意义和用法（1929：13—14）。她举了《夜宴左家庄》第一句"风林纤月落"的例子。她认为"纤"字除了有"纤细"这一较为通常的意义以外，还可以指白经黑纬的丝织物，因此将其作为该字的字源意义并翻译为"a silk woven with a white warp and a black weft"。这样，这句诗的意思就成为"风将树影与落月织成白经黑纬的图案"。这一翻译方法显然曲解了原词的真正含义，也受到了洪业的批评，但也正凸显了女性译者细腻的翻译心理。

欧文在 *An anthology of Chinese literature* 的译序中提出了很多中国特有的文化意象或事物的翻译方法。（1996：XIV – XLVIII）例如在度量衡方面，将中国传统的计量单位"寸、尺、丈"分别转换为英文中的"英寸、英尺、码"；在乐器方面，将"琴""瑟"分别翻译为"harp"和"great harp"；"箜篌"也不得不翻译为"harp"；将"琵琶"译为西方的"mandolin"而不是"lute"，因为它的弹奏方式与前者更相似。汉语古诗中有很多动植物的意象，这些常见的种类有时在西方却很陌生，欧文采取了归化的方式，将"芷"译为"white angelia"，将"杜若"译为"薄荷"等。（Owen，1996：XIV – XLVIII）

霍克斯在 *A Little Primer of Tu Fu* 的译序中提出了自己译诗的第一步是将诗歌音译为现代汉语（Modern Chinese，i. e. Mandarin），因为这样可以"给予读者一种诗歌的感受"，"汉语拼音的四个声调可以让读者体会音调的概念"（1967：VIII – XI）。在音译时，他选用了现代汉语拼音系统而不是"威妥玛式"拼音，原因是汉语拼音系统更简单，这样做也意外地增加了音韵的效果。这其中的一个弊端是，一些威氏拼音拼写的人名和地名已为人们所熟知，在用汉语拼音拼写时会显得奇怪和陌生，例如"Kiangsi"被拼写为"Jiang-xi"，"Tu Fu"被拼写为"Du Fu"，不过遇到这种情况时作者会加注说明。

韦利在 *Spring in the Ruined City-Selected Poems of Tu Fu* 的译序中提出了一个比较独特的翻译方法：杜甫诗歌善用意象，在某种程度上，意象（Image）构成了诗歌的内容。译者感受到内涵强烈的意象会分离一行诗的内容，因此在翻译时会将诗行断开。他举了《春望》的例子，将"烽火连三月，家书抵万金"翻译为：

Lookout beacons flash fire for months

Letter from home would be gold.（Waley，2008：9）

《春望》一诗句句含意象，情景兼备，感情强烈；正如王国维所言，"一切景语皆情语"，韦利采取的这种方式强化了意象的作用，给译文读者提供了广阔的想象空间和回味余地。

五　个案分析：麦克隆 (David R. Mc Craw)，*Du Fu's Laments from the South*

贝尔曼指出："译者的翻译动机、翻译目的，所采取的翻译立场，所制订的翻译方案，以及所使用的翻译方法使译者成为翻译活动中最积极的因素，他的态度、方法和立场一旦选择，一旦确立，译者也就为自己定了位置，译出的'每一个字都成了一种誓言'"（转引许钧，2010：107）。译者在译序中论述的翻译思想如何指导翻译实践，此处用麦克隆的 *Du Fu's Laments from the South* 做具体分析。

Du Fu's Laments from the South，1992 年由夏威夷大学出版社出版。译者的序言分为"preface"和"introduction"两部分，共 24 页。"Introduction"包含了对中国古典诗歌的介绍、汉语语言特点的介绍、唐诗特点的介绍、杜甫诗歌的特点和成就的介绍四部分内容，为读者理解译做做了很好的铺垫；"Preface"部分则主要论述翻译的有关内容。

（一）翻译目的

麦克隆指出杜甫作为中国最有影响力的诗人之一，在西方却鲜为人知。许多对世界诗歌充满兴趣的学者，竟从未听过杜甫的名字。因而，必须让杜甫赢得应有的"世界最伟大的抒情诗人之一"的地位。虽不期此书能达到此目的，但志于为此开端。（1992：Ⅸ）为此，译者选取了 115 首杜甫的律诗，总体上按题材分为 11 个章节。

（二）翻译原则/策略

麦克隆明确了自己赞同的翻译原则与策略（1992：Ⅺ）。在翻译的诗体与散体方面，他同意库柏的观点，应该"以诗译诗"（a translated poem should be poematic），因为本质上，散体译文没有诗体译文准确；其次，他赞同格雷姆的观点，认为必须忠实地翻译诗歌内涵与意象，但在形式和言外之意方面，优雅的语言转换比忠实更为重要，正如老子所言，"信言不美，美言不信"；另外，与亨顿一样，他认为应将杜甫的诗歌重构为英语语言中的"不确定系统"（system of uncertainty），转换表达，以使英语语言和句法符合杜甫语言特点。

（三）翻译方法

麦克隆指出，汉语诗歌具有一些独特之处，例如句法规整、多用典故、富含历史背景信息等，而英语读者由于缺乏知识背景则难以理解诗歌。（1992：Ⅻ–ⅩⅣ）因此他为每一首诗歌的翻译增加了背景信息及注解，以此填补读者信息上的空白。

在诗歌形式方面，律诗由八行五言或七言诗句组成，偶数行押韵，在翻译时，译者保持诗行数相同，同时每句诗包含五个或七个英语重读音节。押韵的第2、4、6、8行诗由句点（或问号、省略号、感叹号等）标记。汉语五言诗的第二个音节、七言诗的第二和第四个音节之后会有语音停顿，为了产生相同效果，在某些诗的翻译上译者会用空格（blank spaces）来表示停顿。

在拼音法上，译者大部分情况都会采用现代汉语拼音系统；但有时为了展现杜甫诗歌的音律，会采用中古汉语拼音法，一种比 Edward Schafer 的拼音系统略为简化的方式，二者并非完全相同。

杜甫诗歌的音律（庞德称之为"melopeia"——声美）是最难以在英语中复制的，译者表示他很少在译诗中采用押韵。他采用了韦利"弹跳式诗句"（Sprung Verse）的方法，仅重视译诗中的重读音节数。在这样的译句中，抑扬格是最主要的形式，但扬扬格、扬抑格、抑扬扬格和抑抑扬格也经常出现。杜甫的诗歌有很多押韵、头韵、准押韵等，译者偶尔会将这些手法运用到译诗中，以使读者意识到翻译中不可避免的损失；但为了实现此效果，译文不得不采用直译的方式。

下面用《登高》一诗具体来看译者在译序中提出的翻译方法如何体现在翻译操作中。

表 4 - 9

《登高》 杜甫	Ascending High David R （1992：109）
风急/天高//猿啸哀，渚清/沙白//鸟飞回。 无边/落木//萧萧下，不尽/长江//滚滚来。 万里/悲秋//常作客，百年/多病//独登台。 艰难/苦恨//繁霜鬓，潦倒/新停//浊酒杯。	The wind swift, heavens high—gibbons sadly scream; The holm clear, sand so white—birds circling soar. Boundlessly, falling leaves tossed rustling down; Endlessly, the Long Jiang keeps rolling along My riad leagues mourning Fall, forever the wanderer; My whole life manifold ills, a lone terrace climber Hardship, mishap—I bitterly resent my frosty brow; Depressed, downcast：I just quit my cup of murky brew

《登高》一诗前四句写景，描述登高见闻，描绘了江边空旷寂寥的景致；后四句抒情，抒发了穷困潦倒、年老多病、流寓他乡的悲哀之情。在内容上，麦克隆将诗句中出现的意象逐一复制，动词和形容词一一对应，信息无一遗漏，很好地体现了"忠实传达原诗内容和意象"这一原则；在形式上，译诗共 8 行，每行诗中各 7 个重读音节，同时可以看到，译者为了凸显原诗语音的停顿，在第 3、4 句的"Boundlessly"和"Endlessly"之后增加了空格长度；如果这种空格的作用不够明显的话，译者同时用了"，"断开了语义和语音，这使得译诗实现了与原诗类似的节奏感。纵观全书，这种方式几乎用在了每一首诗的翻译上。

在注释中，译者将"无边落木萧萧下，不尽长江滚滚来"音译为"myu pwen lak mule seu seu gha, pyou：dzen-dyang kaung kwen：kwen：la"。这是在译序中提到的"中古汉语拼音法"，用"："表示上声，"–"表示去声，平声不作标记。

在押韵方面，本诗是译者尝试押韵的一个案例。在第 3 句和第 4、5 句和第 6、7 句和第 8 句中的"rustling down""rolling along""wanderer""climber"和"frosty brow""murky brew"可以明显看出译者押韵的效果，译诗读起来也颇具韵律之感。译者本人在注释中还指出，第 7、8 句中的"繁霜鬓""浊酒杯"与上文中的"无边落木""不尽长江"相关联，同时也是一种反讽的写法；因而作者大胆尝试用"frosty brow""murky brew"形成语义对比，以此达到反讽效果。

综上可以看出，译者的翻译实践完整地体现了在译序中阐述的翻译思想。

六 结语

本节通过综合分析 36 本杜甫诗歌译作的译序，研究译序中包含的内容，并将译序中涉及翻译的内容作为重点研究对象，探讨了译者如何在译序中体现个人的翻译思想、策略、方法/技巧，分析了这些思想如何指导译者具体的翻译实践等内容。

通过分析发现，译序作为副文本的一种形式，饱含着隐形译者的翻译思想，是对译者本身翻译思想和实践的总结与反思。这使我们对杜甫诗歌翻译发展脉络有更清晰的认识，对杜甫诗歌翻译研究具有重大意义。尽管译序的内容并不能穷尽译者的翻译思想和策略，例如在 *A Little Primer of Tu Fu* 一书中，霍克斯在正文中对每首诗的翻译做了详尽的注释，这些内容并没有在译序中体现，但总体上译序为我们提供了窥探译者思想的重要途径，为杜甫诗歌英译研究开阔了视野。

在杜甫诗歌英译的实践中，译者作为一个无法在翻译中言语的人，难以得到读者和学者的重视。而译序的研究启发我们，杜甫诗歌英译研究应将译者的主体性纳入研究范围。译者的翻译目的、翻译原则、策略和方法无时无刻不在影响着翻译操作，掌握这些因素会给我们理解与批评杜甫诗歌英译提供一把标尺，对翻译研究也有十分重要的作用。

本节的研究由于语料较多，统计上难免出现失误，如若能抛砖引玉，引起学界对杜甫诗歌英译译序研究的重视，也是一种收获。

第五章 杜甫诗歌英译数据库的创建

第一节 杜甫诗歌英译数据库建设：必要性与可行性

我国古代的诗人灿若繁星，其中不少人的作品已译为世界各种语言（如陶渊明、李白、杜甫、白居易等），为人类的文明发展作出了贡献。随着中国文化"走出去"潮流的兴起，中国古诗英译及其研究日益受到重视。但在这些研究中，针对某一作家英译的全面研究还较为薄弱，比如，针对某一作家或诗人的英译，对以下问题并不清楚：他有多少作品移译到了英语世界？还有哪些作品应该翻译而没有翻译？已经翻译作品的英译情况如何，如，是全译还是摘译？是单独一次翻译还是在不同时期多次复译？若是复译，其动机是什么，效果如何？这些译作的出版地和译者的状况如何（国内还是国外出版、国内译者还是国外译者翻译）？国内译者和国外译者的译文传播情况和接受效果有何差异？而要回答这些问题，比较有效的方法就是利用现代信息技术，建立数据库，并在尽可能穷尽相关资料的前提下，进行深入系统的分析与研究。

之所以选择杜甫诗歌英译来创建数据库，原因是多方面的。第一，在唐代诗人中，被后人尊为"诗圣"、其诗被誉为"诗史"的杜甫占有重要的地位。他被公认为是中国古典诗歌的集大成者，其诗歌众体皆有、诸体皆擅、诸法皆备，为后世开启无数法门，影响了之后一千多年中国诗坛的诗人（张忠纲，2008：前言）。而对杜甫诗歌的校勘、注释、评点和研究始自唐朝，盛于当代，已形成蔚为大观的

"杜诗学"。第二,杜甫诗歌的盛誉不仅限于国内,从 18 世纪下半叶起,杜甫诗歌陆续被译为法语、德语、英语、意大利语、俄语、日语、韩语等,在世界范围内产生了重要影响（林煌天,1997:146—147）。从 1871 年起杜甫诗歌就开始在英语世界传播。据不完全统计,仅国外译者翻译的汉诗选译本中的杜甫诗歌、杜甫诗歌专集及与其他著名诗人的合集至少已逾百种,而有关的期刊论文、学位论文、专著等更是数量巨大。因此,将与杜甫诗歌英译相关的文本和信息进行有机的聚合创建一个数据库,不仅十分必要,同时也是可行的。

就笔者查询,国内外尚无针对某一诗人诗歌英译的数据库,已有的仅是针对具体作品的小型数据库或语料库,如《红楼梦》英译语料库、《三国演义》英译语料库等。因此,建设一个专门的杜甫诗歌英译数据库颇有价值,其意义在于,这种汇集与杜甫诗歌英译相关各类成果和信息的数据库,可以依托网络环境,使杜甫诗歌英译及研究成果在更大范围内更便捷地查询,可以让我们准确地把握这一领域的历史与现状,并由之看清存在的不足和问题,以进一步推进杜甫诗歌英译乃至中国文学典籍英译事业的发展。

第二节　数据库的构建

本数据库的构建至少包含几方面的内容:数据库内容的确定和遴选及材料选择的基本原则,对相关内容的组织编排及本数据库建成后可能的研究价值。

一　数据库的主要内容

数据库创建的宗旨是:从翻译实践和理论研究两方面全面系统地反映杜甫诗歌英译的现状和取得的成就,为杜甫诗歌翻译和研究提供翔实的参考。根据这一宗旨,杜甫诗歌英译数据库拟收录的范畴包括以下几方面:从文本角度,收录已经英译的杜甫诗歌中英文版本;收录国内外杜甫诗歌研究的工具书、基础读物;收录杜甫英译相关的信息资料、杜甫诗歌英译研究文献、相关的音频视频资料等,具体内容阐释包括五个方面。

（一）杜甫诗歌的中英文版本

杜甫诗歌的总量有 1400 余首，而已经英译的数量尚不足一半。杜甫诗歌英译的呈现形式又可分为三个小类。（1）杜甫诗歌英译文本（英译或双语对照）：杜甫诗歌英译在形式上可分为散见于报章杂志上的杜甫诗歌英译作品（如 Witter Bynner 与江亢虎合译了杜甫 11 首诗歌，发表于 *Literature Review*，Oct. 29，1921）、杜甫诗歌英译专集（即只收录杜甫诗歌英译的译文集，如 Florence Ayscough，1929，*Tu Fu，The Autobiography of a Chinese Poet*；William Hung，1952，*Tu Fu，China's Greatest Poet*）、杜甫与其他诗人英译的合集（如 Arthur Cooper，1973，*Li Po and Tu Fu，Poems selected and translated with an introduction and notes*；J. P. Seaton and James Cryer，*Bright Moon，Perching Bird：Poems by Li Po and Tu Fu* 等）、收录于其他诗集中的英译杜甫诗歌（如 Arthur Waley，1916，*Chinese Poems*；L. Crnmer-Byng，*A Feast of Lantern*，London：John Murry，1916）等。鉴于杜甫诗歌英译总量还在可控范围内，本数据库可将这些作品原文收入。（2）著名杜甫诗歌英译作品述评：前面的原文文本只是给我们提供了研究语料，各类译本的特点与优劣，需加以甄别。对著名杜甫诗歌英译作品的述评，就是要对历史上著名的杜甫诗歌英译作品进行评介，以利于读者了解其特点和不足。如霍克斯的《杜诗初阶》（*A Little Prime of Tu Fu*）大致可分为作者介绍，作为主体部分的诗歌注解与翻译，书后的词汇表及索引。在作者介绍中，霍克斯陈述了该书的目的、对象、选诗的依据及缘由等问题。主体部分在对每一首诗的处理上都遵照了一定的体例。第一部分名为"摘录原诗"，并在每个汉字的下面逐一注音；第二部分名为"题目与主题"；第三部分名为"形式"；第四部分名为"注解"；最后一部分是全诗的英译。本书体例详尽，对国外读者了解杜甫诗歌有很大助益（郝稷，2010）。（3）对杜甫诗歌英译状况的综述：如果说原文文本给出了语料、著名杜甫诗歌英译作品凸现了杜甫诗歌英译中的经典，那么对杜甫诗歌英译状况的综述，是要让读者对杜甫诗歌英译有一个历时性的、全方位的了解，因此这类综述十分必要。其内容应当分期按年代对杜甫诗歌英译的所有译本有一个清晰的梳理，便于读者了解杜甫诗歌英译的现状。

（二）国内外杜甫诗歌研究工具书、基础读物

要译好杜甫诗歌，在很大程度上依赖于对杜甫诗歌的深刻理解，这方面国内的"杜诗学"研究拥有丰富的资源。本数据库拟收录杜甫诗歌研究的工具书和基础读物。工具书如《杜甫大辞典》（张忠纲，2008）、《杜甫诗歌鉴赏辞典》（俞平伯等，2012）等。前者收录了与杜甫诗歌相关的各种信息，信息全面、涵盖面广，如"作品提要""名句解析""语词成语""家世交游""地名名胜""版本著作""研究学者"等，对于译者翻译杜甫诗歌和读者理解杜甫诗歌均有帮助。而《杜甫鉴赏辞典》收录了杜甫的代表作，并由相关专家对这些诗歌进行了细致的分析与鉴赏，有利于提高我们对杜甫诗歌的鉴赏力。基础读物方面内容很多，本数据库拟收录杜甫生平、唐代诗歌等资料，目的在于对杜甫的个人经历与时代特点有一定的了解。国外与杜甫研究相关的书籍包含两部分，一是对著作的介绍，二是著作的原文本。比如：麦克隆所著杜甫之哀江南（《*Du Fu's Lament from the South*》），本书论述杜甫流浪江南时诗作的思想和艺术特点，书中还附有表现诗作内容的插图。

（三）杜甫诗歌英译研究文献

这一类包含国内外期刊论文、学位论文、学术著作、研究项目等。收入本数据库的也包含综述和原文文本两类。综述拟撰写或选收对杜甫诗歌英译全面的介绍（如文军、李培甲，2012）和对杜甫某些著名诗歌英译的综述。而在研究成果原文的选择上，则主要选收：一是对杜甫诗歌英译中较有影响的论文和著作，如耶鲁大学博士学位论文，*Three great poems by Tu Fu. Ph. D. diss*，Susan Cherniack，Yale University，1989；二是在方法论上对杜甫诗歌研究具有借鉴意义的成果，如从语料库等方面进行的研究等。而研究项目方面，则可收录已经立项的国家社科、教育部人文社科及各省级哲社项目中与杜甫诗歌英译相关的资料。

（四）杜甫诗歌英译相关资料

这一类包含与杜甫诗歌英译相关的译者、出版机构、期刊等的收集与介绍。（1）译者：在杜甫诗歌英译史上有许多译者，对他们加以介绍有助于读者更深入地理解翻译过程和译作，比如美国著名翻译家王红公、宇文所安等的作品。（2）出版机构：主要介绍典籍外译相关的机构，如国外的 Penguin 出版社、New Directions Publishing Corporation、Oxford University Press 等，国内的外文出版社、商务印书馆、外语教学与研究出版社等，它们出版了大量的中国文学典籍英译作品，其中包括杜甫诗歌的英译作品，可对其相关工作成就予以介绍。（3）期刊：目前《杜甫研究学刊》发表了大量的杜甫研究成果，其中包括杜甫诗歌英译的论文。此外还有不少著名期刊不定期刊发的典籍英译的作品和论文，如《中国翻译》《上海翻译》《东方翻译》《中国比较文学》等，对之亦应加以介绍。

（五）杜甫诗歌英译相关的音频、视频资料

此类包括国内和国外两部分。国内的如《草堂咏怀——杜甫诗歌欣赏》，2012 年 9 月成都杜甫草堂举办的纪念杜甫诞辰 1300 周年的视频，国外的如王红公于 20 世纪 60 年代在美国举办的杜甫诗歌朗诵会等。

值得说明的是，以上内容仅是初步的设想，随着研究的深入，还可增加其他类别。以上类别的内容是开放性的，可随资料的增加而增加。

二　数据库构建的基本原则

由于数据库涉及的语料数量巨大（保守估计也在 1500 万字词），因此确立其构建原则颇有必要。概而言之，数据库的基本原则是，保证收录内容的全面性、系统性和代表性。

收录内容的全面性：在内容上要包含杜甫诗歌英译的所有译作、重要的研究成果等，以集中展现杜甫诗歌英译的全貌，描写其历史发展轨迹和研究现状。

收录内容的系统性：上述类别中，有的类别可以相对独立，如出版机构、期刊等，而其他类别往往是交叉互见的，为了保证它们的系统性，可采用将条目分级的方式来确立各类词目，如一级条目、二级条目、三级条目等。例如"杜甫诗歌的英译"为一级条目，"杜诗英译文本""杜诗英译研究""杜诗英译在英美的传播"可为二级条目，在"杜诗英译文本"下，又可设若干具体的英译文本等三级条目。以此方式，使相关条目在一级词目的统领下，通过交叉索引，既各有侧重，同时又可在内容上形成有机的整体，从而尽量避免入选数据库内容取舍不当的问题。

而收录内容的代表性则指数据库对文本的选择。杜甫诗歌英译的文本较多，如何在保证选入所有文本的前提下对重点译本做好介绍，突出其代表性十分必要。其代表性体现为对研究成果的遴选，要重点考虑成果时间的代表性、学术成果类型的代表性（期刊论文、学位论文、专著、工具书等）、作者的代表性（国内学者、国外学者）等。

三 数据库的编排及研究价值

在资料收集完毕（或同时），还须完成数据库创建的部分：（1）纸质文献的数字化；（2）数据加工；（3）元数据著录与标引；（4）数据分类；（5）数据检查；（6）数据发布；（7）网络实现（李志明，2011）。

数据库创建已具备较为成熟的方法与技术。创建数据库，并不是仅仅将词典内容电子化、网络化，而是要充分利用网络空间的无限性，将与中国文学典籍英译相关的原始英文译本（全文与节选）、研究成果（学位论文、专著、论文）等尽量收入数据库（其容量初步估计将达到1500万字词以上），为相关研究提供充足的研究资源。更为重要的是，要通过对数据库内容的有效编排和分类，使之具备高效、强大的检索功能，为研究者提供方便快捷的查询方式，为各类主题的研究提供有效的语料。

本数据库对其内容的搜索界面将包含以下内容：译文主题、研究主题、杜甫诗歌原文及其英译（以汉诗为主，分列英译诗歌）、译著标题、译诗标题、译者、刊名、出版社、作者、篇名（著作名）、摘要、关键词等。以上搜索将支持中英文两种语言的查询。

本数据库将是国内外第一个全面反映杜甫诗歌英译历史与现状的数据库，它有利于我们摸清家底，知道杜甫诗歌中哪些已经译过，哪些还需要翻译；若已译过，有几个译本，它们各有什么特色等，可以为今后的杜甫诗歌英译提供翔实的参考。

本数据库能为进一步的杜甫诗歌英译研究提供充足的一手资料（本数据库收录的杜甫诗歌专集、合集、选集等将达百部），同时也为研究者把握相关研究提供参考和原始文献［将收录数百篇（部）国内外重要的研究论文、著作等］，研究者可据之进行各个维度的研究。

本数据库建成后，可有利于研究者进行四个方面的研究。

（1）杜甫诗歌英译发展史研究：重点考察杜甫诗歌在二百余年间的发展历程，以及它与当时社会文化的互动关系等。

（2）各种译本的比较研究：本数据库收录了丰富的杜甫诗歌译本，其中不少是不同译者在不同时代的复译本，如《兵车行》，从弗莱彻（1919 年）到艾思柯（1934 年）、詹宁斯（1940 年）、佩因（1949 年）、洪业（1952 年）、艾黎（1962 年）、宾纳（1964 年）、霍克斯（1967 年）、亨顿（1988 年）、欧文（1996 年）、华兹生（2002 年）、大卫杨（2008 年）、哈里斯（2009 年）等，至少有十几个译本对他们从不同维度进行比较研究，可以扩展和深化杜甫诗歌英译研究。

（3）基于数据库的翻译策略及译者风格研究：对数据库中收录的译诗进行翻译策略的研究可从两个方面进行，一是历时性的翻译策略对比，即选择分析杜甫诗歌英译不同时期的翻译策略，分析它们与所处时代的关系；二是共时的翻译策略分析，着重不同译者翻译风格的异同等。

（4）杜甫诗歌英译的传播研究：侧重于杜甫诗歌在二百多年的传播过程中接受环境、接受语文化对杜甫诗歌英译的扭曲和变形，由之探索社会文化语境对翻译传播的正面效应和负面作用。

以上只是在面上提出了依据本数据库可以进行的研究，事实上，数据库最大的优势在于其各种数据、信息、文献的丰富性，对之的利用和开发尚有巨大的空间。比如各种译本的副文本（如序、跋、注释等），若仅有一两种，则对某一问题的说服力有限，但若将几十种杜甫诗歌英译的副文本信息进行系统研究，则可能会有令人欣喜的发现。此外，对杜甫诗歌的研究在很大程度上都可以作为典型个案，以之反映和演绎中国典籍英译中的诸多问题。

第三节　问题与对策

正因为针对一位诗人（或作家）的英译创建数据库的例子不多，因此本数据库的创建无疑也会遇到很多问题。如前所述，语料库建设的技术问题通过专业团队解决并不困难，但涉及语料本身还存在不少难点，概而言之，这些问题反映在四个方面。

一　资料的全面性

因为本研究涉及的资料在时间跨度上有二百余年，地域上中外皆有，因此如何收集世界范围内的杜甫诗歌英译本和相关研究资料，确实是一项非常繁复的工作。当然，资料的全面性是一个动态的过程，数据库这种形式为动态增补新的文献提供了条件。

二　文本分类的准确性

本数据库涉及众多的杜甫诗歌及杜甫诗歌英译文本，文本分类的准确性问题主要出现在具体诗歌的复译中，即一首杜甫诗歌可能有很多人翻译，但这些译文却呈现出不同的形态：有的没有标题，有标题的也有不同的翻译，有的全译，有的摘译，等等。如《兵车行》的标题，弗莱彻（1919 年）译为 *The Chariots Go Forth to War*，艾思柯（1934 年）译为 *Song of the Conscripts*，艾黎（1962 年）译为 *Ballad of the War Chariots*，亨顿（1988 年）译为 *Song of the War - carts*，华兹生（2002 年）译为 *Ballad of the War Wagons* 等，确实需要花工夫辨识。因此，在享有充分资料的前提下，如何组织队伍对所有资料进行研究、归纳，进而遴选出符合数据库要求的条目，是一项工作量巨大而要求细致的工作。

三　研究材料的概括性

本数据库包括了相当数量的综述性文章，如杜甫诗歌译本、杜甫诗歌研究及影响等，它们涉及杜甫诗歌英译的方方面面，要求具有较高的概括性和时效性。其撰写，无疑也是一个系统的研究过程，需要花较大功夫。

四　数据库文献的参见性

虽然数据库中的内容可以通过页面检索完成，但要扩展与之相关的信息与资料，则需设置二次检索。本数据库将进一步根据文本的相关性，通过超级链接等方式设置二次、三次乃至 n 次交叉检索，以便于读者最大量地检索到相关的信息和文献。

要解决以上问题，核心的措施有两点：一是合作交流；二是项目管理。合作交流主要针对资料的全面性而言，指利用各种渠道在港澳台、英美等大学图书馆查找杜甫诗歌英译的相关资料，力求全面系统，将遗漏减到最少。项目管理针对后三个问题，涉及人员的管理、资料的管理、项目进度的管理等方面。其核心是如何组织高水平的参编队伍高效、有序地进行原始文本选择、分类，研究资料撰写及参考索引的核对等，做到既分工、又合作，这是数据库质量的重要保证。当然，在相关研究综述文章进入实际撰写之前，对各类条目撰写"模板"、编排方式、文体要求、各类略语、符号、代码乃至字体字号等都必须给出比较缜密完善的要求，以求达到各类文章格式的统一。

中国文化"走出去"作为国家文化战略，其成功需要大家长期的努力与坚持。而对中国文学大师的英译进行全面系统的梳理，以促进和改进其移译与传播，无疑是一件颇具意义的工作。本章论述了杜甫诗歌英译数据库创建的必要性与可行性，并用一定篇幅论证了该数据库应收录的主要内容等，认为其创建不仅可行而且颇为必要，对于数据库建设中可能遇到的问题，本章也进行了预测，提出了解决的办法。希望本数据库的建设能起到抛砖引玉的作用，能够催生更多类似的数据库的开发与创构（如屈原英译数据库、陶渊明英译数据库、李白英译数据库、白居易英译数据库等）。

附录1 杜甫诗歌英译各阶段主要著作一览

第一阶段

Herbert A. Giles（1898）/L. Crnmer-Byng, The Lute of Jade, London：John Murry, 1909/Charles Budd（1912）/Arthur Waley（1916）&L. Crnmer-Byng, *A Feast of Lantern*, London：John Murry, 1916/James Whitall（1918）/W. J. B. Fletcher（1919）/Florence Ayscough&Amy Lowell（1921）/Worthley Underwood and Chi-Huang Chu（1928, 1929）/Florence Ayscough（1929, 1934）/A. J. Brace, Tu Fu, China's great poet, the bard of Ts'ao T'ang Ssu, Rih Hsin Pr. 1934/Soame Jenyns, Selections from the Three Hundred Poems of the T'ang Dynasty, London：John Murry, 1940/Soame Jenyns, A Further Selection from the Three Hundred Poems of the T'ang Dynasty, London：John Murry, 1944/Robert Payne（1949）

第二阶段

William Hung（1952）/Erwin Von Zach. Tu Fu's Gedichte. Cambridge：Harvard Univ. Press, 1952/Rewi Alley（1962）/Witter Bynner & Kiang Kang-hu, 1964, *The Jade Mountain*, New York：Anchor Books. /A. C. Graham（1965）/David Hawks（1967）/A. R. Davis, Tu Fu. New York：Twayne Publishers, 1971/Kenneth Rexroth（1971）/Arthur Cooper（1973）/Liu Wu-chi and Irving Yu-cheng Lo, Sunflowers splendor：three thousand years of Chinese poetry. Garden City：Doubleday, 1975/John A. Turner, A Golden Treasury of Chinese Poetry, Hong Kong Chinese University Press, 1976

第三阶段

Stephen Owen, The Great Age of Chinese Poetry, The High T'ang, New Haven and London, Yale University Press, 1981/Burton Watson, The Columbia Book of Chinese Poetry: From Early Tines to the Thirteenth Century, Columbia University Press, 1986/J. P. Seaton and James Cryer. Bright moon, perching bird: poems by Li Po and TuFu. Middletown: Wesleyan Univ. Press, 1987/Sam Hamill (1988)/David Hinton (1988)/Susan Cherniack (1989)/David Young, Wang Wei, Li Po, Tu Fu, Li Ho, Li Shang-yin, Five T'ang Poets, Oberlin College Press, 1990/David R. Mc Craw (1992)/Eva Shan Chou (1995)/Stephen Owen (1996)/Wai-lim Yip, Chinese Poetry: An Anthology of Major Modes and Genres, Duke University Press, 1997/Burton Watson (2002)/Red Pine. Poems of the masters: China's classic anthology of T'ang and Sung dynasty verse. Port Townsend, Wash. : Copper Canyon Press, 2003/Peter Harris, Three Hundred Tang Poems, New York/London/Toronto: Alfred A. Knopf, 2009/David Young (2008)

附录2　杜甫诗歌译本一览表

杜甫诗歌的英译数量较多，从诗歌收录的角度，可以分为三类：杜甫诗歌英译专集、与其他诗人的合集及收于诗文集中的译诗。详见表1、表2、表3。

表1 　　　　　　　　　　　　杜甫诗歌英译专集

译本	出版年代	译者	译著标题	译著内容	译著篇幅	出版社
1	1929	Worthley Underwood and Chi-HuangChu	*Tu Fu, Wanderer and Minstrel under Moons of Cathay*	收录杜甫诗歌290首	LIV+243页	Portland, Maine, the Mosher Press
2	1929	Florence Ayscough	*Tu Fu, The Autobiography of a Chinese Poet, A. D. 712—770*	收录杜甫诗歌129首	450页	Boston & New York: Houghton Mifflin Company
3	1934	Florence Ayscough	*Travel of a Chinese poet: Tu Fu, Guest of Rivers and Lakes*	收录杜甫诗歌329首	350页	Boston & New York: Houghton Mifflin Company
4	1952	William Hung	*Tu Fu, China's Greatest Poet*	收录杜甫诗歌374首	XIII+300页	New York: Russell & Russell
5	1962	Rewi Alley	*Tu Fu Selected Poems*	收录杜甫诗歌124首	X+178页	Foreign Language Press
6	1967	David Hawks	*A Little Prime of Tu Fu*	收录杜甫诗歌35首	VII+242页	Oxford at the Clarendon Press, 1967
7	1985	吴钧陶	《杜甫诗英译一百五十首》	收录杜甫诗歌150首	48+354页	陕西人民出版社
8	1988	Sam Hamill	*Facing the Snow: Visions of Tu Fu*	收录杜甫诗歌94首	XIII+112页	Fredonia, N. Y.: White Pine Press

译本	出版年代	译者	译著标题	译著内容	译著篇幅	出版社
9	1988	David Hinton	*The Selected Poems of Tu Fu*	选译杜甫诗歌 127 首	XVI + 173 页	New Directions Publishing Corporation
10	2002	Burton Watson	*The Selected Poems of Du Fu*	选译杜甫诗歌 135 首	XXIII + 173 页	Columbia University Press
11	2006	许渊冲	《杜甫诗选》	选译杜甫诗歌 49 首	VIII + 106 页	河北人民出版社
12	2008	David Young	*Du Fu, A Life in Poetry*	收录杜甫诗歌 170 首	XVII + 226 页	New York：Alfred A. Knopf
13	2008	Jonathan Waley	*Spring in the Ruined City：Selected Poems of Du Fu*	收录杜甫诗歌 22 首	100 页	Exter：Shearsman Books Ltd
14	2016	Stephen Owen	*The Poetry of Du Fu*	收录杜甫诗歌 1400 余首	2962 页	Berlin：De Gruyter

表 2　　　　　　　　　　　**与其他诗人的合集**

译本	出版年代	译者	译著标题	译著内容	译著篇幅	出版社
1	1973	Arthur Cooper	*Li Po and Tu Fu, Poems Selected and Translated with An Introduction and Notes*	选译杜甫诗歌 18 首	249 页，其中杜甫介绍及译诗 85 页	Penguin Books
2	1987	J. P. Seaton and James Cryer	*Bright Moon, Perching Bird：Poems by Li Po and Tu Fu*	选译杜甫诗歌 43 首	144 页，其中杜甫介绍及译诗 72 页	Middletown：Wesleyan Univ. Press
3	1990	David Young	*Wang Wei, Li Po, Tu Fu, Li Ho, Li Shang-yin, Five T'ang Poets*	选译杜甫诗歌 16 首	182 页，其中杜甫介绍及译诗 42 页	Oberlin College Press, 1990
4	1992	Vikram Seth	*Three Chinese Poets：Wang Wei, Li Bai, and Du Fu*	选译杜甫诗歌 16 首	53 页，其中杜甫介绍及译诗 18 页	Harper Perennial, a Division of Harper Collins Publishers

表3 收于诗文集中的杜甫译诗

译本	出版年代	译者	译著标题	译著内容	译著篇幅	出版社
1	1871	James Legge	*The Chinese Classic*			London &Co.
2	1909	L. Crnmer-Byng	*The Lute of Jade*			London：John Murry
3	1912	Charles Budd	*Chinese Poems*			Oxford： Oxford University Press
4	1916	L. Crnmer-Byng	*A Feast of Lantern*			London：John Murry
5	1916	Arthur Waley	*Chinese Poems*			Lowe Bros. , London
6	1918	James Whitall	*Chinese Lyrics from the Book of Jade*			New York：B. W. Huebsch
7	1919	W. J. B. Fletcher	*Gems of Chinese Verse into English Verse*			Shanghai： Commercial Press Limited
8	1921	Florence Ayscough, Amy Lowell	*Fir-Flower Tablets： Poems Translated from the Chinese*	收录杜甫诗歌13首	XCV + 227页	Boston & New York：Houghton Mifflin Company
9	1922	Arthur Waley	*One Hundred and Seventy Poems*			New York：Alfred A. Knopf
10	1940	Soame Jenyns	*Selections from the Three Hundred Poems of the T'ang Dynasty*			London：John Murry
11	1949	Soame Jenyns	*A Further Selection from the Three Hundred Poems of The T'ang Dynasty*			London：John Murry

续表

译本	出版年代	译者	译著标题	译著内容	译著篇幅	出版社
12	1949	Robert Payne	*The White Pony*			London：Allen and Unwin
13	1963	Cyril Birch	*Anthology of Chinese Literature，From Early Times to the Fourteenth Century*	收录杜甫诗歌 5 首	7 页	New York：Grove Press Inc
14	1964	Witter Bynner & Kiang Kang-hu	*The Jade Mountain*			New York：Anchor Books
15	1965	A. C. Graham	*Poems of the Late T'ang*			Hammondsworth：Penguin Books
16	1971	Kenneth Rexroth	*One Hundred Poems from the Chinese*	收录杜甫诗歌 35 首	Ⅻ + 147 页	New Directions Publishing Corporation
17	1975	Liu Wu-chi and Irving Yu-cheng Lo	*Sunflowers Splendor：Three Thousand Years of Chinese Poetry*			Garden City：Doubleday
18	1976	John A. Turner	*A Golden Treasury of Chinese Poetry*			Hong Kong Chinese University Press
19	1981	Stephen Owen	*The Great Age of Chinese Poetry，The High T'ang，*	选译和分析杜甫诗歌 28 首（pp. 183—224）	ⅩⅤ + 440 页	New Haven and London，Yale University Press
20	1981	Burton Watson	*The Columbia Book of Chinese Poetry：From Early Time to the Thirteenth Century*			Columbia University Press

续表

译本	出版年代	译者	译著标题	译著内容	译著篇幅	出版社
21	1986	William H. Nienhauser，Jr.	*The Indiana Companion to Traditional Chinese Literature*	词条中有36处涉及杜甫诗歌		Indiana University Press
22	1996	Stephen Owen	*An anthology of Chinese literature：Earliest Times to 1911*			New York，W. W. Norton & Company
23	1997	Wai-lim Yip	*Chinese Poetry：An Anthology of Major Modes and Genres*			Duke University Press
24	2003	Red Pine	*Poems of the masters：China's Classic Anthology of T'ang and Sung Dynasty Verse*			Port Townsend, Wash.：Copper Canyon Press
25	2003	Eliot Weinberger	The New Directions Anthology of Classical Chinese Poetry	收录杜甫诗歌35首，其中有8首提供了两个译本	96—115页	New York：New Directions Publishing Corporation
26	2006	J. P. Seaton	The Shanbhala Anthology of Chinese Poetry	收录杜甫诗歌29首	99—113页	Boston：Shanbhala Publications，Inc.
27	2008	Peter Harris	Three Hundred Tang Poems			New York/London/Toronto：Alfred A. Knopf

收于其他诗集的，最典型的是《唐诗三百首》，上仅选收了部分。

附录3 国内杜甫诗歌翻译研究论文、论著一览表

常呈霞：《杜甫诗歌在英美世界之翻译、传播与接受》，《河南理工大学学报》（社会科学版）2012 年第 2 期。

常呈霞：《译者主体性与唐诗英译：杜甫〈月夜〉6 种译本的个案研究》，《科教文汇》（中旬刊）2014 年第 9 期。

车明明、高晓航：《从许渊冲的"三美论"视角看"三吏"英译》，《重庆交通大学学报》（社会科学版）2016 年第 2 期。

陈珞瑜：《宇文所安英译〈夔州歌十绝句〉的文化选择及文化误读》，《东方翻译》2018 年第 1 期。

陈梅、文军：《论杜甫诗歌英译数据库的创建》，《外语电化教学》2013 年第 4 期。

陈奇敏：《许渊冲唐诗英译研究》，博士学位论文，上海外国语大学，2012 年。

陈清芳：《新见杜诗英译一首——胡适译 The Song of the Conscript 考察》，《福建商业高等专科学校学报》2014 年第 1 期。

陈微微：《基于视点理论的〈月夜〉及其两种英译本认知诗学对比分析》，《文艺生活》（中旬刊）2017 年第 9 期。

陈月桂：《德国的唐诗翻译和研究》，《书城》1994 年第 9 期。

戴涛、廖志勤：《间离效果视域下〈兵车行〉两英译本比较研究》，《西南科技大学学报》（哲学社会科学版）2015 年第 2 期。

戴涛、彭玥：《从互文性的角度论中国古诗英译》，《新教育时代电子杂志》（学生版）2016 年第 10 期。

戴涛：《布莱希特间离效果视域下杜甫诗歌英译研究——以库珀和欣顿

的译本为例》，《西南科技大学》2015 年版。

戴涛：《互文性视阈下〈古柏行〉两英译本比较研究》，《佳木斯职业学
　　院学报》2017 年第 9 期。

邓良春：《杜甫诗歌翻译的象似研究》，硕士学位论文，长沙理工大学，
　　2008 年。

邓良春：《目的论观照下〈春望〉两译本评析》，《丝绸之路》2010 年
　　第 20 期。

邓玉华：《翻译美学视域下杜诗〈登高〉中叠音对仗美在英译文中的磨
　　蚀》，《长春理工大学学报》（社会科学版）2013 年第 6 期。

丁启阵：《百年歌苦 知音代殊——论重新评价杜甫诗》，《杜甫研究学
　　刊》1993 年第 3 期。

董研：《评杜甫〈春望〉移情手法之英译处理》，《重庆电子工程职业学
　　院学报》2010 年第 1 期。

杜宏悦：《对杜甫诗〈登高〉及其英语译文的及物性分析》，《海外英
　　语》2015 年第 4 期。

范璇：《从格式塔意象的对等分析〈登高〉的不同英译》，《河北科技大
　　学》2010 年版。

封恬恬：《杜甫表达忧患意识诗句的英译研究——以许渊冲、杨宪益及
　　路易·艾黎三译本为例》，硕士学位论文，南华大学，2016 年。

符元兰：《豪斯翻译质量评估模式的应用——以杜甫诗〈赠卫八处士〉
　　的两个英译本为例》，《兰州教育学院学报》2011 年第 2 期。

甘慧慧：《诗歌翻译的文体意义透视——杜甫诗歌〈佳人〉的两种英译
　　文分析》，《重庆交通大学学报》（社会科学版）2009 年第 1 期。

高超：《宇文所安唐诗研究及其诗学思想的建构》，硕士学位论文，天
　　津师范大学，2012 年。

高舒婷：《雷克思罗斯的杜诗英译研究——基于格式塔意象再造理论》，
　　硕士学位论文，江苏大学，2015 年。

高玉昆：《论唐诗英译》，《国际关系学院学报》1994 年第 4 期。

葛红：《宇文所安唐诗史方法论研究》，博士学位论文，西北大学，
　　2010 年。

葛中俊、唐佳萍：《"隐士"杜甫：雷克思罗斯英译杜诗文本价值观》，《当代外语研究》2010 年第 11 期。

龚晓斌、贾佳：《多模态视域下杜甫诗画语篇的英译研究》，《名作欣赏》2016 年第 15 期。

巩飞：《文体学视角下的格律诗翻译——以许渊冲英译杜甫〈春夜喜雨〉为例》，《现代语文》（语言研究）2014 年第 8 期。

谷羽：《就〈杜甫〉俄译本与阿扎罗娃商榷》，《文学自由谈》2015 年第 5 期。

郭镜我：《从解构主义创造性翻译理论比较研究杜甫七言绝句的英文翻译》，硕士学位论文，四川师范大学，2013 年。

郭莹：《视域融合视角下译者的再创造研究——对比分析杜甫诗歌的不同英译本》，《海外英语》2015 年第 19 期。

韩慈红：《杜甫〈奉赠韦左丞丈二十二韵〉英译情感再现研究》，《郑州航空工业管理学院学报》（社会科学版）2016 年第 5 期。

韩江洪、凡晴：《基于语料库的路易·艾黎和许渊冲"三吏""三别"英译风格对比探究》，《山东外语教学》2016 年第 6 期。

郝稷：《艾思柯的中国情缘及杜甫翻译》，《书屋》2009 年第 12 期。

郝稷：《霍克思与他的〈杜诗初阶〉》，《杜甫研究学刊》2010 年第 3 期。

郝稷：《松花笺上开生面：艾思柯和洛厄尔关于杜甫诗歌的译介》，《古典文学知识》2012 年第 5 期。

郝稷：《英语世界中杜甫及其诗歌的接受与传播——兼论杜诗学的世界性》，《中国文学研究》2011 年第 1 期。

郝稷：《翟理斯〈古今诗选〉中的英译杜诗》，《杜甫研究学刊》2009 年第 3 期。

郝稷：《至人·至文·至情：洪业与杜甫研究》，《古典文学知识》2011 年第 1 期。

何慧珍、卿倩：《从审美模糊性的角度看中国古诗的英译——以杜甫的〈秋兴八首〉为例》，《英语广场》（学术研究）2014 年第 5 期。

何慧珍：《从审美的模糊性体验角度看杜甫七言律诗的翻译》，硕士学位论文，四川师范大学，2012 年。

何俊：《奥地利汉学家查赫的杜甫诗歌德译》，《杜甫研究学刊》2016
年第 1 期。

何鹏：《杜甫诗与雷克斯罗斯的远东诗歌"论述方式"》，《通化师范学
院学报》2009 年第 7 期。

何文斐：《汉诗英译的意象识解与重构——以杜甫〈登高〉为例》，《湖
南科技学院学报》2014 年第 1 期。

何再三、涂凌燕：《从格式塔心理学看杜甫诗歌的翻译》，《安徽工业大
学学报》（社会科学版）2010 年第 2 期。

洪业：《杜甫：中国最伟大的诗人》，曾祥波译，上海古籍出版社 2011
年版。

胡慧勇：《从语篇特征评〈春夜喜雨〉的四种译文》，《译林》2008 年
第 3 期。

胡梅红：《汉诗英译中的组合前景化和聚合前景化——对比分析杜甫
〈登高〉的四种英译》，《常熟理工学院学报》2008 年第 5 期。

胡梅红：《浅析唐诗〈春望〉中的复义：五种英译比较》，《常熟理工学
院学报》（哲学社会科学版）2007 年第 1 期。

胡梅红：《组合关系和联想关系在中国古典诗歌翻译中的运用——以杜
甫两首诗为个案研究》，硕士学位论文，苏州大学，2004 年。

黄国彬：《四首唱和诗赏析》，《名作欣赏》2005 年第 3 期。

黄强：《论杜诗在越南的译介》，《杜甫研究学刊》2011 年第 4 期。

黄薇：《论宾纳英译〈唐诗三百首——兼论具"汉风诗"〉》，硕士学位
论文，首都师范大学，2007 年。

黄雯莉：《格式塔探究诗歌翻译意境表现 ——以〈春望〉三译本为
例》，《北方文学》（下旬刊）2018 年第 7 期。

贾卉：《杜甫诗歌在英语国家的译介与传播》，华东理工大学出版社
2015 年版。

贾卉：《杜诗英译的"折中"策略——评大卫·杨〈杜甫：诗的一
生〉》，《华东理工大学学报》（社会科学版）2014 年第 3 期。

贾卉：《符号意义再现：杜甫诗英译比读》，博士学位论文，上海外国

语大学，2009 年。

贾佳、龚晓斌：《多模态话语分析视阈下题画诗〈画鹰〉的英译研究》，《语文学刊》（外语教育教学）2015 年第 10 期。

江珊：《基于语料库的杜甫诗歌两英译本的译者风格研究》，《杜甫研究学刊》2017 年第 3 期。

金明奎：《朝鲜诗坛对杜甫的接受》，硕士学位论文，烟台大学，2010 年。

金启华、金小平：《仰止高山　别开生面——略论杜甫诗歌对美国诗人王红公的影响》，《杜甫研究学刊》2008 年第 1 期。

金涛：《唐诗〈月夜〉原文及英译文的语篇对比分析》，硕士学位论文，苏州大学，2008 年。

金英美：《从〈杜诗谚解〉看汉韩形容词重叠形式的历时对比》，《南开语言学刊》2004 年第 1 期。

静永健、刘维治：《日本的杜甫研究述要》，《南阳师范学院学报》2010 年第 7 期。

黎文宙：《杜甫诗歌在越南的接受与传播》，《广东农工商职业技术学院学报》2013 年第 3 期。

黎娅婷：《社会符号学视角下的中国古典诗歌英译——杜甫诗个案分析》，硕士学位论文，苏州大学，2012 年。

李冬青：《杜甫诗〈阁夜〉英译的译者适应与选择》，《齐齐哈尔大学学报》（哲学社会科学版）2017 年第 9 期。

李冬青：《论译者主体性与翻译文学的世界文学走向——以〈月夜〉英译本为例》，《兰州教育学院学报》2017 年第 9 期。

李芳：《以杜解杜 以诗为传——评弗劳伦斯·艾斯库〈杜甫：诗人的自传〉》，《杜甫研究学刊》2007 年第 2 期。

李芳：《英语世界中的第一部杜甫传记——弗劳伦斯·艾斯库的〈杜甫：诗人的自传〉》，《新世纪图书馆》2007 年第 3 期。

李晶：《再论古诗英译中的背景问题——浅析杜甫的〈江南逢李龟年〉三种英译》，《科教文汇》（下旬刊）2008 年第 2 期。

李璐：《从主观性识解角度看翻译的不确定性——以杜甫〈登高〉六个

英译本的对比分析为例》,《郑州航空工业管理学院学报》(社会科学
版)2015 年第 4 期。

李璐:《杜甫〈登高〉英译的主体间性理论评析》,《高教学刊》2015
年第 17 期。

李明滨:《苏联的唐诗研究概述》,《国外社会科学》1991 年第 3 期。

李娜:《论汉诗日译的方法——以杜甫的〈春望〉为例》,《齐齐哈尔大
学学报》(哲学社会科学版)2015 年第 2 期。

李气纠、李世琴:《古典诗歌翻译的审美再现——以杜甫〈登高〉的英
译分析为例》,《湘南学院学报》2009 年第 4 期。

李巧霞:《杜甫〈赠卫八处士〉两个英译本的分析》,《当代教育理论与
实践》2014 年第 4 期。

李特夫:《20 世纪前杜甫诗歌在西方世界的译介考论》,《中州学刊》
2011 年第 6 期。

李特夫:《21 世纪以来杜甫诗歌在英美的译介与传播——兼论首部英译
杜诗全集》,《杜甫研究学刊》2015 年第 3 期。

李特夫:《从汉语文学经典到翻译文学经典——杜甫诗歌在英语世界的
经典化》,《外语教学》2016 年第 2 期。

李特夫:《第一首英译杜甫诗歌二三考》,《外语教学》2012 年第 5 期。

李特夫:《杜甫诗歌在英语世界的传播——20 世纪英语世界主要杜诗英
译专集与英语专著解析》,《杜甫研究学刊》2012 年第 3 期。

李特夫:《美国诗人汉米尔的"杜甫情结"》,《中南民族大学学报》
(人文社会科学版)2014 年第 3 期。

李特夫:《英美诗人笔下独特的"杜甫书写"》,《湖北民族学院学报》
(哲学社会科学版)2016 年第 1 期。

李特夫:《英译杜诗与文化传播释例——英美译笔下的〈旅夜书怀〉探
讨》,《中华文化论坛》2011 年第 6 期。

李侠、吴瑕:《唐诗中文化词汇的翻译——"三吏三别"中文化词汇的
翻译》,《青年文学家》2014 年第 21 期。

李霞锋:《"韩国汉文学会 2014 年夏季国际学术大会:东亚视野中的杜
甫诗学"综述》,《杜甫研究学刊》2014 年第 3 期。

李亚培、王义娜：《情境植入在翻译中的应用：以杜甫〈兵车行〉英译为例》，《西安外国语大学学报》2017 年第 2 期。

李贻荫：《亚瑟·古柏英译〈李白与杜甫〉简析》，《长沙水电师院学报》（社会科学版）1986 年第 2 期。

李寅生：《日本近三十年杜甫诗集版本内容介绍》，《杜甫研究学刊》2014 年第 3 期。

李寅生：《下定雅弘、松原朗编著〈杜甫全诗译注〉评介》，《杜甫研究学刊》2018 年第 1 期。

李永毅：《雷克斯罗斯的诗歌翻译观》，《山东外语教学》2006 年第 1 期。

李悦：《汉诗英译中情感的传递——以〈闻官军收河南河北〉四译本为例》，《海外英语》2015 年第 3 期。

梁祺珊：《唐诗宋词温度隐喻对比研究》，《长沙理工大学》2015 年版。

梁歆歆：《放荡齐鲁　裘马轻狂　仰望东岳　志在高远——杜甫〈望岳〉英译版的"三美"分析》，《青年文学家》2012 年第 3 期。

梁宇：《评杜甫〈垂老别〉的两种英译》，《科教导刊·电子版》（下旬刊）2015 年第 7 期。

林笛：《唐诗在德国》，《广东社会科学》1987 年第 3 期。

林馨：《隐喻对英译汉诗的诗性抬升——一项认知修辞学研究》，硕士学位论文，南京大学，2009 年。

刘晨斯、张巧焕：《论杜甫〈春望〉移情手法之英译处理》，《魅力中国》2017 年第 5 期。

刘聪：《〈对雪〉：诗意的重构——兼论译诗的创造性潜力》，《宁夏大学学报》（人文社会科学版）2016 年第 6 期。

刘德军：《杜甫〈春望〉英译错误分析》，《南华大学学报》（社会科学版）2003 年第 2 期。

刘璐：《国内对于杜甫名诗〈春望〉的英译研究》，《海外英语》2015 年第 9 期。

刘千玲：《浅析诗歌翻译的"三美论"——许渊冲英译唐诗〈登高〉赏析》，《四川烹饪高等专科学校学报》2008 年第 3 期。

刘晓凤、王祝英:《路易·艾黎与杜甫》,《杜甫研究学刊》2009 年第
　　4 期。

刘岩:《雷克斯罗思的杜甫情结》,《广东外语外贸大学学报》2004 年
　　第 3 期。

刘怡:《从夸张修辞格的处理谈译者主体性发挥——唐诗英译本比较》,
　　硕士学位论文,华东师范大学,2007 年。

刘毓:《杜甫诗歌中数词的翻译研究》,《文艺生活·文艺理论》2014
　　年第 11 期。

刘毓:《唐诗中数词内涵及其英译研究——以许渊冲英译本〈杜甫诗
　　选〉、〈白居易诗选〉为例》,硕士学位论文,南华大学,2015 年。

刘袁:《从功能主义翻译目的论的角度对比分析杜甫诗中文化负载词的
　　翻译》,《语文学刊》(外语教育与教学)2015 年第 5 期。

刘智临、李亦凡:《从审美功用看古代诗歌翻译作品的审美再现——以
　　〈唐诗三百首〉中英译杜甫诗为例》,《文艺生活》(中旬刊)2017 年
　　第 11 期。

刘重德:《杜甫〈漫兴〉英译杂感》,《福建外语》2002 年第 2 期。

陆颖瑶:《〈秋兴八首〉的英译策略——以柳无忌、葛瑞汉、宇文所安
　　译本为例》,《杜甫研究学刊》2017 年第 3 期。

路玉:《识解理论视阈下杜甫〈登高〉的英译差异性研究》,《海外英
　　语》2018 年第 21 期。

吕丹、朱小美:《从语篇衔接探究汉诗英译的人称确定与意境传递——
　　以杜甫〈月夜〉四种英译本为例》,《淮南师范学院学报》2015 年第
　　2 期。

罗飞:《可喜的收获——读高嵩的〈李白杜甫诗选译〉》,《朔方》1981
　　年第 12 期。

马娟娟:《运用"功能对等"理论分析许渊冲的古诗英译——以杜甫经
　　典诗歌为例》,《英语广场》2015 年第 4 期。

孟丽丽:《从框架理论角度探究许渊冲的汉诗英译模式》,硕士学位论
　　文,吉林大学,2012 年。

米亚宁:《诗学视角下古典诗歌英译研究——以杜甫的"登高"及其四

个英译文为个案研究》，硕士学位论文，西北师范大学，2012 年。

莫银丽：《模糊学在翻译质量评估中的应用》，硕士学位论文，武汉大学，2005 年。

潘文国：《英译中诗鉴赏论略》，《文艺理论研究》1993 年第 3 期。

潘文礼、刘继坤：《评杜甫〈春望〉中的移情手法之英译处理》，《石家庄理工职业学院学术研究》2009 年第 2 期。

钱锡生、季进：《探寻中国文学的"迷楼"——宇文所安教授访谈录》，《文艺研究》2010 年第 9 期。

秦培培：《从译者审美主体性角度看杜甫〈秋兴八首〉的英译》，硕士学位论文，四川师范大学，2013 年。

秦玉根：《关联理论视角下的诗歌翻译——以〈春望〉的翻译为例》，《英语广场》（下旬刊）2012 年第 11 期。

邱毅敏：《〈登高〉翻译的美学追求》，《名作欣赏》2014 年第 30 期。

曲文：《中国古诗翻译批评标准初探——以杜甫〈登高〉的两种英译本为例》，《牡丹江教育学院学报》2010 年第 5 期。

任永刚：《杜甫〈蜀相〉英译之"三美"比较》，《通化师范学院学报》2014 年第 3 期。

沈玉龙：《翻译层次论视角下的〈玉书〉翻译研究》，《安徽文学》（下旬刊）2016 年第 7 期。

史倩：《杜甫"诗史"英译之美学流失》，《焦作师范高等专科学校学报》2011 年第 3 期。

斯立仁：《评杜甫〈月夜〉英译兼谈译诗》，《湖州师专学报》1992 年第 3 期。

宋恒、赵芳：《从象似性角度看诗歌翻译中声音的传递——以杜甫诗歌为例》，《长城》2009 年第 10 期。

宋恒：《从象似性角度谈诗歌翻译中声音的传递》，硕士学位论文，大连理工大学，2009 年。

苏芹：《比较诗学视阈下宇文所安的杜诗研究》，《荆楚理工学院学报》2018 年第 1 期。

苏雪晶：《刘宓庆文化翻译理论视角下的杜甫诗歌英译研究》，硕士学位论文，广西师范学院，2012 年。

谭翠晓：《对杜甫〈望岳〉英译文的人际功能分析》，《南昌教育学院学报》2007 年第 3 期。

唐梅秀、邓良春：《符号象似性原则在诗歌翻译中的运用——兼评杜甫五言古诗〈梦李白〉三译》，《华东交通大学学报》2006 年第 3 期。

唐小红：《〈月夜〉之中英文对比分析》，《科技信息》（学术版）2008 年第 6 期。

唐秀文、卢丛媚：《"三美论"视角下的杜甫〈登高〉英译本评析》，《语文学刊》（外语教育与教学）2012 年第 12 期。

唐逸男：《符号学视角下〈登高〉英译的美学理据再造》，《海外英语》（上）2016 年第 10 期。

涂凌燕：《从跨文化交际看杜甫诗歌英译》，《湖南城市学院学报》2010 年第 5 期。

涂凌燕：《杜甫诗歌的格式塔意象翻译模式》，硕士学位论文，中南大学，2006 年。

屠岸：《谈杜诗英译》，《外国语》1989 年第 3 期。

王红霞、［韩］李廷宰：《二十一世纪以来韩国杜甫研究述评》，《杜甫研究学刊》2009 年第 3 期。

王椒升：《评介〈杜甫诗英译一百五十首〉》，《外国语》1986 年第 6 期。

王琳琳：《帕尔默文化语言学对汉诗英译的解释力——以杜甫〈登高〉的两个英译本为例》，《科技信息》2009 年第 30 期。

王璞：《郭沫若与古诗今译的革命系谱》，《文学评论》2016 年第 3 期。

王绍语：《简论中国古代诗歌在西方的接受——以杜甫、寒山诗在英语世界的传播接受为例》，《艺术科技》2015 年第 7 期。

王银泉、沈玉柱：《论隐喻思维影响下的汉英文化蕴涵移植与可译性》，《疯狂英语》（教师版）2008 年第 3 期。

魏波、李驭龙、彭康：《关联理论关照下的杜甫爱国诗英译版——以〈闻官军收河南河北〉为例》，《今日财富》（金融发展与监管）2011 年第 12 期。

魏波、李驭龙、彭康:《关联理论关照下的杜甫山水诗英译版——以〈望岳〉为例》,《语文学刊》(外语教育与教学) 2012 年第 3 期。

魏波:《关联理论视角下的杜甫山水诗名家英译版对比研究——以〈登岳阳楼〉为例》,《昭通学院学报》2016 年第 4 期。

魏瑾:《李杜诗篇的人文意蕴与英译策略》,《外语学刊》2009 年第 3 期。

文军、陈梅:《汉语古诗英译策略体系研究》,《中国翻译》2016 年第 6 期。

文军、葛玉芳:《宇文所安英译〈杜甫诗〉注释研究》,《民族翻译》2018 年第 2 期。

文军、李培甲:《杜甫诗歌英译研究在中国 (1978—2010)》,《杜甫研究学刊》2012 年第 3 期。

文军、李艳:《宇文所安〈杜甫诗〉中"服饰"名词的英译策略研究》,《语言教育》2019 年第 1 期。

文军、李盈盈:《杜甫〈石壕吏〉翟译本的翻译转换研究》,《北京科技大学学报》(社会科学版) 2013 年第 2 期。

文军、田玉:《汉语古诗典故英译策略研究——以〈杜甫诗〉为例》,《民族翻译》2019 年第 1 期。

文军、王庆萍:《杜甫诗歌英译本译序探究》,《北京第二外国语学院学报》2019 年第 1 期。

文军、岳祥云:《宇文所安〈杜甫诗〉英译本述评》,《杜甫研究学刊》2016 年第 4 期。

文军:《杜甫诗歌英译文本择选研究》,《外语教学》2014 年第 4 期。

文军:《杜甫诗歌英译译介结构研究》,《外语与外语教学》2013 年第 5 期。

文军:《汉语古诗英译的描写模式研究——以杜甫诗歌英译的个案为例》,《外国语》2013 年第 5 期。

翁显良:《译诗管见》,《中国翻译》1981 年第 6 期。

翁显良:《意态由来画不成?——文学风格可译性问题初探》,《中国翻译》1981 年第 2 期。

吴景荣：《论诗歌翻译》，《中国翻译》1983 年第 9 期。

吴钧陶：《编辑谈译诗兼谈杜甫诗英译及其他》，《中国翻译》1991 年
　　第 2 期。

吴欣：《从〈月夜〉两种译文看译诗"三美"之可行性》，《安徽工业
　　大学学报》（社会科学版）2005 年第 2 期。

肖艳伟：《译者主体性视角下杜甫诗歌翻译对比研究》，《河南工业大
　　学》2018 年版。

谢娇：《基于意象图式的古诗词翻译探究——以杜甫的〈登高〉翻译为
　　例》，《英语教师》2016 年第 23 期。

谢晓：《接受美学观照下的许渊冲诗歌翻译研究》，《安徽大学》2012
　　年版。

谢宜辰：《文化语言学视阈下汉诗英译的心理空间构建与语篇情节分
　　析——以杜甫〈登高〉的英译本为例》，《科技信息》2009 年第
　　30 期。

谢云开：《宇文所安英译〈杜甫诗〉之格律》，《山西大同大学学报》
　　（社会科学版）2018 年第 4 期。

谢志娟：《韩礼德的主位结构理论与唐诗〈登高〉译文分析》，《安徽文
　　学》（下旬刊）2010 年第 10 期。

徐灵香、黄晓艳：《诗歌〈登高〉的评价意义与翻译》，《宜春学院学
　　报》2011 年第 3 期。

徐灵香、姜娥：《评价理论视角下〈春望〉的评价意义及英译》，《牡丹
　　江教育学院学报》2011 年第 3 期。

徐灵香：《杜甫诗歌英译的评价之态度系统分析——以〈登高〉和〈春
　　望〉为例》，硕士学位论文，江西师范大学，2011 年。

徐兴茹：《从德莱顿的"诗歌翻译三分法"看英译杜甫的〈月夜〉》，
　　《科教文汇》（上旬刊）2014 年第 4 期。

许崇仪：《翻译漫谈》，《福建师范大学学报》（哲学社会科学版）1978
　　年第 2 期。

杨经华：《文化过滤与经典变异——论宇文所安对杜诗的解读与误读》，
　　《中国文学研究》2011 年第 3 期。

杨经华：《远游的寂寞——杜甫诗在西方世界的传播与变异》，《杜甫研
　　究学刊》2013 年第 4 期。

杨露、梁燕华：《诗歌词语翻译中译者主体性的认知识解——以杜甫
　　〈春望〉8 译本为例》，《乐山师范学院学报》2016 年第 9 期。

杨天庆：《杜诗〈登高〉英译商榷》，《杜甫研究学刊》1997 年第 2 期。

杨天庆：《关于〈秋兴〉八首英译等值的思考》，《杜甫研究学刊》
　　1999 年第 2 期。

杨晓琳：《杜甫〈兵车行〉四种英译本的翻译风格——基于语料库的分
　　析探讨》，《外国语言文学》2012 年第 4 期。

杨云：《评价理论态度系统下杜甫诗歌英译对比研究》，硕士学位论文，
　　山东大学，2018 年。

姚梦蓝：《概念整合理论视角下杜甫咏马诗隐喻英译策略研究》，硕士
　　学位论文，浙江师范大学，2013 年。

姚俏梅：《从形式结构与认知意义评析〈登高〉的英译》，《贺州学院学
　　报》2010 年第 3 期。

叶露：《〈夜宴左氏庄〉雷氏英译中杜甫形象之转变》，《语文学刊》
　　（外语教育与教学）2012 年第 7 期。

叶露：《从哲学阐释学的角度看王红公的英译杜甫诗》，硕士学位论文，
　　华中师范大学，2007 年。

裔传萍：《宇文所安唐诗翻译的诗学建构语境与考据型翻译模式》，《外
　　语研究》2015 年第 1 期。

余策垣：《杜诗今译管见》，《黄石教育学院学报》1989 年第 2 期。

郁敏：《跨越时空的交集——美国诗人肯尼斯·雷克斯洛斯与杜甫》，
　　《名作欣赏》2011 年第 11 期。

曾祥波：《宇文所安杜诗英文全译本 The Poetry of Du Fu 书后》，《杜甫
　　研究学刊》2016 年第 3 期。

翟颖璐：《杜甫诗歌中常见修辞格的英译》，《西安外国语大学学报》
　　2012 年第 2 期。

张春敏：《符号学视阈中的杜甫诗英译对比研究》，《大众文艺》2014
　　年第 10 期。

张焕新：《〈房兵曹胡马〉英译的归化与异化》，《边疆经济与文化》2011 年第 9 期。

张洁弘、周睿：《杜诗在东南亚的传播述要》，《杜甫研究学刊》2016 年第 1 期。

张丽梅：《语篇功能视角下杜甫诗歌英译研究》，《曲阜师范大学》2012 年版。

张淑娟：《俄罗斯杜甫诗歌的翻译探析》，《中国文化研究》2014 年第 2 期。

张思齐：《从〈佳人〉诗看杜甫对屈赋女神形象的拓展》，《吉林师范大学学报》（人文社会科学版）2017 年第 2 期。

张思齐：《从端午节看杜诗在韩国、越南和日本的传播》，《广东社会科学》2016 年第 2 期。

张万民：《杜甫戏谑诗中抒情主体的建构》，《长江学术》2011 年第 3 期。

张向荣：《从审美角度看杜甫诗歌及其英译——以两首诗的分析为例》，硕士学位论文，山东大学，2008 年。

张小曼、胡作法：《诗歌翻译中的形神问题——以杜甫〈望岳〉一诗的英译为例》，《合肥工业大学学报》（社会科学版）2006 年第 2 期。

张笑美：《从勒菲弗尔改写理论视角看翟理斯的英译杜诗》，《郑州轻工业学院学报》（社会科学版）2014 年第 1 期。

张昕琼：《从〈兵车行〉两译文看译者的诗性认知模式》，《英语教师》2011 年第 12 期。

张新苗：《异化与归化初探——以杜诗翻译为例的若干思考》，《金华职业技术学院学报》2006 年第 2 期。

张招弟：《基于文化负载词的杜甫诗歌英译策略研究》，硕士学位论文，哈尔滨工业大学，2012 年。

张臻、刘军平：《杜甫诗"三吏三别"英译补偿的四个维度》，《西安外国语大学学报》2018 年第 1 期。

张臻：《杜甫"江湖诗"及其英译情景重构研究》，《乐山师范学院学报》2018 年第 10 期。

章国军：《白头吟望苦低垂——浅析许渊冲译〈登高〉之美》，《长沙大学学报》2005 年第 6 期。

章学清：《我同许渊冲在译杜问题上的两次论战》，《中国翻译》2012 年第 2 期。

章学清：《英译杜甫〈登高〉兼谈体会》，《外国语》1990 年第 2 期。

章盈、张汨：《三美原则和顺应论在诗歌翻译中的应用——以杜甫〈登高〉英译本为例》，《宜宾学院学报》2012 年第 1 期。

赵红梅：《〈闻官军收河南河北〉英译赏析》，《英语广场》（下旬刊）2018 年第 6 期。

赵化：《变异的"诗圣"与"诗史"：英语世界的杜甫研究》，《中国比较文学》2017 年第 3 期。

赵爽：《许渊冲英译杜甫诗之传情艺术》，《北方文学》（下旬刊）2018 年第 9 期。

赵燕飞：《许渊冲英译杜诗研究》，《太原师范学院学报》（社会科学版）2017 年第 3 期。

郑光莲：《从生态翻译学视角看许渊冲英译杜甫诗歌》，硕士学位论文，重庆师范大学，2015 年。

郑延国：《杜诗〈登高〉五种英译比较——兼谈翻译方法多样性》，《福建外语》1995 年第 1 期。

钟玲：《中国诗歌英译文如何在美国成为本土化传统——以简·何丝费尔吸纳杜甫译文为例》，《中国比较文学》2010 年第 2 期。

周楚：《从功能对等角度论杜甫〈月夜〉英译》，《科教文汇》（中旬刊）2014 年第 7 期。

周睿、张望：《以〈八阵图〉为个案的跨语境中国古典诗典故翻译探微》，《杜甫研究学刊》2017 年第 3 期。

周维新、周燕：《杜诗与翻译》，《外国语》1987 年第 6 期。

周燕：《谈〈杜甫诗英译一百五十首〉的韵律和风格》，《西南民族大学学报》（人文社科版）2004 年第 11 期。

周燕萍：《许渊冲〈闻官军收河南河北〉英译本的"三美"解析》，《四川文理学院学报》2010 年第 3 期。

周语、宫谷恒墨:《李寅生译〈杜甫私记·自序〉商榷》,《杜甫研究学刊》2014 年第 3 期。

朱廷波:《简评杜甫"秋兴八首"首篇英译》,《科技信息》(学术版) 2008 年第 24 期。

邹湘西:《从及物性角度分析〈春望〉及其三篇英译文》,《海外英语》(中旬刊) 2010 年第 8 期。〔美〕倪豪士、蔡亚平:《过去与现在:对杜甫诗歌的个人解读》,《暨南学报》(哲学社会科学版) 2014 年第 12 期。

参考文献

中文文献

（唐）欧阳修、（宋）宋祁：《新唐书》，中华书局 1975 年版。

（清）仇兆鳌：《杜诗洋注》，中华书局 1979 年版。

《古代汉语词典》编写组：《古代汉语词典》，商务印书馆 2002 年版。

曹明伦：《谈深度翻译和译者的历史文化素养——以培根〈论谣言〉的三种汉译为例》，《中国翻译》2013 年第 3 期。

曹山柯、黄霏嫣：《试论中国古诗词的模糊性和可译性障碍》，《外语教学》2006 年第 1 期。

陈德鸿、张南峰：《西方翻译理论精选》，香港城市大学出版社 2000 年版。

陈吉荣：《论切斯特曼认知模因翻译策略的贡献与局限》，《上海翻译》2011 年第 3 期。

陈梅、文军：《论杜甫诗歌英译数据库的创建》，《外语电化教学》2013 年第 4 期。

陈清芳：《新见杜诗英译一首——胡适译 "The Song of the Conscript" 考察》，《福建商业高等专科学校学报》2014 年第 1 期。

陈永正笺注：《王国维诗词笺注》，上海古籍出版社 2011 年版。

程俊英：《诗经译注》，上海古籍出版社 2012 年版。

仇兆鳌：《杜诗详注》，中华书局 1979 年版。

辞海编辑委员会：《辞海》（缩印本），上海辞书出版社 1999 年版。

董成：《跨文化交际视角下的汉英文化意象与翻译策略》，《东北师范大学学报》2014 年第 6 期。

董楚评撰：《楚辞译注》，上海古籍出版社 2012 年版。

范勇：《〈纽约时报〉涉华报道对中国特色词汇翻译策略之研究》，《解放军外国语学院学报》2010 年第 5 期。

范之麟：《全唐诗典故辞典》，湖北辞书出版社 1989 年版。

方梦之：《中国译学大辞典》，上海外语教育出版社 2011 年版。

冯正斌、林嘉新：《华兹生汉诗英译的译介策略及启示》，《外语教学》2015 年第 5 期。

冯志杰：《汉英科技翻译指要》，中国对外翻译出版公司 1998 年版。

付仙梅：《试论韦努蒂翻译理论的创新与局限》，《上海翻译》2014 年第 3 期。

高春明：《中国服饰名物考》，上海文化出版社 2001 年版。

高嘉正、高菁：《成语典故的英译》，《上海翻译》2010 年第 1 期。

葛洪：《西京杂记》，《周天游（校注）》，三秦出版社 2006 年版。

葛文峰、李延林：《艾米·洛威尔汉诗译集〈松花笺〉及仿中国诗研究》，《西安石油大学学报》（社会科学版）2012 年第 1 期。

谷峰：《机械制造专业英语语篇的特点及翻译策略》，《中国科技翻译》2014 年第 2 期。

顾正阳：《古诗词曲英译理论探索》，上海交通大学出版社 2004 年版。

顾正阳：《古诗词曲英译文化溯源》，国防工业出版社 2010 年版。

郭建中：《韦努蒂及其解构主义的翻译策略》，《中国翻译》2000 年第 1 期。

韩成武、张志民：《杜甫诗全译》，河北人民出版社 1997 年版。

韩成武：《杜甫新论》，河北大学出版社 2007 年版。

郝稷：《艾思柯的中国情缘及杜甫翻译》，《书屋》2009 年第 12 期。

郝稷：《霍克斯与他的〈杜诗初阶〉》，《杜甫研究学刊》2010 年第 3 期。

郝稷：《松花笺上开生面：艾思柯和洛厄尔关于杜甫诗歌的译介》，《域外汉学与汉籍》2012 年第 5 期。

郝稷：《翟理斯〈古今诗选〉中的英译杜诗》，《杜甫研究学刊》2009 年第 3 期。

郝稷：《至人·至文·至情：洪业与杜甫研究》，《古典文学知识》2011年第1期。

何文斐：《汉诗英译的意象识解与重构——以杜甫〈登高〉为例》，《湖南科技学院学报》2014年第1期。

何再三、涂凌燕：《从格式塔心理学看杜甫诗歌的翻译》，《安徽工业大学学报》（社会科学版）2010年第3期。

贺学耘：《汉英公示语翻译的现状及其交际翻译策略》，《语文学刊》（外语与外语教学）2006年第3期。

洪业：《杜甫：中国最伟大的诗人》，曾祥波译，上海古籍出版社2011年版。

胡梅红：《浅析唐诗〈春望〉中的复义：五种英译比较》，《常熟理工学院学报》（哲学社会科学版）2007年第1期。

胡梅红：《组合关系和联想关系在中国古典诗歌翻译中的运用——以杜甫两首诗为个案研究》，硕士学位论文，苏州大学，2004年。

黄杲炘：《汉诗英译学》，上海外语教育出版社2007年版。

黄静：《岩土工程勘察科技翻译策略研究——以上海迪士尼乐园翻译实践为例》，《中国翻译》2011年第2期。

黄能馥：《中国服饰通史》，中国纺织出版社2007年版。

黄巧亮：《文化态势与翻译策略选择》，《外语学刊》2016年第1期。

黄艺平：《艺术文献专题翻译策略探究——以雕塑作品文献英译汉为例》，《中国科技翻译》2011年第4期。

惠宇：《新世纪汉英大词典》，外语教学与研究出版社2003年版。

贾卉：《杜诗英译的"折中"策略——评大卫·杨〈杜甫：诗的一生〉》，《华东理工大学学报》（社会科学版）2014年第3期。

贾卉：《符号意义再现：杜甫诗英译比读》，硕士学位论文，上海外国语大学，2009年。

贾晓英、李正栓：《乐府英译文化取向与翻译策略研究》，《外语教学》2010年第4期。

姜丽娟：《翻译对异的考验——论贝尔曼提出的12种变形倾向》，《理论新探》2010年第1期。

蒋洪兴:《庞德的〈华夏集〉探源》,《中国翻译》2001 年第 1 期。

焦悦乐:《陕北民歌翻译策略中译配技巧初探》,《交响》(西安音乐学院学报)2012 年第 4 期。

金启华、金小平:《仰止高山 别开生面——略论杜甫诗歌对美国诗人王红公的影响》,《杜甫研究学刊》2008 年第 1 期。

乐声:《中华乐器大典》,文化艺术出版社 2015 年版。

李德超、王克非:《标语翻译的文本分析和翻译策略——以上海世博会标语的翻译为例》,《中国翻译》2010 年第 1 期。

李德超、王克非:《译注及其文化解读——从周瘦鹃译注管窥民初的小说译介》,《外国语》2011 年第 5 期。

李德超:《从维内、达贝尔内到图里:翻译转移研究综述》,《四川外语学院学报》2005 年第 1 期。

李芳:《以杜解杜 以诗为传——评弗劳伦斯·艾斯库〈杜甫:诗人的自传〉》,《杜甫研究学刊》2007 年第 2 期。

李锋:《开辟翻译文学研究的新领域——译本序跋研究初探》,《东方丛刊》2008 年第 2 期。

李璐琳:《白居易诗歌典故研究》,硕士学位论文,湖南大学,2014 年。

李特夫:《20 世纪前杜甫诗歌在西方世界的译介考论》,《中州学刊》2011 年第 6 期。

李特夫:《20 世纪英语世界主要汉诗选译本中的杜甫诗歌》,《杜甫研究学刊》2011 年第 4 期。

李特夫:《从汉语文学经典到翻译文学经典——杜甫诗歌在英语世界的经典化》,《外语教学》2016 年第 2 期。

李特夫:《第一首英译杜甫诗歌二三考》,《外语教学》2012 年版。

李志明:《陶渊明文化研究数据库构建与实现》,《图书馆学研究》(应用版)2011 年第 6 期。

连淑能:《英译汉教程》,高等教育出版社 2006 年版。

林煌天:《中国翻译词典》,湖北教育出版社 1997 年版。

林铃:《卡特福德翻译转换模式下的翻译过程研究》,《语文学刊》2009 年第 5 期。

林霄红：《中国古代神话与传说》，《集邮博览》2014 年第 11 期。

刘福元、杨新我：《古代诗词常识》，上海古籍出版社 2009 年版。

刘晓凤、王祝英：《路易·艾黎与杜甫》，《杜甫研究学刊》2009 年第 4 期。

刘岩：《雷克斯罗思的杜甫情结》，《广东外语外贸大学学报》2004 年第 3 期。

吕叔湘：《中诗英译比录》，中华书局 2002 年版。

马祖毅：《汉籍外译史》，湖北教育出版社 1997 年版。

缪天瑞：《音乐百科词典》，人民音乐出版社 1998 年版。

纳春英：《唐代服饰时尚》，中国社会科学出版社 2009 年版。

彭爱民：《论典故文化的再现——〈红楼梦〉典故英译评析》，《红楼梦学刊》2013 年第 3 期。

秦序：《中国古代物质文化史·乐器》，开明出版社 2015 年版。

任显楷、柯锌历：《〈红楼梦〉四种英译本委婉语翻译策略研究：以死亡委婉语为例》，《红楼梦学刊》2011 年第 6 期。

桑仲刚：《论译者的翻译策略选择机制》，《中国外语》2013 年第 2 期。

沙灵娜：《唐诗三百首全译》，贵州人民出版社 1983 年版。

司冰琳：《一本书读懂中国音乐史》，中华书局 2013 年版。

司显柱：《朱莉安·豪斯的"翻译质量评估模式"批评》，《外语教学》2005 年第 3 期。

孙昌坤：《译作序言跋语与翻译研究》，《四川外语学院学报》2005 年第 6 期。

孙大雨：《英译唐诗选》，上海外语教育出版社 2007 年版。

孙机：《华夏衣冠：中国古代服饰文化》，上海古籍出版社 2016 年版。

孙建光：《〈尤利西斯〉中的典故汉译对比研究》，《西安外国语大学学报》2016 年第 1 期。

唐秀文、卢丛媚：《"三美论"视角下的杜甫〈登高〉英译本评析》，《语文学刊》（外语教育与教学）2012 年第 12 期。

唐一鹤：《英译唐诗三百首》，天津人民出版社 2005 年版。

田晓菲：《关于北美中国中古文学研究之现状的总结与反思》，载张海惠《北美中国学——研究概述与文献资源》，中华书局 2012 年版。

屠国元、吴莎：《〈孙子兵法〉英译本的历时性描写研究》，《中南大学学报》（社会科学版）2011 年第 4 期。

王力：《诗词格律》，中华书局 2012 年版。

王力：《诗词格律概要、诗词格律十讲》，北京联合出版公司 2014 年版。

王雪明、杨子：《典籍英译中深度翻译的类型与功能——以〈中国翻译话语英译选集〉（上）为例》，《中国翻译》2012 年第 3 期。

王玉书：《王译唐诗三百首》，五洲传播出版社 2004 年版。

王佐良：《一个业余翻译者的回忆》，载王寿兰《文学翻译百家谈》，北京大学出版社 1989 年版。

魏瑾：《李杜诗篇的人文意蕴与英译策略》，《外语学刊》2009 年第 3 期。

文军、陈梅：《汉语古诗英译策略体系研究》，《中国翻译》2016 年第 6 期。

文军、葛玉芳：《宇文所安英译〈杜甫诗〉注释研究》，《民族翻译》2018 年第 2 期。

文军、李培甲：《杜甫诗歌英译研究在中国（1978—2010）》，《杜甫研究学刊》2012 年第 3 期。

文军、唐林：《〈名利扬〉的典故运用特色》，《山东外语教学》1985 年第 1 期。

文军、唐林：《关于英语典故的来源、构成及作用》，《龙岩师专学报》1985 年第 1 期。

文军、岳祥云：《宇文所安〈杜甫诗〉英译本述评》，《杜甫研究学刊》2016 年第 4 期。

文军：《汉语古诗英译的描写模式研究——以杜甫诗歌英译的个案为例》，《外国语》2013 年第 5 期。

文军：《论〈中国文学典籍英译词典〉的编纂》，《外语教学》2012 年第 6 期。

文军：《英语词典学概论》，北京大学出版社 2006 年版。

吴伏生：《汉诗英译研究：理雅各、翟理斯、韦利、庞德》，学苑出版社 2012 年版。

吴钧陶：《杜甫诗英译一百五十首》，陕西人民出版社 1985 年版。

吴欣：《从〈月夜〉两种译文看译诗"三美"之可行性》，《安徽工业大学学报》（社会科学版）2005 年第 2 期。

夏廷德：《翻译补偿研究》，湖北教育出版社 2006 年版。

夏征农：《大辞海》，上海辞书出版社 2008 年版。

萧涤非：《杜甫诗选注》，人民文学出版社 1979 年版。

谢娇：《基于意象图式的古诗词翻译探究——以杜甫的〈登高〉翻译为例》，《英语教师》2016 年版。

谢天振：《翻译研究新视野》，青岛出版社 2003 年版。

谢天振：《译介学导论》，北京大学出版社 2007 年版。

辛晓娟：《中国古代叙事诗的乐府传统》，《云南大学学报》（社会科学版）2014 年第 2 期。

熊兵：《翻译研究中的概念混淆——以"翻译策略""翻译方法"和"翻译技巧"为例》，《中国翻译》2014 年第 3 期。

修文乔、徐方赋：《石油科技英语的文体特征及翻译策略》，《中国科技翻译》2014 年第 4 期。

徐海荣：《中国服饰大典》，华夏出版社 2000 年版。

徐珺、霍跃红：《典籍英译：文化翻译观下的异化策略与中国英语》，《语文学刊》（外语与外语教学）2008 年第 7 期。

徐连达：《隋唐文化史》，安徽文艺出版社 2017 年版。

徐元勇：《中国古代音乐史》，东南大学出版社 2015 年版。

许宝强、袁伟：《语言与翻译的政治》，中央编译出版社 2001 年版。

许德金、周雪松：《作为类文本的括号——从括号的使用看〈女勇士〉的文化叙事政治》，《外国文学》2010 年第 2 期。

许宏：《典故翻译的注释原则——以〈尤利西斯〉的典故注释为例》，《解放军外国语学院学报》2009 年第 1 期。

许钧：《翻译概论》，外语教学与研究出版社 2010 年版。

许渊冲：《杜甫诗选》，河北人民出版社 2006 年版。

许渊冲：《诗书人生》，百花文艺出版社 2003 年版。

许渊冲：《许渊冲英译杜甫诗选》，中国对外翻译出版有限公司 2014 年版。

许渊冲：《译文能否胜过原文?》，转引自王寿兰《当代文学翻译百家谈》，北京大学出版社 1989 年版。

严绚叶：《论贝尔曼的"变形倾向"——以陈德文所译〈破戒〉为中心》，《日语知识》2012 年第 10 期。

杨宪益、戴乃迭：《古诗苑汉英译丛·楚辞》，外文出版社 2001 年版。

姚望、姚君伟：《译注何为——论译注的多元功能》，《外语研究》2013 年第 3 期。

叶露：《从哲学阐释学的角度看王红公的英译杜甫诗》，硕士学位论文，华中师范大学，2007 年。

余静：《论翻译研究中的术语规范与术语关联——以翻译策略研究术语为例》，《中国翻译》2016 年第 1 期。

俞平伯等：《杜甫诗歌鉴赏辞典》，上海辞书出版社 2012 年版。

郁敏：《中国古诗对美国"垮掉一代"诗人的影响》，硕士学位论文，东南大学，2005 年。

袁杰英：《中国历代服饰史》，高等教育出版社 1994 年版。

袁行霈：《中国文学史（第二卷)》（第二版），高等教育出版社 2005 年版。

曾祥波：《宇文所安杜诗英文全译本"The Poetry of Du Fu"书后》，《杜甫研究学刊》2016 年第 3 期。

张春敏：《符号学视阈中的杜甫诗英译对比研究》，《大众文艺》2014 年第 10 期。

张慧琴、武俊敏：《服饰礼仪文化翻译"评头"之后的"论足"》，《上海翻译》2016 年第 6 期。

张慧琴、徐珺：《〈红楼梦〉服饰文化英译策略探索》，《中国翻译》

2014 年第 2 期。

张慧琴、徐珺：《全球化视阈下的服饰文化翻译研究从"头"谈起》，《中国翻译》2012 年第 3 期。

张良娟：《杜甫诗歌有了全译本》，《四川日报》2016 年版。

张昕琼：《从〈兵车行〉两译文看译者的诗性认知模式》，《英语教师》2011 年第 12 期。

张勇先：《英语发展史》，外语教学与研究出版社 2014 年版。

张忠纲：《杜甫大辞典》，山东教育出版社 2008 年版。

郑淑明、曹慧：《卡特福德翻译转换理论在科技英语汉译中的应用》，《中国科技翻译》2011 年第 4 期。

郑延国：《杜诗〈登高〉五种英译比较——兼谈翻译方法多样性》，《福建外语》1995 年第 1 期。

郑祖襄：《中国古代音乐史》，高等教育出版社 2008 年版。

中国社会科学院语言研究所词典编辑室：《现代汉语词典》（修订版），商务印书馆 1996 年版。

钟玲：《中国诗歌英译文如何在美国成为本土化传统——以简·何丝费尔吸纳杜甫译文为例》，《中国比较文学》2010 年第 2 期。

钟晓菁：《商务英语中的翻译策略》，《中国商贸》2010 年第 20 期。

周和明、铁梅：《中国民族乐器考》，辽宁民族出版社 2013 年版。

周汛、高春明：《中国衣冠服饰大辞典》，上海辞书出版社 1996 年版。

朱徽：《唐诗在美国的翻译与接受》，《四川大学学报》（哲学社会科学版）2004 年第 4 期。

朱文晓：《中医英译的美学特征及其翻译策略》，《中国中医基础医学杂志》2010 年第 11 期。

朱向宇：《豪斯翻译评估理论——评〈2009 年温家宝政府工作报告〉英译本》，《中南大学》2009 年版。

朱易安、马伟：《论宇文所安的唐诗译介》，《中国比较文学》2008 年第 1 期。

朱志瑜：《〈天主实义〉：利玛窦天主教词汇的翻译策略》，《中国翻译》

2008 年第 6 期。

邹湘西：《从及物性角度分析〈春望〉及其三篇英译文》，《海外英语》
2010 年第 8 期。

［美］宇文所安：《盛唐诗》，贾晋华译，生活·读书·新知三联书店
2004 年版。

［美］宇文所安：《追忆：中国古典文学中的往事再现》，郑学勤译，生
活·读书·新知三联书店 2004 年版。

［英］J. C. 卡特福德：《翻译的语言学理论》，穆雷译，旅游教育出版
社 1991 年版。

［英］霍恩比：《牛津高阶英汉双解词典》，王玉章等译，商务印书馆
2009 年版。

［英］芒迪：《翻译学导论——理论与实践》，李德风等译，商务印书馆
2007 年版。

英文文献

Alexander, W., *The Costume of China*, London：William Miller, 1805.

Alley, R., *Tu Fu Selected Poems*, Beijing：Foreign Language Press, 1962.

Ayscough, F., *Tu Fu, The Autobiography of a Chinese Poet*, Boston &
New York：Houghton Mifflin Company, 1929.

Ayscough, F., *Travel of a Chinese poet*：*Tu Fu, Guest of Rivers and
Lakes*, Boston & New York：Houghton Mifflin Company, 1934.

Ayscough, F., and Amy, L. *Fir-Flower Tablets*：*Poems Translated from the
Chinese*, Boston & New York：Houghton Mifflin Company, 1921.

Ayscough, F. and Amy, L., *Tu Fu, Guest of Rivers and Lakes*, Boston &
New York：Houghton Mifflin Company, 1934.

Baker M., *Routledge Encyclopedia of Translation Studies*, Shanghai：
Shanghai Foreign Language Education Press, 2004.

Berman, A., *Translation and the Trials of the Foreign*, In Venuti, L.,
ed., 2000, *The Translator Studies Reader*, London & New York：

Routledge, 1985.

Birch, C. , *Anthology of Chinese Literature, from Early Times to the Fourteenth Century*, New York: Grove Press, 1965.

Budd, C. , *Chinese Poems*, Oxford: Oxford University Press, 1912.

Bynner, W. and Kiang, K. , *The Jade Mountain*, New York: Anchor Books. 1964.

Cherniack, S. , *Three Great Poems by Tu Fu*, Yale University, 1989.

Chesterman, A. , *Memes of Translation—The Spread of Ideas in Translation Theory*, Amsterdam: John Benjamins Publishing Company, 1997.

Chesterman, A. , Problems with Strategies, In Karoly K. and Foris A. , eds. , *New Trends in Translation Studies: In Honor of Kinga Klaudy*, Budapest: Akademiai Kiado, 2005.

Chou, E. S. , *Reconsidering Tu Fu, Literary Greatness and Cultural Context*, Cambridge: Cambridge University Press, 1995.

Cooper, A. *Li Po and Tu Fu: Poems Selected and Translated with an introduction and Notes*, London: Penguin Books, 1973.

Crnmer-Byng, L. , *A Feast of Lantern*, London: John Murry, 1916.

Davis, A. , *Twayne's World Authors Series-Tu Fu*, New York: Twayne Publishers, 1971.

Elgin, K. , *A History of Fashion and Costume: Elizabethan England*, Hong Kong: Bailey Publishing Associates Ltd, 2005.

Finnane, A. , *Changing Clothes in China: Fashion, History, Nation*, New York: Columbia University Press, 2008.

Fletcher, W. , *Gems of Chinese Verse: Translated into English Verse*, Shanghai: The Commercial Press, Limited, 1919.

Fletcher, W. , *More Gems of Chinese Verse*, Shanghai: The Commercial Press, 1925.

Garrett, V. , *Chinese Dress*, Vermont: Tuttle Publishing, 2007.

Genette, G. *Paratexts: Thresholds of Interpretation*, Cambridge: Cambridge University Press，1997.

Giles，H.，*Chinese Poetry in English Verse*，London：Bernard Quaritch，1898.

Graham，A. C.*Poems of the Late T'ang*，Hammondsworth：Penguin Books，1965.

Hamill，S.，*Facing the Snow：Visions of Tu Fu*，Fredonia，New York：White Pine Press，1988.

Harris，P.，*Three Hundred Tang Poems*，New York and London：Alfred A. Knopf，2009.

Hawks，D.，*A Little Primer of Tu Fu*，Hong Kong：Renditions Paperbacks，1967.

Hermans，T.，*Translation in System：Descriptive and Systemic Approach Explained*》，Manchester：St. Jerome Publishing，1999.

Hermans，T.，*Cultural Transgressions—Research Models in Translation Studies II：Historical and Ideological Issues*，Beijing：Foreign Language Teaching and Research Press，2007.

Hinton，D.，*The Selected Poems of Tu Fu*，New York：New Directions Publishing Corporation，1988.

House，J.，*Translation Quality Assessment：A Model Revisited*，Germany：Gunter Narr Verlag Tubingen，1997.

Hua Mei，*Chinese Clothing*，Beijing：China Continental Press，2004.

Hung，W.，*Tu Fu，China's Greatest Poet*，New York：Russell & Russell，1952.

Jenyns，S.，*Selections from the Three Hundred Poems of the T'ang Dynasty*，London：John Murry，1940.

Kelly，L.，*The True Interpreter：A History of Translation Theory and Practice in the West*，Oxford：Basil and Blackwell，1979.

Kenneth，R.，*One Hundred Poems from the Chinese*，New York：New Directions Publishing Corporation，1971.

Klitgård, I. , "Translation, Adaptation or Amputation? Arctic Explorer-Writer-Anthropologist Peter Freuchen's little-known Danish Translation of *Moby Dick*", *Across Languages and Cultures*, Vol. 1, 2005.

Lee, S. , "How to Apply to Lawrence Venuti's Domestication and Foreignization", *T&I Review*, No. 1, 2011.

Levy, H. , *Transactions from Po Chü – i's Collected Works* (Volumes I-IV), New York: Paragon Book Reprint Corp. , 1971.

Liu, J. J. Y. , *The Interlingual Critic: Interpreting Chinese Poetry*, Bloomington: Indiana University Press, 1982.

Mair V. H. , *The Shorter Columbia Anthology of Traditional Chinese Literature*, New York: Columbia University Press, 2000.

Mc Craw, D. R. , *Du Fu's Lament from the South*, Honolulu: University of Hawaii Press, 1992.

Munday, J. , *Introducing Translation Studies: Theories and Applications*, London & New York: Routledge, 2001.

Newmark, P. , *Approaches to Translation*, Shanghai: Shanghai Foreign Language Press, 2001.

Nida, E. and Charles, R. , *The Theory and Practice of Translation*, Shanghai: Shanghai Foreign Language Education Press, 2004.

Owen, S. , *The Great Age of Chinese Poetry: The High T'ang*, New Haven: Yale University Press, 1981.

Owen, S. , *An Anthology of Chinese Literature: Earliest Times to 1911*, New York: W. W. Norton & Company, 1996.

Owen, S. , *The Poetry of Du Fu: Volume 1-Volume 6*, Berlin: De Gruyter, 2016.

Owji, Z. , "Translation Strategies: A Review and Comparison of Theories", *Translation Journal*, No. 1, 2013.

Payne, R. , *The White Pony*, London: Allen and Unwin, 1949.

Rexroth, K. , *One Hundred Poems from the Chinese*, New York: New Directions Publishing Corporation, 1971.

Schleiermacher, F., "On the Different Methods of Translating", In Schulte, R. and Biguenet, J. Chicago and London: University of Chicago Press, 1813/1992.

Seaton, J. P., *The Shambhala Anthology of Chinese Poetry*, Boston & London: Shambhala, 2006.

Seaton, J. P., and James, C. *Bright Moon*, *Perching Bird*: *Poems by Li Po and Tu Fu*, Middletown: Wesleyan Univ. Press, 1987.

Shi, A., "Advertisement as a Writing Style and Strategies for its Translation", *Translation Journal*, Vol. 3, 2010.

Sun, S., "Strategies of Translation", In Carol A. *The Encyclopedia of Applied Linguistics*. Vol. 9., New York: Wiley-Blackwell, 2012.

Toury, G., *Descriptive Translation Studies and Beyond*, Amsterdam: John Benjamins Publishing Company, 1995.

Underwood, W. and Chu, C., *The Book of Seven Songs by Tu Fu*, Portland: The Mosher Press, 1928.

Underwood, W. and Chu, C., *Tu Fu*, *Wanderer and Minstrel under Moons of Cathay*, Portland: The Mosher Press, 1929.

Venuti, L., *The Translator's Invisibility*: *A History of Translation*, London and New York: Routledge, 1995.

Venuti, L., "Strategies of Translation", In Baker M. ed., *Routledge Encyclopedia of Translation Studies*, London and New York: Routledge, 1998.

Venuti, L., *Translation and the Trials of the Foreign*, Paris: Gallimard, 2000.

Venuti, L., *Translation Changes Everything*: *Theory and Practice*, Routledge, 2013.

Vikram, S., *Three Chinese Poets*, London: Faber and Faber Ltd, 1992.

Waley, A., *Chinese Poems*, London: Lowe Bros., 1916.

Waley, S. , *Spring in the Ruined City-Selected Poems of Tu Fu*, Bristol: Shearsman Books Ltd. , 2008.

Wang, L. , "Revisiting the Goals and Strategies of Legal Translation: The Case of Hong Kong", *Translation Quarterly No.* 65 , 2012.

Watson, B. , *The Selected Poems of Du Fu*, New York: Columbia University Press, 2002.

Watson, B. , *The Selected Poems of Du Fu*, Changsha: Hunan People's Publishing House, 2009.

Whitall, J. , *Chinese Lyrics from the Book of Jade*, New York: B. W. Huebsch, 1918.

Young, D. , *Five T'ang Poets*, Oberlin: Oberlin College Press, 1990.

Young, D. , *Du Fu, A Life in Poetry*, New York: Alfred A. Knopf, 2008.

后　记

　　杜甫作为一代宗师，是我国盛唐诗歌的卓越代表之一，他的名字已经成为一个文化符号。他的诗作更是千余年来古今中外关注的对象：始自唐代、繁荣于宋明清的"千家注杜"，以及对杜甫生平的研究、杜甫诗歌的编年、杜甫诗歌的校勘、杜甫诗歌的文本分析及以杜证杜，形成了蔚为壮观的"杜诗学"，其研究迄今仍在发展（莫砺锋，《杜甫诗歌讲演录》，广西师范大学出版社 2007 年版）。而杜甫诗歌在国外的研究也引人注目，如北美中国学的研究中有不少成果都与杜甫诗歌相关（张海慧，《北美中国学：研究概述与文学资源》，中华书局 2010 年版，第 606—607 页）。

　　国外对杜甫诗歌的研究之所以得以进行，翻译功不可没。近二百年来，中国的文学典籍在西方的译介日渐兴盛；尤其是近二十余年，随着中国文化"走出去"的国家战略的实施，此领域更是风生水起，形成了高潮。杜甫诗歌的译介与研究也随势而动，成果日趋丰硕。

　　这本小书之所以能够成形，固然与大的研究环境有关，同时也跟个人研究方向的转型联系密切：2012 年，笔者获批了北京社科基金项目"中国文学典籍英译词典：理论与实践"，其后花了不少时间从事该课题的研究，并较为系统地梳理了我国文学典籍的英译现状。在这一研究过程中有了一些思考，从面上梳理中国文学典籍的译介，但要深入研究，需适当聚焦。一段时间后，笔者将研究重点定为杜甫诗歌的英译，其理由有二。一是地域原因，作为四川人，杜甫草堂去过多次，对之有天然的情感；二是资料，通过购买和国内外朋友的搜集，到手的资料可以支撑后续研究。《杜甫诗歌英译研究》就是这些年研究的一个小结。第一章对国内的杜甫诗歌英译研究进行了回顾。第二章探讨杜甫诗歌英译的描写模式，意在为汉语古诗英译中某一作家的历时研究提供一个描写模式，并对其中的主要要素（文本择选、译介结构、译介策略）分别进行了阐述。2016 年宇文所安出版的英译全集《杜甫诗》是一个里程碑性的事件，故本书专门用第三章对之进行研究：既有对该书的述评，也有对一些语言现象英译策略的探讨。第四章则从不同的理论维度对几首诗进行了个案分析，同时对不同杜甫诗歌译本的副文本和译序进行了探析。尽管本书涉及了几十种杜甫诗歌英译专集、合集和选集的译本，但很难说已经囊括了所有语料，因此本书的最后一章是对创建杜甫诗歌英译数据库的设计，这既是一种构想，同时也是今后需要完成的任务，更想说明的是杜甫诗歌英译的研究还有很长的路要走。

这本小书之所以能够成形，除个人的研究兴趣之外，同时也是人才培养的部分成果。收入本书的许多内容，是笔者指导的博士研究生和硕士研究生完成的，他们是：陈梅、李培甲、岳祥云、葛玉芳、李艳、田玉、李盈盈、鲍啸云、曹思琦、王庆萍。本书的内容大都以论文形式在国内学术期刊上发表过，包括：《外国语》、《中国翻译》、《外语教学》、《外语与外语教学》、《英语研究》、《外语电化教学》、《杜甫研究学刊》、《民族翻译》、《语言教育》、《四川外国语大学学报》（哲社版）、《北京科技大学学报》、《北京第二外国语学院学报》等。此书虽主要署笔者之名，但实为合作之功，好在相关已发表的内容在中国知网上都可查到，故未在相关章节具体署名，特此说明。